LES MURS DE L'ENFER

JÉRÔME EQUER

Les Murs de l'enfer

Treize maisons
au destin terrifiant

Documentation de Jacqueline Hiégel

ALBIN MICHEL

© Éditions Albin Michel, S.A., 2001.
ISBN : 978-2-253-15505-8 – 1ʳᵉ publication LGF

AVANT-PROPOS

La route longeait une rivière qui vagabondait au fond d'une étroite vallée. La voiture conduite par le notaire s'engagea sur la droite dans un chemin qui montait en pente douce vers le sommet d'une colline. Apparut un hameau de trois ou quatre maisons, puis une forêt de chênes et de châtaigniers. Le chemin descendit entre une prairie où paissaient des moutons et un champ couvert de colza. A cent mètres apparut une maison faite de pierres ocre et de tuiles romaines. Son image se reflétait dans l'eau calme d'un étang. Depuis cinq minutes, ma femme et moi n'avions pas échangé une parole tant le paysage nous accaparait. En descendant de l'automobile, nous sûmes d'un regard que nous avions atteint notre but.

Il en est ainsi pour la plupart d'entre nous, un jour nous trouvons notre maison et nous avons le sentiment qu'elle nous attendait là depuis la nuit des temps.

Il s'agit d'une histoire d'amour que la vie se chargera de malmener. La maison du bonheur pourra devenir la demeure du malheur ou bien au contraire représenter la pérennité d'une famille installée là depuis plusieurs siècles.

La maison peut bercer les rêves et dévorer ses occupants. Maudite, hantée ou divine, elle est notre reflet... fugitif pour les uns, éternel pour quelques autres.

Pierre BELLEMARE.

LE PALAIS DES ÂMES PERDUES

— Quel jour sommes-nous, David ?
— Le 5 septembre, madame.
— Le 5 septembre ? Qu'est-ce que vous me racontez ?
— Le 5 septembre 1922, madame Sarah. Regardez, le jour se lève.

David Lin recueille dans les siennes une des mains de Sarah Winchester. Une main d'os et de peau, sans poids, comme un oiseau mort.

Le regard de l'agonisante erre dans la pièce vide et se pose sur la fenêtre.

— Les sentez-vous ? Ils sont tous réunis, prêts à m'accompagner.
— Sans aucun doute. Ils vous entourent. Ils vous remercient.
— Ils m'auront été fidèles jusqu'au bout.
— Vous le leur avez bien rendu. Ils vous respectent. Aujourd'hui tout particulièrement.
— Tous ceux que j'ai recueillis dans la maison ?
— Tous, sans exception.
— Tous mes fantômes ! Ils sont des milliers à habiter la maison, n'est-ce pas, David ?
— Ils occupent tout l'espace. Des caves aux gre-

niers. D'autres préfèrent le jardin, confirme le Chinois en clignant des yeux.

Sarah Winchester retire doucement sa main de celles de Lin et s'assoit dans son lit en suffoquant. Un lit extraordinaire qui a la forme d'un bateau, au-dessus duquel flottent des gazes blanches et légères comme des voiles. C'est la copie miniature d'un galion espagnol.

David regarde avec désespoir le visage anguleux de la vieille femme. Un visage de cire qui s'enfonce dans un amoncellement d'oreillers.

— Madame Winchester... je n'ose pas... comment dire ? murmure le contremaître en s'agenouillant au pied du lit.

— Nous sommes de vieux amis. Je peux tout entendre.

— Si Dieu devait vous rappeler à Lui....

Sarah tousse, s'étouffe à moitié. On ne sait plus si elle souffre ou si elle rit.

— Voyons David ! Je meurs, vous le voyez bien. Dites-moi vite ce que vous avez sur le cœur avant qu'il ne soit trop tard.

— La maison... Avez-vous pris des dispositions ? Que devrai-je faire *après* ?

— Faites qu'elle ne tombe pas en ruine, c'est tout ce que je vous demande. J'ai laissé de l'argent à cette intention à la banque.

— Et les travaux ?

— Cessez tout dès que vous m'aurez enterrée. Ce sont mes dernières volontés. Maintenant, allez vérifier que tout est en place. Que les fantômes ne manquent de rien !

David Lin secoue la tête.

— Ça me prendrait trop de temps. Je ne peux pas vous laisser seule.

— Faites-le maintenant, je vous en prie David.

L'homme hésite et finit par s'exécuter à contre-cœur. On ne discute pas un ordre de Sarah Winchester.

— Je vais me dépêcher alors.

— Adieu, David.

David Lin quitte la chambre en trottinant. Il sait par expérience que même s'il se contente de jeter un coup d'œil dans chacune des pièces de la maison, sa visite d'inspection lui prendra une bonne heure. Par conséquent, à son retour, Sarah aura sans doute rendu l'âme. Car les cent soixante pièces que compte la demeure de Mme Winchester, sa patronne, couvrent une surface totale de 25 000 mètres carrés ! Bien sûr, il est hors de question dans ces circonstances de contrôler aussi les 64 800 hectares de l'ensemble de la propriété. Même au volant du pick-up Buick 1916, cela prendrait plusieurs jours. Quant aux fantômes, aux milliers de fantômes qui peuplent les moindres recoins de l'immense bâtisse, David Lin sait comment procéder avec eux. N'a-t-il pas consacré trente-huit ans de sa vie à superviser la construction de cette maison ? De cette maison unique au monde, la plus grande jamais construite si on excepte les palais des rois et les édifices publics. De cette maison exclusivement consacrée aux spectres et aux esprits ?

On prétend que les derniers instants qui précèdent la mort offrent à celui qui s'apprête à passer de vie à trépas un fulgurant raccourci de son existence. Qu'en une fraction de seconde, comme l'éclair d'un flash, toutes les années passées traversent l'esprit avec une précision et une netteté stupéfiantes. Si cette théorie est fondée, Sarah Winchester doit, tandis qu'elle agonise, revivre comme si c'était hier le jour de son mariage. C'était le 15 juin 1862.

A cette époque, la guerre de Sécession déchire depuis un an les États-Unis. Le Nord contre le Sud. Les forces de l'Union contre celles des Confédérés. L'enjeu de la guerre ? l'abolition ou le maintien de l'esclavage des Noirs.

Si la guerre civile épargne Boston, dans un pays à feu et à sang, la décence impose aux fêtes discrétion et sobriété. Le mariage de Sarah est donc simple, sans luxe ni débordement. La cérémonie est courte et austère. Seule dérogation : après la bénédiction nuptiale, les jeunes mariés s'enfuient vers les Montagnes Bleues, blottis à l'arrière d'une calèche tirée par six chevaux blancs. Sarah, enveloppée de satin, William coiffé d'un chapeau haut de forme.

Sarah et William sont tous deux issus de riches familles de la Nouvelle-Angleterre. Olivier Winchester, le père de William, est l'heureux propriétaire d'une importante fabrique d'armes. Guerre oblige, l'usine tourne à plein régime. Des milliers de fusils sortent sans discontinuer de ses ateliers. Ils équipent les soldats de l'Union et contribueront à leur victoire. A la fin de la guerre de Sécession, un nouveau prototype deviendra, après plusieurs perfectionnements, une arme de légende, le symbole de la conquête de l'Ouest : la Winchester Model 1866. C'est un fusil révolutionnaire, un outil de mort dévastateur capable de tirer quinze coups d'affilée et dont la force de pénétration est stupéfiante.

De 1860 à 1875, les pionniers de la conquête de l'Ouest s'en servent pour exterminer les bisons des Grandes Plaines. Ils l'utilisent surtout pour massacrer les tribus indiennes et s'approprier leurs territoires. La Winchester 66 contre des arcs et des flèches, des lances et des tomahawks, c'est Goliath contre David !

A la mort de son père, William Winchester hérite de son immense fortune et de ses armureries. A la tête de l'entreprise, il améliore le rendement des ateliers. La demande des pionniers est incessante. La production triple. Six mille trois cents concessionnaires, dispersés à travers tout le pays, distribuent la Winchester tueuse d'Indiens.

Sarah est une âme sensible, portée sur la peinture et la poésie. Elle se tourmente de l'usage qui est fait des fusils dont elle porte le nom.

— Ce carnage me fait horreur ! Nous sommes des pourvoyeurs de mort ! Des massacreurs ! Arrêtons de fabriquer ces maudits fusils !

William ne partage pas les scrupules de sa femme. S'il n'ose pas reprendre ouvertement à son compte la devise du général Sheridan, qui affirme qu'un bon Indien est un Indien mort, il partage l'avis des pionniers : le destin du peuple américain est de conquérir le continent que la Providence lui a assigné.

En dépit de ces divergences d'opinion et de rares querelles, le couple vit heureux dans une somptueuse résidence de New Haven, au bord de l'océan. Son bonheur est à son comble lorsque, en 1879, après dix-sept ans de mariage et cinq fausses couches, Sarah met au monde un enfant. Un garçon robuste qu'on baptise du nom de son grand-père : Olivier.

Secrètement, Sarah nourrit de grands projets pour son fils.

— Il sera médecin ou chirurgien. Il guérira les malades et les blessés. Il fermera l'usine de fusils.

Mais, en moins d'un an, les rêves de Sarah s'effondrent. Le bonheur tranquille de la famille Winchester se transforme en cauchemar. William est emporté en quelques jours par un mal mystérieux que les meilleurs médecins de Boston et de New York n'arrivent pas à diagnostiquer. Trois mois plus tard, c'est au petit Olivier de disparaître tragiquement, tué par le sabot d'un cheval.

Sarah Winchester se retrouve du jour au lendemain seule au monde, désemparée. Elle sombre rapidement dans un vertige d'idées noires, dans une mélancolie morbide. Son destin balance dangereusement entre folie et suicide.

Kathy Ferguson, son amie d'enfance, essaie de la distraire. Tout est bon pour adoucir son chagrin. Pourquoi, par exemple, ne pas assister à cette conférence que donne à Boston Adam Coons, le célèbre médium ?

— Je t'en prie, accompagne-moi. Ça te changera les idées, supplie Kathy.

— A quoi bon ? Ce charlatan ne fera que m'embrouiller l'esprit.

— Tu as tort, Adam Coons est un homme remarquable. Ça ne te coûte rien d'aller l'écouter.

Sarah finit par céder aux supplications de son amie. Adam Coons ressemble à un capitaine au long cours. A l'image de ceux que l'on voit déambuler fièrement sur le port de Boston. Un chasseur de baleines à la tignasse blanche électrisée.

— Vous vivez comme des lièvres dans vos terriers ! hurle le voyant face à un parterre de bourgeoises élégantes et scandalisées. Vous n'êtes que de pauvres marmottes somnolentes ! Vos sens et votre intelligence butent sur la surface des choses. Ouvrez votre cœur au monde sensible ! Apprenez à vos yeux à voir le mystère des ombres !

Sarah écoute, fascinée. Elle boit les paroles du médium qui s'agite devant elle sur l'estrade. D'un seul coup, les sermons poussiéreux des pasteurs lui semblent niais et enfantins. La vérité sort de la bouche de cet homme. Lui seul comprend son désarroi, sa solitude, sa quête de justice. Adam Coons poursuit sa harangue.

— Venez à moi ! Videz votre cœur de son fiel !

Sitôt la conférence terminée, Sarah sollicite un entretien privé avec le voyant. Il accepte de la recevoir moyennant finances sonnantes et trébuchantes. La consultation a lieu dans un cabinet particulier, éclairé à la chandelle. Coons jette sur la table une poignée de morceaux de verre coloré. Il les trie, les sépare, les organise en petits tas qu'il étudie très attentivement.

— Je vois tant d'âmes errantes au-dessus de votre tête. Elles tourbillonnent comme des corbeaux de mauvais augure. Tant d'esprits égarés qui vagabondent, misérables, à la recherche d'un lieu où trouver le repos éternel !

Les yeux étrangement scintillants de Coons dévisagent Sarah.

— Les milliers de fusils qui portent votre nom sont responsables de tant de morts. Songez aux six cent mille victimes de la guerre de Sécession ! Songez aux tribus indiennes des plaines et des montagnes, assassinées par vos armes ! Chaque jour les âmes de ces malheureux réclament paix et justice. Elles se sont déjà vengées. Elles ont emporté votre mari et votre fils. Demain, ce sera votre tour.

Le visage de Sarah se vide de tout son sang. Elle secoue la tête, se bouche les oreilles.

— Taisez-vous ! Cessez de me tourmenter ! Je sais ce que vous me dites. Je voulais que nous fermions l'usine !

Le médium se calme. Sa voix s'adoucit. C'est un autre homme qui parle. Un grand-père plein de sagesse.

— Il n'est pas trop tard. Vous pouvez encore apaiser les fantômes des Indiens morts.

— Que dois-je faire, Dieu tout-puissant ?

Adam Coons n'ignore rien de celle qui tremble devant lui. Sarah Winchester, l'héritière de la Winchester Repeating Arms Company, est l'une des femmes les plus riches donc les plus célèbres des États-Unis. Le médium manigance-t-il un plan ? Met-il au point une diabolique supercherie, destinée à duper sa cliente et à en tirer profit ? Ou, au contraire, est-il de bonne foi, communique-t-il avec honnêteté à Sarah sa vision extralucide ? Nous ne le savons pas et nous ne le saurons jamais. Ce qui est certain en revanche, c'est que Coons, après avoir accablé Sarah, après l'avoir culpabilisée au-delà du tolérable, poursuit sur un ton apaisant.

— Vous pouvez encore échapper à la colère des fantômes.

Le regard suppliant de Sarah l'encourage à poursuivre.

— Partez vers l'Ouest. C'est là que vos fusils ont tué le plus d'innocents. Cherchez un vaste terrain et commencez de construire une maison. Une maison suffisamment vaste pour héberger les esprits de toutes vos victimes. Comme ils sont innombrables, vous ne devrez jamais interrompre vos travaux.

— Jamais ? questionne Sarah, horrifiée par la monstruosité de la tâche.

— Jamais. Vous bâtirez le jour comme la nuit, la semaine comme le dimanche. Vous bâtirez sans relâche.

— Sinon ? bredouille Sarah.

— Sinon vous mourrez comme sont morts vos fils et mari.

Sarah est hypnotisée par le regard bleu du voyant. Aiguisé comme une lame. Elle hésite :

— En aurai-je la force ?

— Vous la trouverez. Les Indiens croient au Grand Esprit. Ils croient que l'âme des défunts revient sur terre pour y vivre à nouveau. Les fantômes des Indiens vous soutiendront dans votre entreprise. Etes-vous prête ? L'ordre que je vous donne ne vient pas de moi. Il vient directement de l'au-delà.

Sarah se tord les mains de désespoir.

— Oui, je suis prête.

Durant les mois qui suivent cette incroyable consultation, Sarah Winchester prend des dispositions pour concrétiser son vœu. Elle vend sa maison, convoque ses comptables qui l'informent que sa fortune s'élève à 20 millions de dollars, soit à plus de 2 milliards 250 millions de nos francs. Une fortune inimaginable à laquelle s'ajoutent 50 % des actions de la société de son défunt mari. Ensuite, louant pour elle seule un wagon de première classe, elle prend le train qui, depuis 1869, traverse les États-Unis, reliant la côte Est à la Californie. Au terme d'un voyage mouvementé de sept jours, elle se retrouve à San Francisco, à l'autre bout du pays. Dès son arrivée, elle fait l'acquisition d'un attelage et bat la campagne à la recherche d'un terrain et d'une maison. Convaincue que l'esprit de son époux lui dicte son choix, elle jette son dévolu sur une ferme en construction et sur un immense domaine dans la vallée de San Jose, au sud de la baie.

Elle trouve ensuite un architecte et lui expose franchement son projet fou : agrandir la maison qu'elle vient d'acheter. L'agrandir sans fin, ajouter des pièces aux pièces sans interruption. L'architecte la regarde comme un animal curieux. Il ne s'embarrasse pas de formules de politesse pour décliner la proposition :

— Vous êtes complètement folle. Le soleil de la Californie vous a tapé sur la tête ! Retournez à Boston au plus vite vous faire soigner !

Sarah comprend son erreur. Son projet est trop insensé pour être partagé avec qui que ce soit. Trop fou pour être formulé. Elle ne se décourage pas pour autant mais change de tactique. Elle emploie la ruse. Elle demande aux entrepreneurs qu'elle rencontre d'achever tout simplement la construction de la ferme. Elle dit qu'elle veut une maison immense, un hôtel. Oui, c'est ça : elle veut transformer la ferme en hôtel. Un hôtel de luxe. Bien sûr, elle se garde bien de leur préciser que les travaux qu'elle envisage ne s'achèveront qu'à sa mort.

Un jeune contremaître chinois, David Lin, originaire de Shanghai, accepte de recruter une équipe de maçons et de charpentiers. Il a quitté son pays vingt ans plus tôt pour participer à la construction du chemin de fer. Il connaît les hommes. Il est droit, discret, courageux. Une dizaine d'ouvriers qualifiés sont rapidement enrôlés. Les travaux peuvent commencer. Mais, dès le premier jour, les choses se gâtent. Sarah impose à David Lin une clause inouïe.

— Je suis extrêmement pressée, David. Faites travailler vos hommes jour et nuit.

— Vous n'y pensez pas ?

— Je l'exige.

Le contremaître frotte son pouce contre son index et retourne une poche de son pantalon. Le geste amuse Sarah.

— Ne vous inquiétez pas pour l'argent. Je paie triple. Si vous me donnez satisfaction, vous serez bientôt les ouvriers les plus riches de toute la Californie. Ma maison sera votre ruée vers l'or !

David Lin double puis triple ses effectifs quand il comprend que Mme Winchester ne respecte pas non plus le repos dominical. En quelques jours, le chantier est une fourmilière, une ruche bourdonnante où se croisent tous les corps de métier. En six mois, dix-huit nouvelles pièces se sont ajoutées aux huit d'origine. La ferme est déjà devenue le bâtiment privé le plus imposant du comté.

Chaque matin à six heures, Sarah reçoit David dans une pièce qui est à la fois sa chambre, son bureau et son quartier général. David est le seul auquel Sarah accepte de se montrer à visage découvert. En présence de ses autres employés, elle se dissimule derrière une voilette. Deux plombiers l'ont surprise sans son voile. Sarah les a immédiatement congédiés en leur octroyant cependant une forte indemnité. Depuis cet incident, les hommes se méfient. Si, exceptionnellement, ils croisent Sarah sans son voile, ils détournent les yeux par crainte du châtiment.

Installés devant une table couverte de plans, de notes et de calculs, David et Mme Winchester échafaudent, au jour le jour, de nouveaux aménagements. Ils décident de tout dans les moindres détails et ne font appel à des ingénieurs et à des architectes que lorsque des difficultés techniques dépassent leurs compétences.

La nuit, Sarah se recueille dans sa chambre, les oreilles pleines de coton pour ne pas entendre le vacarme assourdissant qui secoue les murs. Dans un coin de la pièce, à l'abri d'un paravent, elle a confectionné une sorte d'autel païen, sur lequel trônent des photographies de son fils et de son mari, une coiffe indienne, une bible et une poignée de morceaux de verre que lui a donnés Adam Coons. Persuadée que l'esprit de son époux lui permet de communiquer avec les fantômes des Indiens, elle s'adresse à lui.

— William, suis-je sur la bonne voie ?
— Non. Tu t'y prends mal.

La voix, bien sûr, n'est pas réelle. C'est une hallucination, un fantasme qui n'existe que dans l'imagination délirante de Sarah la bâtisseuse.

— Que dis-tu ?
— Tu mélanges tout. Les fantômes importants, ceux que tu as le devoir d'honorer, et les autres, les petits, la piétaille. Sépare le bon grain de l'ivraie. Trie les aristocrates de la populace. Tes plans ne sont pas judicieux. Bons et mauvais fantômes se mélangent dans la maison.

— Comment les séparer ? demande Sarah en interrogeant le vide.

— Piège les mauvais, égare-les, brouille les pistes.

Ne doutant pas un seul instant de la réalité des conseils que lui envoie son mari de l'au-delà, Sarah modifie radicalement ses plans. Elle additionne les extravagances. Ses idées bizarres deviennent pure folie. Pour que les nouveaux agrandissements qu'elle veut apporter à la maison prennent consistance, pour qu'ils soient correctement exécutés, elle est bien obligée de donner à David Lin des directives insensées.

— Nous ajouterons un escalier dans la grande pièce, celle qui ouvre à l'est.

— Bien.

— Un escalier... comment dire... spécial.

— Je vous écoute, dit le Chinois, penché sur un plan.

— Voilà ! Il devra comporter quarante-quatre marches...

David calcule mentalement à toute vitesse.

— Voyons... quarante-quatre marches... très bien. Nous aurons une élévation d'environ 8,50 mètres, soit deux ou trois étages en fonction de la hauteur sous plafond.

— Non. Je veux que la hauteur de l'escalier ne dépasse pas trois mètres.

— Trois mètres avec quarante-quatre marches !

David se gratte le front.

— Je ne comprends pas.

— L'escalier aura sept coudes à angle droit et descendra de sept marches pour remonter ensuite.

David écarquille les yeux.

21

— Descendre et monter ! Sept coudes à angle droit ! Mais, pour quoi faire ?

— Pour égarer les fantômes indésirables !

Fantôme : le mot est lâché. Sarah ne peut dissimuler plus longtemps à son principal collaborateur la finalité de son entreprise. Elle redoute de sa part une réaction violente. Un refus catégorique. Pire, une défection. Mais, à son grand étonnement, passé un court moment d'hébétude, David sourit de toutes ses dents. Il approuve l'idée folle en battant des mains.

— Comme ça, les fantômes se perdront dans l'escalier ! Très malin ! Ils ne sauront plus où aller. Ils tourneront en rond.

C'est au tour de Sarah de manifester sa stupeur.

— Comment avez-vous deviné ?

— On fait parfois des choses comme ça chez moi, en Chine. Autrefois on construisait même les ponts en zigzag pour que les fantômes malfaisants se perdent en route.

Partageant cette complicité inattendue avec son adjoint, Sarah Winchester le met dans la confidence. Elle se livre, lui raconte tout : les fusils meurtriers que sa manufacture continue de fabriquer à l'autre bout du pays, l'âme errante des Indiens, la mort de son fils et de son mari, les fantômes, la rencontre avec le médium et, enfin, sa promesse et son projet secret.

— Je vous ai tout dit, David. Je vous ai ouvert mon cœur comme à un fils. Maintenant, promettez-moi deux choses. Ne répétez à personne ce que je viens de vous dire et soyez-moi fidèle jusqu'à ma mort. Agrandissez avec moi cette maison jusqu'à mon dernier souffle.

— Je vous le promets, madame Winchester. Je le jure sur l'honneur de mes ancêtres, bredouille le Chinois, incapable de savoir si sa patronne est une grande prêtresse qu'il faut respecter ou une folle furieuse qu'il faut fuir.

Convaincre les ouvriers de travailler en dépit de toute logique, d'exécuter des ordres absurdes, est plus difficile. Mais l'argent qui coule à flot facilite les choses. Les hommes ne cherchent pas à comprendre. Leurs paies sont mirifiques. Certes, la patronne a l'esprit dérangé, mais eux s'en mettent plein les poches. Ainsi, après l'escalier tordu, ils se plient à d'autres excentricités sans sourciller. Des portes s'ouvrent sur des murs pleins ou sur des trous béants, des pointes de flèches indiennes hérissent les toits, un ascenseur hydraulique ultramoderne dessert un demi-étage seulement, un artisan passe une année entière à poser un parquet en marqueterie d'une incroyable complexité...

Au fil du temps, la maison devient un labyrinthe de couloirs et de culs-de-sac, un enchevêtrement de chambres et de débarras, un bric-à-brac architectural, une monstrueuse confusion qui n'en finit pas de s'étendre et de proliférer. Six équipes complètes d'ouvriers se relaient nuit et jour, sept jours par semaine. Le silence a définitivement quitté la vallée de San Jose. Pas une seconde ne s'écoule sans que ne retentissent des cascades de coups de marteau, des miaulements de scies, des stridences, des chocs et des percussions. L'air est saturé de vacarme et de poussière, rempli d'ordres hurlés du matin au soir.

Pour fuir ce tohu-bohu, Sarah se réfugie dans une petite chambre sans fenêtre qu'elle appelle sa « chambre bleue ». Même David n'est pas autorisé à y pénétrer. Là, vêtue d'une longue robe verte ornée de symboles occultes, elle prolonge tard dans la nuit ses conversations fantasmagoriques avec les esprits. De ces séances nocturnes, elle tire idées et énergie. Ainsi, pour assurer le confort de ses fantômes les plus distingués, elle fait installer le chauffage central, l'air pulsé et l'éclairage au gaz. Des techniques révolutionnaires pour l'époque, dont seuls quelques palaces de New York et de San Francisco peuvent s'enorgueillir. Rien n'est trop beau pour ses hôtes invisibles ! Des maîtres verriers confectionnent des vitraux somptueux. A l'intention sans doute des spectres qui s'ennuient, des staffeurs décorent deux salles de bal. Des marbriers italiens fabriquent des cheminées. La plupart sont inutilisables car, pour duper les esprits malins et les empêcher d'emprunter cette voie d'accès, Sarah fait murer les conduits ou les faits arrêter avant qu'ils n'atteignent le toit.

Plus tard, le chiffre 13 devient l'obsession de la maîtresse des lieux. Sarah le décline partout et sous toutes ses formes. Elle donne l'ordre de construire des chambres comportant treize fenêtres, de meubler ces chambres avec treize chandeliers à treize branches et de relier les pièces entre elles avec des escaliers de treize marches. Pour parachever cette nouvelle lubie, Sarah organise tous les treize jours des banquets de treize couverts. Naturellement, toujours cachée derrière sa voilette, elle préside ces dîners élégants. Des domestiques en livrée servent des plats coûteux. Mais les douze invités de Sarah, triés sur le volet, sont muets comme des carpes et ne touchent pas aux plats. Et pour cause : ces hôtes de marque sont des fantômes, les fantômes des grands chefs indiens morts au combat, tués par les carabines Winchester !

Dès que les maîtres d'hôtel se retirent dans l'une des six cuisines de la maison, Mme Winchester s'adresse aux chaises vides comme si elles étaient occupées par des convives de chair et de sang.

— Crazy Horse, racontez à nos amis, je vous prie, vos exploits dans la vallée de Little Big Horn. Un combat mémorable... c'était le 25 juin 1876 si ma mémoire est bonne... vous aviez mis en déroute le général Custer. Quelle bravoure !

Sarah feint d'écouter avec passion le récit imaginaire du chef indien. Elle regarde alternativement les places désertes où, dans son esprit dérangé, elle croit voir assis d'autres dignitaires attentifs. Elle pousse un soupir, écrase une larme.

— Dire que vous avez péri l'année suivante, lâchement assassiné, abattu dans le dos d'un coup de fusil. J'en ai le cœur chaviré. Enfin, Dieu soit loué, vous êtes aujourd'hui parmi nous !

La fête fictive se poursuit tard dans la soirée. Sarah interpelle ses fantômes, les plaint et les cajole comme des amis. Les serveurs, cachés derrière les portes des cuisines, ne perdent rien de la cérémonie délirante et gloussent en silence. Quand David Lin les surprend, il les réprimande, les appelle à plus de respect envers la patronne. Mais, en son for intérieur, il est terrifié par l'aggravation de son état mental.

Bientôt, la démesure de la maison attire la curiosité du voisinage. On se déplace de San Francisco pour venir contempler cette œuvre baroque et monstrueuse qui, vers la fin du siècle, couvre déjà plus d'un hectare. L'afflux des visiteurs est pour Sarah un véritable supplice.

— Si je n'avais pas autant de fantômes sur les bras, je chasserais ces gens à coups de fusil ! se répète-t-elle, excédée.

D'autant qu'avec les années sa phobie d'être vue au grand jour augmente. Ainsi, lorsqu'elle sort parfois de son domaine pour aller choisir des matériaux, elle ne quitte pas sa voiture. Les fournisseurs doivent lui présenter leurs marchandises à distance. Elle passe brièvement commande, le visage toujours caché derrière sa voilette.

Et, pour se débarrasser définitivement des importuns et des voyeurs, elle fait ériger un mur d'enceinte. Elle prévoit grand, ne sachant pas quelle taille atteindra la maison. Une nouvelle armée de maçons se met à l'ouvrage. Dix nouveaux millions de francs sont engloutis.

— Comment vont les fantômes ? questionne David Lin de temps à autre.

— Comme des charmes ! Nos relations sont au beau fixe, le rassure Sarah.

Le contremaître s'est considérablement enrichi depuis qu'il est au service de Sarah Winchester. Il voudrait pouvoir maintenant jouir paisiblement de ses économies et se retirer en famille plus au sud, dans la ville de Los Angeles. Mais il a fait vœu de fidélité et il est hors de question pour lui de rompre son pacte. Un jour, il tente une ruse. On ne sait jamais...

— Nous sommes en 1906, madame Winchester. Nous bâtissons depuis vingt-six ans. La maison a aujourd'hui 434 pièces sans compter les caves et le double sous-sol. Ne pensez-vous pas que... ?

— Que ?
— Que les fantômes sont bien installés.
— J'ai payé ma dette à leur égard.
— Donc, tout est en place : les rois des fantômes sont à leur aise. Les petits ont disparu dans les pièges que nous leur avons tendus. Vous pourriez vous arrêter, profiter de la vie.

La remarque indigne Sarah.

— Voyons, David, si je m'arrête, je meurs ! Vous le savez bien.

Lin ne désarme pas.

— Imaginons que le médium de Boston se soit trompé ?
— Imaginons le contraire. S'il ne s'est pas trompé ? Vous voulez ma mort pour en avoir la preuve ?

David, vaincu, se remet au travail. L'heure de sa retraite n'a pas encore sonné !

Pourtant, le 18 avril 1906 un événement exceptionnel interrompt pour la première fois les travaux. Le chantier s'arrête trois jours sans envoyer pour autant Sarah Winchester de vie à trépas. A cinq heures du matin, une secousse terrible d'une durée de vingt-huit secondes ébranle la ville de San Francisco et de ses environs. De force 9 sur l'échelle de Richter, elle correspond à l'effet d'une charge de 200 millions de tonnes de dynamite.

Après le tremblement de terre, la ville offre un spectacle apocalyptique : maisons écroulées, chaussées soulevées, conduites d'eau et de gaz rompues. Le feu prend en plus de cinquante points. Premier bilan : 480 morts, 28 000 maisons détruites, 300 000 personnes sans abri.

La vallée de San Jose n'est pas épargnée. Pas

davantage la demeure de Sarah Winchester. Le tremblement de terre pulvérise les vitres des 1 812 fenêtres, arrache des pans de toiture et des portes par dizaines. Trois étages s'effondrent. La secousse abat aussi le mur d'enceinte sur une longueur de cinq cents mètres. Les dégâts sont considérables, les pertes incalculables. Les fruits de dix ans de travail se volatilisent en moins d'une minute. Fort heureusement, le cataclysme ne fait pas de victimes sur le chantier. Parmi les ouvriers, on ne déplore que quelques membres cassés, des bosses et des plaies. Sarah impute ce désastre aux fantômes. En provoquant la catastrophe, ils ont tenu à se manifester, à rappeler aux incrédules leur pouvoir de destruction. Non seulement ils existent bel et bien mais ils sont toujours vigilants, prêts à se venger.

Sarah passe sa colère sur le pauvre David.

— Avouez que vous doutiez du médium de Boston et de sa prophétie. Vous réclamiez une preuve, vous voilà servi !

David bafouille des excuses.

— Il n'y a pas de responsable, madame. C'est la nature qui a parlé...

— Taisez-vous et faites reprendre immédiatement la construction avant que la mort ne m'emporte.

— On ne peut rien faire, la terre tremble encore, constate piteusement le contremaître.

— Alors ramassez les gravats, dégagez les décombres... Faites n'importe quoi mais faites quelque chose !

Redoutant qu'une nouvelle secousse provoque un raz-de-marée et emporte la maison bâtie à proximité de la baie, Sarah Winchester se fait construire un bateau. Un bateau pour assurer en cas de malheur sa sécurité et celle de ses fantômes. Mais, comme elle ne veut pas s'éloigner du chantier, elle le fait faire au milieu de ses terres. Le bateau ressemble d'abord à un squelette de baleine. Il se transforme ensuite en navire hybride, moitié voilier de haute mer, moitié barge de transport. Terminée, c'est une bizarre péniche à voile, une sorte d'arche, dans le ventre de laquelle elle transporte ses meubles et ses accessoires de magie. Pendant six ans, Sarah ne quitte pas son navire terrestre. On la voit rôder sur le pont, tout de blanc vêtue comme un spectre, à surveiller de loin la maison qui s'agrandit, qui s'agrandit toujours.

Au plus fort de la construction, elle a compté 750 pièces. La plupart ont été détruites au gré des caprices de la lunatique propriétaire. Le tremblement de terre s'est chargé du reste. Cent soixante pièces sont encore debout. Six cent quinze millions de francs ont été investis. Tous les deux ans, il faut étaler 80 tonnes de peinture pour rafraîchir les murs. Des semaines entières pour nettoyer les vitres des 1 812 fenêtres. Quant à l'entretien quotidien du domaine et des jardins, il réquisitionne une petite armée. Si ces chiffres astronomiques tournent la tête de ses employés, ils laissent Sarah indifférente. Sa fortune est inépuisable et elle la méprise. D'autant qu'en 1917, lorsque les États-Unis entrent en guerre contre l'Allemagne, les fusils Winchester sont choisis pour équiper plusieurs régiments. Une nouvelle manne tombe dans les caisses de la Winchester Company et vient grossir encore les comptes de la milliardaire. Que lui importe ! Sarah est maintenant âgée de quatre-vingt-cinq ans. Elle est usée par son combat incessant et absurde.

Elle s'éteint le 5 septembre 1922 après avoir demandé à son fidèle contremaître d'inspecter une dernière fois son œuvre.

— Vérifiez que tout est en place. Que les fantômes ne manquent de rien.

Aujourd'hui, la maison de Sarah Winchester se visite comme une attraction touristique. Des milliers de curieux s'y pressent chaque année. Certains visiteurs ont rapidement le cerveau chaviré de chiffres en entendant les commentaires des guides. Des commentaires qui disent les milliers de tonnes de matériaux utilisés, les millions de dollars dépensés. Qui évoquent, à grand renfort de statistiques, la démesure de l'entreprise. D'autres touristes, plus rêveurs, se contentent de promener leurs regards dans les chambres tarabiscotées du musée. Ils regardent pensivement des escaliers qui ne mènent nulle part, des cheminées définitivement murées ou des parquets dont les lattes dessinent d'étranges labyrinthes. Alors, leur cœur se serre sans doute en s'imaginant que les fantômes des Indiens morts il y a cent cinquante ans planent peut-être toujours au-dessus de leur tête...

LE MUR DU SILENCE

Heureux, ses grosses mains rassurantes et tranquilles posées bien à plat sur le volant de la DS 19 modèle 1964, Julien Desmaret laisse avec bonheur son regard flotter sur la route qui défile devant lui. Assise à ses côtés, Judith, son épouse, affiche l'air renfrogné d'une adolescente capricieuse.

— C'est la dernière maison que nous visiterons ce week-end, soupire-t-elle, résignée, en se blottissant dans le creux du siège.

— Va savoir ! Ce sera peut-être la bonne cette fois, rectifie Julien.

— En tout cas, c'est la cinquième visite depuis ce matin. La douzième en deux jours, conclut la jeune femme.

Projetant une gerbe joyeuse de gravillons, la DS stoppe dans la cour de l'étude de maître Godard, avec qui les Desmaret ont rendez-vous.

— Haut les cœurs et à nous la Terre promise ! lance Julien en forçant son enthousiasme.

— Oui, mais en cette fin de week-end, maître Godard va nous trouver à bout de souffle, plaisante Judith.

Maître Godard a tout du notaire de province :

visage rubicond et avenant, nœud papillon et costume prince-de-galles. Le notaire reçoit le couple dans un bureau bourré de dossiers et d'objets africains. Il jauge Judith d'un air gourmand et décide sur-le-champ d'ignorer la présence de Julien.

— Chère petite madame, je crois pouvoir vous dire que je tiens l'objet rare et précieux, la perle de la côte picarde ! La maison que je vous propose ressemble en tous points à celle dont vous rêvez, du moins à celle dont vous m'avez énuméré au téléphone les qualités requises. Jugez-en plutôt.

Le notaire dispose devant Judith une série de photos et en profite pour frôler au passage son épaule bronzée. Il commente.

— Rez-de-chaussée, un étage et des combles aménageables. Parquets en chêne, boiseries, cheminées en marbre, escalier intérieur monumental. Huit pièces. L'ensemble habitable sur 270 mètres carrés. Un terrain attenant d'un demi-hectare. Et le tout pour un prix proprement inimaginable. Une affaire que j'aurais volontiers gardée par-devers moi si vous ne m'étiez pas aussi sympathique, chère petite madame.

— Qui la met en vente ? coupe Julien d'une voix bourrue.

— Héritage ! soupire le notaire en agitant les bras. Feu Mme Condorcet, propriétaire, nous a quittés après avoir séjourné parmi nous près d'un siècle, dont les vingt dernières années seule dans la maison. Pas d'héritiers proches. Juste le nom, à peine lisible sur le testament, d'un vague arrière-petit-neveu que je me suis escrimé à retrouver quelque part dans un trou perdu du Sud-Ouest. Il vend sans même s'être déplacé pour un état des lieux. J'ai mandat. L'affaire peut être rondement menée.

Julien est comme électrisé par les photographies dont il s'est emparé et qu'il tourne et retourne entre ses gros doigts. Judith fixe le notaire sans le voir. Son regard flotte et dérive. Le flot de paroles de maître Godard s'est arrêté au seuil de ses oreilles. Elle ne l'entend plus. Elle est ailleurs, abîmée dans ses pensées, comme enveloppée d'ouate et de plumes. Elle s'est déjà lovée dans la maison du bonheur.

Ils se rendent tous les trois au bout du village, à la limite d'un champ de tournesols et, plus loin, d'une forêt qui s'arrête à flanc de falaise. Derrière, c'est la mer. Entourée d'un muret de brique, harmonieuse, bien proportionnée, solidement ancrée au centre d'un jardin en friche, la maison semble attendre sereinement son examen de passage.

Ils franchissent une double grille en fer forgé. Sur une plaque en pierre, gommé par le temps et les intempéries, presque effacé, un nom.

— « La Cerisaie », traduit le notaire. C'est le nom... officiel de la maison, celui qui figure sur les actes. Mais depuis toujours, dans le village, on dit « le château ».

Espiègle, Judith se glisse aux côtés de son mari et lui souffle à l'oreille :

— Oncle Vania, n'oublie pas que ma grand-mère était russe !

— D'où elle est, elle veille sur nous et sur les steppes de Picardie.

Ils rient.

Un flot de lumière rousse les accueille quand le

notaire ouvre la porte à double battant du salon. Puis, c'est la cuisine où l'imagination de Judith installe déjà en rêve toutes les merveilleuses machines modernes qu'elle a admirées au Salon de l'électroménager. Ils grimpent ensuite le grand escalier en marbre qui conduit à l'étage. Julien court d'une pièce à l'autre. Il ouvre les portes, les referme, revient sur ses pas, sautille de joie comme un enfant devant un sapin de Noël. Il jauge d'un regard les cinq pièces, claires et spacieuses. Il mesure, évalue, imagine, transforme, crée des volumes. Ses frustrations d'architecte, bâtisseur d'HLM, resteront à Paris. Ici, il donnera toute la mesure de son talent. Cette maison et ses innombrables possibilités d'aménagement seront le laboratoire de sa créativité refoulée, le lieu magique où ses idées prendront enfin formes et vie.

La voix de maître Godard l'arrache brutalement à ses rêveries.

— Il est bien tard pour vous montrer ce soir caves et greniers. Le jour tombe. Nous n'y verrons rien.

Le ton de la voix, la phrase formulée comme une affirmation et non sous forme de question surprennent Judith. Le notaire ne leur demande pas s'ils veulent visiter le grenier et les caves de la maison. Il anticipe une réponse négative. Instinctivement Judith s'en offusque.

— Mais bien sûr que nous voulons les voir, les fouiller de fond en comble. Tout découvrir jusqu'au moindre recoin !

— Je vous le déconseille pour l'instant, chère petite madame. Ça pourrait être dangereux. Surtout dans votre état, ajoute-t-il en glissant un regard désagréable vers le petit ventre rebondi de la jeune femme. Les escaliers ne sont pas en parfait état et nous n'avons pas de lampe de poche. La prochaine fois, bien sûr...

— Vous semblez persuadé qu'il y aura une prochaine fois ? interroge Judith, moqueuse.

— Il me semble que oui.

Reprenant brusquement contact avec la réalité, Julien a rejoint les deux autres.

— Vous avez raison. Il est temps de parler affaire sérieusement. Cette maison nous plaît et nous sommes disposés à l'acheter. Cependant, comment dire... une chose m'échappe.

— Laquelle ?

— Son prix. Inutile de nous prendre mutuellement pour des imbéciles. Cette maison vaut plus du double de ce que vous en demandez. Alors, pourquoi ? Où est le vice caché, la tare que nous découvrirons plus tard, une fois l'acte de vente signé ?

— Ni vice ni tare cachés, cher monsieur. Des travaux, seulement des travaux. Vous êtes architecte, je crois, je ne vous apprendrai rien. Cette maison a été habitée pendant vingt ans par une vieille femme sans ressources et qui ne l'a donc ni entretenue ni rénovée. L'ampleur et le coût des restaurations ont fait fuir tous ceux auxquels je l'ai fait visiter. Et puis, aujourd'hui, vous le savez bien, les gens ne jurent plus que par le moderne !

— Avez-vous déjà proposé la maison à beaucoup de monde ? demande Judith que la soudaine méfiance de son mari a mise en alerte.

— Non à vrai dire. Mais il y a autre chose.

— Ah oui, quoi ?

— Quand vous m'avez téléphoné de Paris, me décrivant par le menu ce que vous cherchiez, j'ai immédiatement pensé que cette maison était faite pour vous. Qu'elle ne pouvait convenir à personne d'autre.

— Le destin, ironise Judith. L'âme de la Cerisaie...

— Voilà qui est joliment dit, ricane le notaire.

Cela faisait deux mois déjà que Judith et Julien Desmaret s'étaient mis en quête de la maison de leurs rêves. Durant la semaine précédant chacune de leurs escapades hebdomadaires, Judith préparait avec une minutie d'entomologiste le plan et l'ordre de la bataille qu'ils auraient à livrer tout au long du week-end. Chaque matin, elle courait vers le kiosque à journaux de la gare Montparnasse faire l'acquisition des deux ou trois quotidiens de la presse picarde. Fébrile, elle les feuilletait sur place, debout dans un coin de la gare, trop impatiente de découvrir le trésor qui, peut-être, était dissimulé au cœur des petites annonces immobilières : la description de la maison idéale. Celle qu'avaient déjà bâtie son imagination et ses chimères. Celle qui pourrait, comme par magie, transformer son existence parisienne et étriquée en volupté campagnarde. De retour dans le trois-pièces de la rue Delambre, Judith dressait la liste des offres, les classait, leur attribuant des notes de 10 à 20. Les notes de 10 à 13 correspondaient aux maisons qui ne mériteraient qu'une visite rapide et ne justifieraient pas de détours. Les notes s'échelonnant de 14 à 17 présentaient, elles, de plus sérieuses chances de succès. Les maisons récompensées par ces notes imposaient des visites approfondies et décideraient du choix du futur itinéraire. Enfin, Judith avait décidé de donner des notes de 18 à 20 aux maisons qui auraient pu transformer immédiatement ses rêves de bonheur en réalité de pierre et d'ardoise, en vrais feux de bois, en jardins bien réels, débordant de roses trémières et de cris d'oiseaux. Bien que plusieurs fois tentée de céder à la complaisance, ne serait-ce que pour conserver intacts son énergie et son enthousiasme, elle n'avait encore jamais décerné de telles notes à aucune maison.

En plus du dépouillement systématique de la presse picarde, Judith entretenait par téléphone un réseau de notaires et de marchands de biens, susceptibles de mettre discrètement sur le marché, au gré des successions et des revers de fortune, des demeures patriciennes. Car c'était bien d'une maison de maître que rêvaient sans relâche de s'approprier Judith et Julien. Une de ces maisons provinciales de belles proportions, solidement campées sur un vaste terrain clos où s'épanouissaient fleurs sauvages et arbres fruitiers. Une maison dont ils pourraient gommer rapidement les apparences trop ostensiblement bourgeoises. Où leur imagination et leur fantaisie pourraient se donner libre cours. Julien, jeune architecte diplômé d'État, dessinait, faute de mieux, des plans d'immeubles HLM qui, en ce printemps 1965, continuaient de ceinturer Paris. Carcasses de béton gris, tristes et résignées comme les familles de travailleurs émigrés destinées à venir meubler leurs entrailles. Forçat du logement social, contraint dans ses projets de respecter des cahiers des charges qui rognaient sur les surfaces et sur la qualité des matériaux, Julien avait hâte d'expérimenter dans sa future acquisition les idées folles, les théories audacieuses dont il se sentait jusque-là frustré. Quant à Judith, elle avait décidé, dès que son ventre se fut arrondi et qu'elle eut été certaine d'être enceinte, de s'éloigner du lycée parisien où elle enseignait le français à des classes de yé-yé chahuteurs pour s'octroyer une année de congé sabbatique.

Deux mois plus tard, Julien et Judith sont assis au coin d'un matelas posé à même le sol, au centre du grand salon vide de la Cerisaie. L'affaire est conclue. Un disque tourne sur un petit électrophone à pile. Les arpèges, gais et flamboyants, d'un concerto de Vivaldi envahissent la pièce. Le bouchon de la bouteille de champagne qu'ouvre Julien s'envole ; le liquide joyeux crépite dans les verres.

— A notre nouvelle vie, ma chérie ! s'exclame Julien en trinquant.

— Tu l'imagines déjà, cavalant dans le jardin ? questionne Judith en se frottant tendrement le ventre.

Emportée par sa bonne humeur, elle poursuit :

— Moi, dans un transat, corrigeant mes copies, et toi, essayant par tous les moyens de démolir et de ridiculiser cette honorable bâtisse qui a dû abriter pendant deux siècles des générations de gens sérieux, armateurs, juges ou médecins...

— Il faudrait quand même que nous nous décidions, un jour prochain, à rendre visite à la cave et au grenier, enchaîne Julien qui pensait à autre chose. Dire que nous avons acheté cette maison sans même en connaître toutes les ressources. Un vrai coup de tête !

— Un vrai coup de cœur !

Le week-end suivant, Julien emprunte pour la seconde fois une camionnette à un ami. Au matelas, à l'électrophone, au réchaud à gaz et à la batterie de cuisine déjà transportés, s'ajoutent maintenant deux chaises, une table à dessin, une caisse à outils et le vélo de Judith. Le strict nécessaire pour camper dans la maison, y vivre quelques jours comme des sauvages en liberté. C'est ce que Judith a décidé de faire : passer une pleine semaine seule à la Cerisaie. Julien retournera travailler à Paris et la rejoindra directement le vendredi soir en sortant du bureau d'études.

Le dimanche en fin de journée, quand Julien s'apprête à prendre la route du retour, le ciel est chargé d'orage, métallique, zébré d'éclairs de chaleur. Julien s'inquiète de cette menace qui plombe l'horizon et électrise l'atmosphère.

— Rentre plutôt avec moi. Je ne suis pas sûr que tu aies choisi la bonne semaine pour jouer les Robinson.

— Je ferais une piètre campagnarde si je m'effrayais du premier orage venu. Qu'as-tu à craindre, chéri ? J'ai de quoi m'occuper même si la pluie me bloque une semaine dans la maison.

— N'oublie pas d'aller à la poste tous les jours pour me téléphoner. Et si tu as un ennui, va voir maître Godard.

— Je n'ai pas de mépris pour lui mais une femme est une femme. Oublions-le celui-là, veux-tu ? s'esclaffe Judith.

Julien claque la portière de la camionnette qui s'éloigne en brinquebalant alors que la nuit tombe et enveloppe le village comme un suaire.

A dix heures, Judith est au lit, pelotonnée dans une couverture, un livre sur les genoux. Le matelas a été transporté dans une pièce à l'étage. Dehors, l'orage a crevé. Des trombes d'eau s'abattent sur la campagne, labourent les champs et gonflent la rivière. Des bourrasques de vent secouent les arbres du jardin, s'acharnent sur les volets qui claquent comme des gifles. La pluie redouble encore lorsque Judith pose son livre et éteint la lampe à pétrole. Une nuit d'encre dévore la chambre, une obscurité compacte, trouée par intermittence par les déflagrations aveuglantes de la foudre.

— La nature, les éléments... la vraie vie enfin... murmure Judith en souriant avant de chavirer dans le sommeil.

A-t-elle dormi quelques minutes ou quelques heures ? Judith est bien incapable de le savoir lorsque, au cœur des ténèbres, une explosion secoue la chambre. La déflagration arrache la dormeuse à ses rêves paisibles. Elle se redresse d'un bond et, machinalement, tire la couverture vers sa poitrine. Un flot de vent et de pluie, un courant d'air glacé, s'engouffrent par une fenêtre béante. Les vitres se sont volatilisées.

Après une fin de nuit sans sommeil, au matin, alors que le temps s'est remis au beau, Judith inspecte la chambre et évalue les dégâts. Le parquet est trempé et des éclats de verre jonchent la pièce.

— Rien de dramatique. Laisser sécher, passer chez le vitrier et rien n'y paraîtra plus.

La jeune femme se dirige vers la porte lorsque son regard est attiré vers l'objet le plus banal qui soit. Le plus banal, mais qui, ici, devient soudainement insolite. Une pierre. Une pierre de la taille d'une boule de pétanque. Judith s'en approche, s'en saisit, la soupèse.

— Comment a-t-elle pu atterrir ici ? Ce n'est quand même pas un coup de vent qui... Une pierre dans la chambre ? Impossible, nous l'aurions vue. Alors, une pierre qu'on aurait lancée de l'extérieur et qui aurait traversé les vitres ? Au milieu de la nuit et au plus fort de l'orage ?

Troublée de ne pas comprendre, Judith enfourche sa bicyclette et pédale jusqu'à la poste pour téléphoner à Julien. Elle pousse la porte qui émet une cascade de grelots. La préposée, une grosse femme aux joues pleines et colorées, lève le nez du courrier qu'elle est en train de trier. Judith s'avance dans sa direction et affiche sur son visage le sourire le plus engageant qu'elle peut offrir. Elle tend une main au-dessus du comptoir.

— Bonjour. Judith Desmaret. Je suis la nouvelle occupante de la Cerisaie. Je veux dire... du « château ».

Laissant la main de Judith battre l'air, la postière scrute la nouvelle venue avec une expression d'incrédulité et d'effroi.

— Vous avez acheté « le château » ?
— Oui, c'est ça. Il y a deux mois.
— Vous l'avez acheté pour... l'habiter ?

La naïveté de la question enchante Judith qui éclate de rire.

— Pour quoi d'autre à votre avis ? Enfin, dans un premier temps, nous l'occuperons uniquement les week-ends. Le temps de faire faire les gros travaux. Plus tard, nous comptons bien nous y installer. Mon mari est architecte. Il voudrait construire sur la côte.

— Et c'est ce salaud de Godard qui vous l'a vendue ?

— Maître Godard. Oui.

— Aucun respect pour rien, celui-là.

La postière pique du nez et martyrise une pile de lettres à grands coups de tampon. Puis, elle lève les yeux sur Judith et croasse :

— Vous désirez ?

— Téléphoner à Paris. J'ai le numéro sur ce papier.

— La cabine est près de l'entrée.

Au téléphone avec son mari, Judith parle de l'orage, du vent et de la pluie. Elle évoque la beauté sauvage de la tempête. Elle omet de mentionner la pierre trouvée dans la chambre, vraisemblablement responsable du bris des vitres et de l'inondation. A quoi bon inquiéter Julien inutilement ? Elle ne dit rien non plus de l'étrange attitude de la postière, de l'angoisse peinte sur son visage quand elle a appris que la Cerisaie avait été vendue et qu'elle allait bientôt être de nouveau habitée. Les villages ont leurs secrets. Des rancunes tenaces y ont macéré au sein des familles pendant des générations, des divisions et des haines toujours prêtes à refaire surface.

— Si la postière déteste le notaire, c'est son affaire. Et si elle n'aime pas les Parisiens, elle s'y habituera, se dit-elle.

Dans l'après-midi, après avoir déjeuné dans le jardin d'une salade et d'un morceau de fromage, Judith se met en tête d'explorer le grenier. Elle chausse des bottes, s'arme de la lampe à pétrole et grimpe une volée de marches grinçantes qui mène aux combles. Sous la voûte des belles poutres incurvées de la charpente, elle a un instant l'étrange sensation de se trouver dans le ventre d'un bateau retourné. Un bateau fantôme qui se serait échoué là, dans sa vie, comme sur une plage de souvenirs. Elle redoutait que le grenier fût un bric-à-brac encombré de vieilleries, un capharnaüm poussiéreux rempli de vaisselle ébréchée, de chaises dépareillées, de papiers moisis. A sa surprise et à son soulagement, il n'en est rien. Le grenier est vide à l'exception de quelques meubles sans valeur, entassés dans un coin. Judith promène la lampe sur le sol et sur les murs. Elle imagine :

— De longues tables à dessin ici et là, des projecteurs dissimulés entre les poutres, ça serait le bureau de Julien. Ou des rayonnages, des livres partout et une table de billard au milieu : un endroit secret pour se calfeutrer en hiver avec des amis...

La lueur de la lampe accroche une tache jaunâtre. Judith fait un pas en arrière, donne à nouveau de la lumière sur l'endroit du mur qui a furtivement dilaté ses pupilles. C'est un tas de feuilles imprimées, épinglées sur la paroi. Elle s'approche, éclaire mieux. Des caractères gothiques dansent devant ses yeux. C'est un calendrier. Un simple et vieux calendrier. Oui, mais en allemand. Une date en haut : 1943. Et puis des jours cochés, rayés, encerclés. Judith ressent un creux dans la poitrine, une entaille comme un coup de canif porté de bas en haut. Un écœurement.

— Januar... Februar... März... April...

Quoi de plus quelconque que les noms des mois de l'année posés sur un mur, imprimés sur un calendrier ! Oui, mais juste vingt ans après la guerre, quand ils sont écrits en allemand et dans ces horribles caractères gothiques, lourds et compliqués, ils se transforment encore en menaces diffuses, en inscriptions maléfiques.

— 1943 ! J'avais trois ans, calcule Judith.

Maman m'avait cachée en Haute-Savoie... C'est l'année où papa et grand-mère... Oh, non...

Le visage de la jeune femme est devenu crayeux. Des gouttes de sueur perlent à son front. Une secousse glacée parcourt ses jambes. Elle veut fuir, voler vers l'escalier, dégringoler les marches, courir vers le jardin, retrouver la lumière.

La lueur de la lampe a glissé vers la droite où des lettres ont été gravées à la pointe d'un couteau sur des planches mal dégrossies.

Judith a encore la force de lire : GOTT MIT UNS ! Dieu avec nous ! Une des devises blasphématoires du IIIe Reich.

Le lendemain matin, Judith se réveille nauséeuse et fourbue. Sa nuit a été hantée de cauchemars, de cris, d'appels et de supplications. Sa mère lui est apparue en rêve, exsangue, pitoyable silhouette d'os et de peau flétrie. Sa mère, miraculeusement rescapée d'un camp de la mort, hallucinée de douleur, saturée de visions d'horreur. Sa mère qui était venue la chercher, elle, sa fille, la petite juive confiée à un brave couple d'hôteliers morzinois. Judith l'avait d'abord timidement appelée madame. Son père et sa grand-mère, la babouchka de Saint-Pétersbourg, n'étaient, eux, pas revenus des camps. C'était en 1945. Judith avait cinq ans. Bien sûr, elle n'avait pas compris à l'époque l'ampleur et la cruauté de la tragédie. Mais elle avait à jamais imprimé dans les veines bleues et fragiles de ses poignets, dans toutes les fibres de son cœur, l'accablement muet de sa mère, l'inconsolable absence de son père et celle de sa grand-mère à la voix qui, autrefois, roulait pour elle des mots d'exil et de tendresse.

Comme pour se nettoyer l'âme des cauchemars de la nuit, Judith n'attend pas que le soleil atteigne le perron de la Cerisaie pour jeter quelques pommes et un carnet à dessin dans un panier, enfourcher son vélo et quitter le village, cheveux au vent.

La journée est splendide. Ciel limpide, mer verte et sage. Judith pédale trop vite. Elle doit mettre souvent pied à terre pour reprendre son souffle, domestiquer le tambour qui martèle ses côtes.

A la sortie du bourg, un paysan avait ricané sur son passage :

— Vas-y, Anquetil du « château », gagne-nous le Tour de France comme l'année dernière !

Judith avait souri. Elle avait même légèrement soulevé une main du guidon pour envoyer au plaisantin un petit signe de connivence. Mais, maintenant, face au blockhaus pointé vers la baie de la Somme où elle s'est arrêtée pour croquer une pomme, des larmes viennent brouiller sa vue. Un flot de larmes salées. Un sanglot d'enfant.

— Calme-toi, respire, pense au petit qui est dans ton ventre.

Elle rebrousse chemin et rentre directement au village.

— Ralentis. Ni peur ni angoisse. Tu as Julien, tu as l'enfant, tu as la maison de tes rêves. Tu as tout pour être heureuse...

Une heure plus tard, les jambes en capilotade, la nuque douloureuse et les mains blanches à force d'avoir agrippé les poignées du guidon, Judith dépose sa bicyclette devant le bureau de poste du village et entre pour téléphoner à son mari.

A sa vue, la préposée ne fait aucun effort pour dissimuler ses sentiments. Elle accueille la jeune femme avec un rictus, une grimace agacée et haineuse.

— Encore vous !

— C'est comme ça que vous recevez la clientèle ? Qu'est-ce que je vous ai fait ? Je voudrais bien le savoir.

— Vous n'êtes pas comme les autres. Vous êtes celle du « château ».

— Et alors ?

— Vous êtes celle du « château », c'est tout.

— Eh bien, celle du « château », comme vous dites, s'appelle Judith Desmaret. Elle habite ce village et elle entend être traitée avec correction à défaut d'amabilité.

— C'est encore pour téléphoner, je suppose ?

— La cabine est près de l'entrée, merci.

Judith s'y enferme en claquant la porte. Quand, après une longue attente, elle entend, lointaine et brouillée, la voix de Julien, un bouillon de larmes se presse dans sa gorge.

Julien s'affole.

— Qu'est-ce qui t'arrive, ma chérie ? Allô, allô...

Judith hoquette, incapable de reprendre son souffle. Alors, Julien crie dans l'appareil.

— Judith, réponds-moi. Réponds-moi tout de suite. Qu'est-ce qui arrive ? C'est le bébé... ?

Cette question ramène Judith à la réalité de la cabine téléphonique, du bureau de poste, du village, de la vie.

— Non, tout va bien. Le bébé va bien et je vais bien. En fait, je me sens tout simplement déprimée, terriblement déprimée. Tu me manques, et ici tout est bizarre.

— Mais, explique-toi. Qu'est-ce qui est bizarre ?

Machinalement Judith s'est retournée en direction de la postière. Elle l'entrevoit qui tente de dissimuler son imposante carcasse derrière le comptoir. Elle porte un casque sur les oreilles. Judith expédie la conversation.

— Écoute Julien, je ne peux plus te parler pour l'instant. Je te rappellerai demain. Je t'attends vendredi. Avec impatience. Viens vite.

Julien bafouille des protestations. Pourquoi ne peut-elle pas lui parler ? A quoi riment tous ces mystères ?

Judith a raccroché et s'est plantée devant la postière qui, subrepticement, a retiré son casque. Judith fouille ses poches et lance quelques pièces de monnaie dans sa direction.

— Gardez tout. La moitié pour la poste, la moitié pour vous. Une espionne, ça s'achète.

Durant le restant de la journée, Judith erre sans but à travers la maison, passant d'une pièce à une autre, du rez-de-chaussée à l'étage. Elle prépare du thé qu'elle laisse refroidir sans le goûter, taille des crayons pour dessiner un arbre. Mais la page de son carnet reste blanche. Blanche comme sa voix quand elle se surprend à se parler à elle-même. Blanche comme sa peur d'être entrée en désamour avec la maison. Cette maison où, avant elle, il y a vingt ans, ont vécu des hommes en uniformes gris et vert et aux voix qui pouvaient, en aboyant, distribuer la mort.

Le soir a mélangé des couleurs dans le ciel quand, rassemblant le peu d'énergie que lui ont laissée ses pensées ternes et flottantes, elle décide de se rendre au village pour, de nouveau, téléphoner à son mari.

Retourner au bureau de poste est exclu. Heureusement, il existe un café dans le centre, qu'épaulent l'église et la mairie. Le seul autre endroit public du village qui dispose d'un téléphone, un objet rare et convoité en ce milieu des années soixante. Elle y va à vélo. Elle entrouvre la porte du bistro et jette un regard circulaire sur la demi-douzaine d'hommes attablés dans l'obscurité. Un étourdissant silence la maintient sur le seuil. Rires et conversations, bruits de verres qui s'entrechoquent, sont comme suspendus entre deux mondes. Les cuivres du bar brillent dans la pénombre, là-bas, très loin, à quatre ou cinq mètres au fond de la salle. Une distance qui lui paraît infranchissable. Pourtant, flageolante, Judith s'y aventure. Lorsqu'elle touche le comptoir comme un navire accoste au port, il lui semble qu'elle vient de traverser une cathédrale. Le patron a d'énormes rouflaquettes qui débordent d'une casquette crasseuse. Il rompt le silence en se raclant la gorge :

— Qu'est-ce que je vais bien pouvoir servir à la petite dame du « château » ? On n'a pas trop de whiiisky par ici.

— Je voudrais juste téléphoner à Paris.

— A Paris ! C'est pas tout près, ça !

— Je paierai bien sûr.

— Oui, mais c'est que, voyez-vous, eh bien... mon téléphone... il marche pas.

Une rumeur de joie sadique frissonne dans la salle. Un rire étouffé, le contenu d'un verre de vin rouge jeté, vite fait, au fond d'un gosier.

— Je vous en prie, c'est très important. Il faut absolument que je parle à mon mari.

— Mari ou pas mari, l'téléphone, y fait pas la différence.

Fou d'inquiétude, sans nouvelles de sa femme depuis vingt-quatre heures, Julien s'est précipité à la Cerisaie sans attendre la fin de la semaine. Il trouve Judith assise dans la cuisine, prostrée. Il l'entoure de ses bras, la cajole, la réconforte.

— Comment vas-tu ?

— Vivante mais épuisée. Désenchantée et l'âme chavirée.

— Mais enfin, dis-moi, que se passe-t-il ici ?

— Rien de particulier mais une foule de petites choses qui m'ont mis les nerfs à vif.

— Je te kidnappe, je te réquisitionne immédiatement pour un interrogatoire en règle.

Julien entraîne Judith hors de la maison, l'installe à l'avant de la DS, se glisse derrière le volant et démarre.

Vingt minutes plus tard, confortablement installé dans un restaurant, dont la salle à manger donne sur la mer, se partageant un plateau de fruits de mer et une bouteille de chablis, le couple retrouve peu à peu son calme. Judith explique par le menu les incidents qui ont jalonné ses trois dernières journées passées à la Cerisaie : la pierre qui a pulvérisé les vitres de la chambre pendant la nuit d'orage, l'attitude agressive des villageois à son égard, la postière, le patron du café, les gens dans les rues, leurs regards hostiles et sournois. Elle achève son récit par la découverte du calendrier allemand dans le grenier et le traumatisme qu'il a provoqué.

Julien l'écoute sans l'interrompre, comme s'il prenait mentalement des notes afin, le moment venu, d'être en mesure de reprendre point par point chaque argument avancé par Judith pour mieux les dédramatiser.

— Résumons-nous. Nous avons un gamin qui lance une pierre dans une fenêtre. Il savait que tu étais seule dans la maison et il voulait te faire peur. C'est de bonne guerre à la campagne. Que le premier gamin qui n'a pas fauté me lance la première pierre...

Les yeux d'encre de Judith se plissent, soudain rieurs. Julien poursuit.

— Parlons maintenant de l'attitude hostile de la population. Essayons de comprendre. Nous faisons irruption, nous gens de la ville, parisiens de surcroît, dans un village où tout le monde se connaît depuis des siècles. Nous achetons pour une bouchée de pain la plus belle maison, « le château », sans rien demander à personne. Nous créons la surprise et l'envie. Nous bouleversons les habitudes. Alors, en l'absence de repères et sans connaître nos intentions, les gens ont à notre égard une réaction de peur, de rejet, qui se traduit par de l'animosité.

— En m'interdisant d'utiliser un téléphone public alors que j'avais dit que c'était pour une urgence ? Non, Julien. Il y a autre chose !

— Je t'assure que non. A nous d'être patients, ouverts, conciliants. A nous de nous faire accepter.

— Et en faisant quoi ? En me traînant aux pieds de cette grosse postière agressive ?

— Mais elle, c'est contre le notaire qu'elle en a. Elle nous met dans le même sac que lui parce qu'il nous a vendu la maison.

Judith repose une coquille d'huître sur le plateau. Son regard s'est rembruni :

— Et le calendrier dans le grenier ?

— Ça, c'est tout autre chose.

Quand les Desmaret regagnent la Cerisaie, au

50

terme du déjeuner, ils trouvent le vélo de Judith renversé devant l'entrée, ses deux pneus crevés.

Judith et Julien Desmaret, d'un commun accord et sans même se consulter, laissent un mois s'écouler avant de retourner à la Cerisaie. Un mois. Quatre week-ends qu'ils passent à Paris. Concerts, cinémas, dîners entre amis. Ils veulent donner du temps au temps. Ils ne réclament pas de miracles. Ils espèrent seulement que leurs impressions se décantent, que le désenchantement de Judith s'estompe peu à peu. Qu'elle retombe amoureuse de la maison et veuille y retourner avec l'enthousiasme d'une redécouverte.

Durant cette période où la maison est au purgatoire, Julien contacte par téléphone plusieurs entrepreneurs susceptibles d'établir des devis pour réaliser le gros œuvre. Pour simplifier les futurs déplacements des ouvriers et par souci de s'allier les bonnes grâces de la population, il en choisit un dans le village et deux autres dans les bourgs voisins. A sa stupeur, les trois réponses sont négatives. Aucune entreprise ne veut se charger des travaux de restauration. Ni même prendre rendez-vous pour faire une estimation.

— Puis-je savoir pourquoi ça ne vous intéresse pas ? a questionné Julien, agacé.

Les deux premières sociétés ont argué d'un carnet de commandes surchargé.

— Nous avons plus de huit mois de chantier devant nous et pas mal d'options déjà prises. Ça ne serait pas sérieux de nous engager avec vous, a répondu un entrepreneur mal à l'aise.

Le gérant de la troisième société a été beaucoup plus direct :

— Jamais je ne mettrai les pieds au « château ».
Et, il a raccroché.

Bien sûr, Julien n'a pas rapporté à Judith la teneur de ces conversations. A quoi bon risquer de la déstabiliser une nouvelle fois ? Surtout en relatant des faits qui corroboreraient ses suspicions, qui la conforteraient dans l'opinion qu'elle s'était forgée : les gens du village leur étaient hostiles et cherchaient à leur nuire.

Pour sa part, et sans y croire vraiment, Julien a attribué ces refus à son statut d'architecte. Ceux du village, comme ceux des environs, ne devaient rien ignorer de sa profession.

— Ils savent bien que moi, à la différence des autres Parisiens, ils ne peuvent pas m'escroquer comme un vulgaire quidam au coin d'un bois ! s'était-il rassuré.

Julien a donc décidé à contrecœur de solliciter d'autres entreprises, mais, cette fois, plus distantes du village, et de leur cacher, dans un premier temps, la nature de ses activités.

Au cœur du mois d'août, quand les Desmaret se sentent suffisamment rassérénés pour reprendre la route de la Picardie, le champ de tournesols, qui jouxte la Cerisaie, est un lac de soleil qui ondule sous une brise légère.

Julien a, naturellement, fait disparaître du grenier le calendrier allemand. Tout comme il a raboté la planche où était inscrit le slogan nazi, que Judith avait interprété comme une cicatrice honteuse, portée à la tête de la maison.

Afin d'éviter d'autres éventuelles découvertes déplaisantes en présence de sa femme, il s'est attaqué seul au déblaiement de la cave. Mais Judith ne l'entend pas ainsi. Elle insiste pour rester à ses côtés. Elle le rejoint donc sous la voûte, fraîche et sombre, de la cave. Pleine d'allant, elle affiche bonne humeur et optimisme.

— Certes, la maison a été occupée pendant la guerre par les Allemands. Nous le savons maintenant. Mais, après tout, qui étaient-ils, ces Allemands ? Sans doute de pauvres troufions de la Wehrmacht, qui n'avaient rien demandé et qui attendaient avec impatience la fin de la guerre ?

— Bien sûr, chérie, bien sûr, approuve Julien, soulagé de constater la métamorphose de sa femme.

Des poutres et des gravats obstruent l'entrée du cellier. Les grosses mains de Julien virevoltent, s'agitent comme des pelles, précises et efficaces. Il dégage, aplanit, transporte sans relâche et apparemment sans effort.

Bientôt, on y voit plus clair. Dans un coin, une forme longue et blanche captive le regard de Judith.

— Regarde, Julien. Une baignoire...

— Et elle est d'époque !

— De quelle époque ? questionne Judith en riant.

— De l'époque préhistorique des baignoires, affirme Julien qui s'en approche et joue les connaisseurs. Début du XXe siècle, je dirais.

Il continue l'inventaire à la manière d'un guide de musée : une baignoire, entourée d'autres objets archéologiques : chaînes et pédales de vélo... couteaux de cuisine... pinces à charbon...

Il arrête d'un coup ses pitreries. Un objet, beaucoup moins innocent, accroche son regard. Un frisson court dans ses épaules. C'est un étui de pistolet, vide et usé.

Discrètement, il l'envoie rouler dans l'ombre,

d'un coup de pied qu'il veut désinvolte. Judith n'a rien vu. Elle poursuit de son côté ses investigations.

— Et ici, une table en pierre. Tu crois qu'on s'en servait autrefois pour tuer le cochon ?

— Sans aucun doute. Jambons, côtelettes et boudin !

Judith, toute à son affaire, tripote des bouts de cuir qui pendouillent de part et d'autre de la table.

— J'avais raison. Il y a encore les lanières qui devaient servir à attacher la pauvre bête au moment du sacrifice. Saignée vivante, ça devait être horrible !

Une heure plus tard, la cave est proprement vidée. Seules la table en pierre et la baignoire trônent, chacune à un bout de la pièce. Julien branche alors les grosses lampes de chantier qu'il a apportées et dont, jusque-là, il économisait les batteries. Un flot de lumière blanche inonde le cellier. Judith et Julien voient en même temps la trace semi-circulaire sur le mur du fond. Haute d'un mètre cinquante, large de quatre-vingts centimètres environ, il s'agit à l'évidence d'une porte basse qui a été murée.

— Tu crois qu'il y a une autre cave derrière le mur ? interroge Judith. Le notaire n'en a jamais parlé et l'acte de vente ne mentionne qu'une cave.

— Ça m'en a tout l'air pourtant, constate Julien en palpant le mur rugueux.

Il expertise.

— En tout cas, c'est du travail bâclé. En quelques coups de pioche, j'en aurai fini et nous serons fixés.

— Et s'il y avait un trésor caché là-derrière ? s'impatiente Judith.

— Le célèbre trésor du « château » ! déclame

Julien en crachant dans ses mains comme un maçon avant de soulever la pioche.

Comme Julien l'avait prévu, le mur cède sans grande résistance. Judith déblaie frénétiquement les gravats au fur et à mesure qu'ils roulent sur le sol. Bientôt la porte d'origine leur apparaît, béante, ouverte sur un espace de ténèbres. Un courant d'air, froid et rance, frappe leur visage.

— On n'y voit rien, j'apporte de la lumière.

Julien pointe les grosses torches vers le vide et la nuit de la seconde cave. Il actionne les interrupteurs. Deux déclics simultanés. Des gerbes de lumière les éclaboussent. Le cri qui jaillit de la poitrine de Judith pulvérise le silence. Il se répercute en cascade, en échos d'angoisse sur les parois de la caverne. Un cri inhumain, un hurlement de bête. Il vrille les oreilles de Julien, traverse son cerveau comme une boule de feu. Julien écarquille les yeux à son tour. Non, la vision d'horreur qui apparaît devant lui n'est pas une hallucination. Elle appartient bien aux choses réelles.

— Oh ! mon Dieu, mon Dieu..., balbutie Judith, qui s'est instinctivement accroupie et qui, recroquevillée, protège son ventre.

Devant eux, un squelette se balance dans le pinceau des lampes. Un squelette, pendu au plafond, qui danse au bout d'un ceinturon. La lumière brutale, presque théâtrale, douche les os phosphorescents du mort. Sa mâchoire inférieure, disloquée, pend dans le vide comme un grotesque et insoutenable sourire. Un terrifiant rictus de clown halluciné.

Julien parvient à se soustraire au macabre spectacle. Il se précipite alors vers Judith et l'aide à se redresser. Il l'empoigne, l'arrache à sa fascination morbide, l'entraîne fermement vers la sortie, la pousse dans l'escalier.

— Monte, monte vite à l'étage. Enferme-toi dans la chambre. N'en bouge plus. Moi, je fonce au bourg prévenir les gendarmes.

Judith s'agrippe à la rampe. Marche après marche, un pied après l'autre comme une enfant ou une vieille femme, elle se hisse, s'écarte, centimètre par centimètre, de l'odieuse vision.

Dehors, la DS démarre, fait une embardée et disparaît.

Comme une toupie folle, tournoyant dans sa tête, l'image du squelette enfièvre Judith, brûle son imagination. Assise sur le matelas, dans l'abri de sa chambre, elle s'efforce de calmer les battements saccadés de son cœur. Lentement, elle régule son souffle comme un alpiniste asphyxié par l'altitude. Du temps passe dans un maelström de sentiments. Du temps passe. Judith constate que son pouls s'assagit, que la sueur sèche sur ses tempes comme une pellicule de glace.

— Le squelette d'un pendu... dans la cave de notre maison.

Des bribes d'idées refont surface dans sa conscience comme de petites vagues de lucidité, passé le tumulte de la tempête.

— Un suicidé que l'on aurait muré ensuite pour satisfaire à ses dernières volontés ? Ou un crime ? Un crime odieux que l'on aurait maquillé en suicide ? Comment savoir ? Les gendarmes vont arriver avec Julien.

Un long frisson la secoue comme un fétu de paille.

— Et si les gens du village étaient tous au courant ? Si tout le monde savait, pour le squelette ? S'ils partageaient le terrible secret ? Cela expliquerait alors l'hostilité des uns et des autres. La postière irascible, le bistro sadique... les sarcasmes, les vexations... jusqu'à l'attitude étrange du notaire. Cela expliquerait qu'il nous ait vendu la maison pour une bouchée de pain, qu'il l'ait bradée...

Judith se lève, tourne en rond, se ravise et se rassoit.

L'image de sa mère traverse son esprit. Sa mère, que rien n'est jamais parvenu à abattre. Ni l'épreuve effroyable des camps, ni la perte tragique, irréparable, de son mari et de sa propre mère.

— Maman, que ferais-tu à ma place ? Aide-moi, donne-moi un peu de ta force, de ton courage ! implore-t-elle. Fasse que je sois digne de toi. Au moins une fois dans ma vie.

Judith crispe ses poings minuscules. Elle se lève à nouveau, tournicote dans la chambre, réfléchit, hésite, tergiverse et prend finalement sa décision.

Elle descend lentement les escaliers et se retrouve dans la cave, celle où grimace le squelette. Elle s'en tient éloignée, mais ne crie pas une seconde fois. Les nerfs tendus comme des cordes prêtes à se rompre, elle détaille la dentition du mort. Des dents bien rangées qui furent saines et carnassières, et dont il manque les molaires du fond.

— Ses dents de sagesse n'ont pas eu le temps de pousser. Il ou elle devait avoir moins d'une vingtaine d'années, constate-t-elle.

Son observation, qu'elle s'efforce de rendre presque scientifique, lui offre du répit, éloigne d'elle pour l'instant la peur qu'elle sent à nouveau prête à la submerger.

Judith oriente les lampes différemment. Le squelette est happé par des ombres nouvelles, tandis qu'à la surface du sol d'autres espaces inconnus se révèlent à ses yeux. Des espaces qui émergent des ténèbres, des espaces qui étaient jusqu'à cette seconde les gardiens de la vision d'horreur qui, d'un coup, lui saute au visage. Ses genoux se dérobent. Mais cette fois, son cri se transforme en gémissement douloureux, en plainte sourde, en sanglot muet. Quatre autres squelettes sont dispersés dans la cave. Deux sont assis côte à côte et semblent se tenir la main. Un autre est ratatiné dans un coin, face contre terre. Le dernier est affalé au pied d'un mur.

— Un charnier... un cimetière... des catacombes, énumère-t-elle, hébétée. Ici, sous ma maison... !

Près des squelettes, quelques objets garnissent le sol : une gamelle cabossée, un briquet rouillé, une cuillère en fer-blanc. La cuillère capte le regard de Judith. Elle est étrange. Elle a été frottée, polie, taillée en pointe. Judith s'accroche à ce détail pour ne pas se dissoudre dans l'angoisse, pour ne pas sombrer dans une démence qui l'envahit par bouffées. Elle s'empare de la cuillère et la retourne entre ses doigts. C'est alors que, face à un mur de la cave, la signification et l'usage de cet objet, banal mais curieusement travaillé, lui apparaît. Sous une couche de poussière crayeuse, des traces semblent avoir été gravées dans la paroi. Hiéroglyphes à peine visibles. Judith avance une main tremblante vers ces reliefs. Elle dégage du salpêtre. Des lettres se dévoilent une à une sous un nuage de poussière blanche. Les lettres découvertes forment maintenant des mots.

J.C. Liabœuf, F. Rossi, H. Lecouvreur,

Judith souffle en direction du mur. Elle poursuit, les yeux exorbités, sa macabre lecture au fur et à mesure qu'elle ressuscite les mots.

*A. Vieiville et N. Plimatowsky,
partisans F.F.I, ont été
murés vivants ici par la Gestapo.*

Judith trouve, dans les dernières ressources de sa volonté, la force de poursuivre jusqu'au bout l'horrible décryptage du message.

*Au village, tous des salauds collabos.
Ils savaient pour nous.*

Et puis, une date, elle aussi vraisemblablement gravée avec la pointe de la cuillère.

15. II. 44

C'en est trop. La jeune femme s'effondre sur le sol de terre battue.
Julien a indiqué la direction de la cave au capitaine de gendarmerie et aux deux brigadiers qui l'accompagnent.
— C'est juste là, en bas. La deuxième cave. Je monte voir ma femme et je vous rejoins.
Il grimpe l'escalier et entre dans la chambre dont la porte est restée ouverte. Judith lui tourne le dos. Elle est assise, tassée sur un coin du matelas, le visage à contre-jour, comme perdue dans ses pen-

sées. En deux pas, Julien a rejoint la petite silhouette. Il s'approche. Alors, un unique mot, atterré, étouffé d'angoisse, parvient à franchir sa gorge.

— Judith...

Judith est hagarde. Elle regarde son mari comme à travers un rideau d'hébétude. Des cheveux blancs et filasse encadrent ses joues creusées. La peau de son visage blafard est craquelée de rides. Pierrot halluciné, en deux heures, elle a vieilli de trente ans !

— Judith... oh ! ma chérie !

Julien tombe à genoux devant elle. Il presse sa femme contre lui, l'étreint avec passion, la couvre de baisers, passe les doigts dans ses cheveux. Quand il se recule pour voir une nouvelle fois le fantôme terrifiant qu'est devenue Judith, de la poudre blanche virevolte autour de son visage. De la poussière qui reste collée à ses mains. Alors, il la secoue, lui frotte la tête, lui tapote les joues, et un sourire radieux éclaire ses traits.

— Mais où es-tu allée te fourrer ? Tu es noire, ou plutôt blanche de poussière.

Judith ne réagit pas. Julien poursuit. L'effroi, aussi brutal que le soulagement qu'il vient d'éprouver, l'a excité.

— Les gendarmes sont ici. Ils vont ôter le squelette du pendu, le faire disparaître. Il doit être très vieux parce que j'ai interrogé les gendarmes. Ils ne se souviennent pas d'une disparition récente au village.

Judith lève la tête vers Julien. Dans ses yeux, il peut lire toute la souffrance du monde. Il recule instinctivement et commence à s'éloigner. Judith se redresse et marche vers lui. Julien proteste.

— Voyons, reste ici. Tu ne vas pas retourner dans la cave. Tu en as assez vu !

— C'est toi, Julien, qui n'as encore rien vu.

Quand Julien et Judith rejoignent les gendarmes, le jeune capitaine se caresse pensivement le menton face à l'inscription. L'un des brigadiers mitraille les lieux avec un petit appareil photo. Les ampoules au magnésium du flash grillent et crépitent.

Julien découvre à son tour les cinq squelettes. Bien sûr, il n'en croit pas ses yeux. Incrédule, il se tourne tour à tour vers Judith et vers le capitaine. Il les questionne du regard, s'énerve de ne rien comprendre.

— Cinq... cinq squelettes ! Mais c'est pas croyable ! Qu'est-ce que ça veut dire ? Tout à l'heure, il n'y avait que le pendu, le suicidé. D'où viennent les quatre autres ?

— Regarde là, sur le mur, souffle Judith en lui pinçant le coude.

Alors Julien lit l'inscription, gravée malhabilement sur le mur. Il lit le message de détresse. Il lit les noms des cinq martyrs des Forces françaises de l'intérieur, des cinq résistants emmurés vivants. Il identifie les bourreaux : la Gestapo. Et il lit aussi, juste au-dessus de la date, la phrase terrible qui accuse tout le village de collaboration avec l'ennemi, qui l'accable d'avoir gardé, sur cet assassinat collectif et bestial, un criminel silence.

Tandis que les brigadiers transportent les squelettes dans des sacs en toile et les entreposent à l'arrière de leur camionnette, le capitaine glisse les rouleaux de pellicule impressionnés dans la poche de sa vareuse.

Judith s'étonne de la procédure.

— Vous ne laissez pas les corps en place pour l'enquête ?

— J'en ai terminé pour ici. Pour la suite à donner à cette affaire, j'en aviserai mes supérieurs et la préfecture.

— Vous voulez dire que...

— Vous pouvez poursuivre vos travaux. Dès demain si vous le souhaitez.

— Mais ça ! hurle Judith en pointant un index accusateur en direction de l'inscription.

Le jeune capitaine ne se départ pas de son calme exaspérant.

— Vous l'avez constaté, j'ai fait photographier les lieux. Tous les lieux. Y compris ce qui est marqué sur ce mur.

— Et si les photos étaient ratées ? Et si c'était plutôt à la police judiciaire de se charger de cette affaire ?

— Madame, je vous en prie.

Le ton de la voix a changé. Il est devenu cassant, autoritaire.

— D'une part, le brigadier Sauvageot est un photographe d'expérience. Ses images seront exploitables. D'autre part, cette affaire est de ma compétence. Je vous demanderai donc de garder vos réflexions pour vous.

Judith a soudain la sensation que le cauchemar se poursuit. Qu'en fait il ne s'est jamais arrêté. Qu'il se répète en boucle depuis vingt ans.

— Vous laissez entendre que nous pourrions effacer les inscriptions. Que vous nous y autorisez.

— C'est ce que j'ai dit. Je vous autorise à poursuivre vos travaux, confirme le capitaine, avec un haussement d'épaules.

— Mais ça serait les tuer, les tuer tous les cinq une seconde fois !

— Vous êtes chez vous. Cette décision vous appartient.

Le capitaine salue le couple d'un geste mécanique en s'inclinant devant Judith.

— Monsieur Desmaret, je vous attends à la gendarmerie demain, dans le courant de la matinée pour votre déposition. Je vous souhaite une bonne nuit.

Tandis que le fourgon démarre, un silence de plomb s'installe dans la cave. Judith dégage une de ses mains de celle, chaude et épaisse, de son mari.

— Ferme la maison, Julien, je veux rentrer à Paris. Tout de suite.

— Tu as entendu ? Il faut que je me présente demain à la gendarmerie, proteste mollement Julien.

— Désolée, tu referas la route.

L'ordre est sans appel.

La camionnette de la gendarmerie traverse des bourgs pétrifiés dans la nuit. Assis à côté du chauffeur, le capitaine tire sauvagement sur une cigarette. Il semble marmonner à l'adresse du paysage cotonneux qui défile derrière sa vitre.

A l'arrière, le brigadier Sauvageot, vingt-cinq ans, originaire du bourg voisin, fixe d'un regard morne les cinq sacs de toile entassés à ses pieds. A chaque cahot, un sinistre requiem s'en échappe, comme des voix plaintives qui filtreraient d'outre-tombe.

Sauvageot pense à son père. Il calcule laborieusement dans sa tête.

— Il devait avoir une trentaine d'années en 1944.

Des souvenirs, terriblement nets et précis, reviennent en mémoire du brigadier. Des souvenirs de déjeuners dominicaux, généreusement arrosés. Sauvageot devait avoir douze ou treize ans. A l'occasion de ces réunions familiales, il ne se lassait pas d'interroger son père sur la guerre, encore toute proche, encore très présente dans les esprits.

— Où étais-tu, papa ? Qu'est-ce que tu faisais quand les Allemands étaient là ?

Son père restait généralement évasif.

— Au début, tous les Français étaient pour Pétain. Après, surtout vers la fin, quelques-uns ont choisi de Gaulle... Quand il n'y avait plus rien à craindre.

— Oui, mais toi ?

— Allez, ça va bien comme ça ! Laissons le passé où il est et les morts en paix, concluait invariablement son père en quittant la table.

Le brigadier Sauvageot grince des dents en fixant les sacs, dans lesquels s'entrechoquent sinistrement les os démantibulés des squelettes.

— Bordel de merde de bordel de merde.

L'automne colore Paris en touches impressionnistes. Douce symphonie de tons roux, camaïeux d'auburn et d'acajou.

Le souvenir de la Cerisaie s'estompe légèrement dans la mémoire de Judith. Depuis trois mois, elle refuse d'y retourner. Julien n'insiste pas.

Judith a prévenu son mari.

— Tu sais, je ne crois pas que je pourrais vivre au « château ».

Quand elle a eu prononcé cette phrase d'une voix triste, elle a senti bouger son enfant dans son ventre. Un petit coup de pied, balancé sans indulgence, comme un signe, un acquiescement complice mais ferme à la décision douloureuse que sa mère était en train de prendre.

Julien a écrit à la gendarmerie pour avoir connaissance des conclusions de l'enquête. Sa lettre restant sans réponse, il a récidivé. Puis, il a bombardé de courrier la préfecture et le parquet.

Une lettre, portant cachet de la gendarmerie, lui est enfin parvenue en date du 9 novembre 1965.

Monsieur,

Le résultat de l'enquête, que j'ai diligentée, en août dernier, dans le sous-sol de votre propriété « la Cerisaie », n'est pas de nature à vous être divulgué. Néanmoins, et en dépit du caractère confidentiel de cette affaire, et en accord avec mes supérieurs hiérarchiques, je suis en mesure aujourd'hui de vous communiquer les faits suivants :

Durant la Seconde Guerre mondiale, votre villa a abrité le quartier général local de la Gestapo.

Il s'avérerait que des actes délictueux s'y soient déroulés, notamment dans les caves : séances d'interrogatoires et de tortures.

Cinq résistants, appartenant aux Forces françaises de l'intérieur, ont bien péri dans la seconde cave de votre résidence, vraisemblablement murés vivants par la Gestapo.

Compte tenu des témoignages en notre possession, rien n'autorise par contre à créditer l'hypothèse formulée dans l'inscription qui figurait sur un mur de la seconde cave. A savoir que des habitants du village auraient été informés de la situation. Le message que nous avons retrouvé aurait pu être inspiré aux résistants par un légitime sentiment de désespoir ou de folie.

En conséquence, l'affaire a été définitivement classée.

Veuillez agréer, Monsieur, etc.

Le 15 novembre, Judith accouche d'une ravissante petite fille qu'elle prénomme Varia, en mémoire de sa grand-mère d'origine russe. Julien ne juge pas utile de l'informer du contenu de la lettre qui, du moins pour la gendarmerie, met un terme à la sinistre expérience de la Cerisaie.

Profitant du séjour de sa femme à la maternité, il retourne une dernière fois au « château », accompagné de son meilleur ami. Armés de pelles et de truelles, ils construisent dans la journée un mur qui condamne l'entrée de la seconde cave de la maison, celle où repose maintenant, comme dans un sanctuaire, le terrible message gravé sur le mur.

Avant de dresser ce mur de silence et de mémoire, Julien a disposé sous l'inscription un gros bouquet de fleurs des champs et une aquarelle de Judith. Une aquarelle pleine de soleil et de tendresse.

Les Desmaret n'ont jamais mis la Cerisaie en vente. Peut-être, plus tard, beaucoup plus tard, dans les années quatre-vingt, quand elle sera devenue adolescente, Varia demandera-t-elle à ses parents d'y passer un week-end avec ses amis pour danser jusqu'à l'aube, sur une lancinante musique techno, à travers les grandes pièces vides de la maison ?

L'ISBA DE STEPAN

Ce matin-là, dans le bourg de Monchintsi, Vladimir Topor triture d'une seule main sa vieille blague à tabac. Ses doigts, comme des racines, émergent de la manche de sa veste rapiécée. A la place du cœur, s'alignent des rubans sans couleur et de petites étoiles rouges en émail. Vladimir Topor est un héros de l'ex-Union soviétique. Depuis que l'Ukraine a acquis son indépendance, en 1991, le prestige de Vladimir s'est terni comme ses médailles. Il s'est lui-même ratatiné, à la mesure de sa pension d'invalidité. Pourtant, chaque matin, la cigarette collée au coin des lèvres, il s'étonne d'être toujours en vie.

De son banc, Vladimir est un impitoyable guetteur des allées et venues de son quartier.

Vers neuf heures, une silhouette clopinante tourne au coin de la rue. Les yeux de Vladimir roulent dans leurs orbites comme deux morceaux de charbon. Il maugrée, en alerte maximale :

— C'est qui celui-là ?

La silhouette avance dans sa direction. C'est un petit tas d'os voûté, monté sur deux courtes pattes.

— Inconnu au bataillon, conclut Vladimir, qui a

passé en revue mentalement vieux et vieilles du village.

Le spectre s'approche encore. Il s'arrête à sa hauteur.

Vladimir et l'inconnu se dévisagent. L'invalide toise le sac d'os qui examine l'invalide. Et puis, le regard de Vladimir s'embue. Un tremblement secoue ses lèvres. Sa cigarette tombe dans la poussière. Ce qui lui reste de dents s'entrechoque dans sa bouche. Un nom en sort :

— Stepan Kovaltchouk ?

Le fantôme bouge la tête très lentement de haut en bas et répond sur le même ton :

— Vladimir Topor ?

— Stepan ! Stepan ! rugit alors Vladimir en agitant devant lui son bras unique. Mais qu'est-ce que tu fais là puisque tu es mort depuis cinquante ans ?

Cinquante ans que Stepan est mort ? Cinquante-sept ans très exactement. Cinquante-sept ans, du moins, qu'il a disparu. Car le petit homme bancal, qui sautille timidement d'un pied sur l'autre devant Vladimir, n'est pas une créature d'outre-tombe, échappée d'une légende ukrainienne. C'est un vieillard de chair et de sang, un natif du bourg.

L'annonce de la réapparition de Stepan se répand dans les rues de Monchintsi comme une traînée de poudre. On accourt de toutes parts. On n'en croit pas ses yeux. On touche la crinière blanche du revenant, on lui tâte les joues comme pour se persuader qu'on ne rêve pas. Les anciens, qui l'ont connu, examinent ses yeux voilés.

— Tu reviens de Russie ? Tu reviens du goulag ? Ils t'ont libéré ?

Les plus jeunes, ceux qui ont lu son nom gravé sur le monument aux morts, se contentent d'inspecter son visage et son costume avec crainte, comme s'ils découvraient un extraterrestre.

On presse Stepan de questions. Vladimir impose le silence en balançant devant lui son bras valide comme un chef d'orchestre.

— Fermez-la à la fin. Laissez-le parler.

Il s'adresse au vieillard comme à un enfant attardé :

— Tu viens d'où, Stepan ? Il faut nous dire maintenant.

Alors, Stepan ouvre la bouche et la garde grande ouverte le temps de détailler son auditoire. Et puis, il sourit et parle d'une voix douce. Ce qu'il dit est un mélange de prophéties et de visions, d'expressions toutes faites où on reconnaît des dictons populaires et des citations de la Bible. Il parle comme un saint illuminé.

L'affaire est grave. Il faut sans attendre en informer les officiels. Des hommes courent chercher Leonid Gorienko, le responsable du soviet local, le conseil municipal. Gorienko se rend auprès de Stepan et constate son étrangeté. Il décide de l'emmener sur-le-champ pour un interrogatoire. Stepan est conduit à la Maison commune. Un secrétaire consigne, non sans peine, les propos effarants du vieillard prodigue.

L'aventure extravagante de Stepan Kovaltchouk commence en 1942.

Depuis trois ans la guerre fait rage sur la plus

grande partie de l'Europe et, l'été dernier, l'Ukraine est envahie à son tour par la Wehrmacht.

Les Allemands ont un besoin urgent de main-d'œuvre pour faire tourner à plein régime leurs usines d'armement. Comme ils le font ailleurs, dans tous les territoires qu'ils occupent, ils réquisitionnent les hommes jeunes et les envoient en Allemagne comme travailleurs forcés. Les rafles n'épargnent pas les bourgades les plus reculées d'Ukraine.

Au mois de juillet, blindés légers, démineurs et fantassins de la Wehrmacht se répandent par vagues dans les rues somnolentes de Monchintsi. Puis, ce sont des nazis, les terrifiants Waffen SS, qui prennent le relais. Ils ratissent le village, regroupent les hommes, les comptabilisent, les trient comme du bétail. Pour échapper au travail obligatoire, certains s'enfuient dans les montagnes. Les nazis les traquent comme des proies. Quand ils ne parviennent pas à les capturer, ils exécutent des innocents en représailles. Très vite, des cadavres empuantissent les rues, des tombes fleurissent. La terreur s'installe.

En 1942, Stepan Kovaltchouk fête ses dix-huit ans. Une faiblesse des bronches le rend souffreteux. Il toussote au moindre effort. S'il était pris et envoyé en Allemagne, là-bas de l'autre côté des Carpates, combien de temps survivrait-il ? Quelques semaines, quelques mois tout au plus. Comment imaginer ce jeune homme chétif, attelé dix heures par jour à une machine, dans l'atmosphère suffocante ou glaciale d'un atelier ? Stepan n'ignore rien de son état de santé. Il connaît son handicap. Il sait que s'il se montre au grand jour, il signe son arrêt de mort. Entre la mort pour insoumission et l'exil sans espoir de retour, il n'a pas le choix. Par ailleurs, s'il ne prend pas le maquis comme les autres insoumis, c'est que sa constitution ne lui permet pas non plus de les accompagner dans leurs marches forcées. Il serait un poids qui mettrait en péril la survie du groupe.

Il décide donc de ne pas quitter Monchintsi et de s'y cacher. Mais où peut-il trouver refuge en dehors de chez lui ? Nulle part. Alors, il se terre comme une bête traquée dans la maisonnette familiale, une isba délabrée qui ne possède que deux petites pièces au rez-de-chaussée et une au grenier.

C'est dans ce logis, exigu, vulnérable, dénué de tout confort, que Stepan va s'emmurer cinquante-sept ans. C'est là qu'il va s'exclure volontairement du monde des vivants, se livrant malgré lui, année après année, à une expérience d'enfermement unique qui, aujourd'hui encore, défie l'imagination...

— Où est Stepan ? On ne le voit plus, s'inquiètent les voisins au bout de quelques jours.

Sa mère affecte un air de conspiratrice.

— Il nous a quittés. Que Dieu le protège là où il est !

Les villageois hochent la tête avec respect. Ils croient comprendre que le jeune homme a choisi la clandestinité, qu'il se bat dans les montagnes aux côtés des résistants. Ils compatissent.

— Il est bien courageux, votre garçon, avec ses poumons malades !

La vieille femme poursuit sa comédie.

— Le Seigneur protège Ses brebis. Mon fils s'en sortira.

Ainsi, peu à peu, chacun dans le bourg s'habitue à l'absence du garçon. On ne pose plus de questions embarrassantes. En dehors des membres de sa famille, personne, bien sûr, n'est au courant. Seules sa mère, sa tante, une bigote silencieuse, et Melania, sa sœur, couturière à domicile, partagent le terrible et mortel secret. Et la vie s'organise dans la chaumière vétuste. Stepan s'installe d'abord au grenier. Il profite du maigre soleil qui passe à travers la lucarne du toit. Puis, à l'approche de l'hiver, il gagne le rez-de-chaussée et se blottit derrière le poêle. Il doit courber le dos pour s'y tenir assis. Il ne s'en plaint pas. Très croyant, le reclus recopie inlassablement des prières au porte-plume : des liturgies de baptême, des messes... Il couvre des cahiers d'écolier d'une écriture fine et appliquée, qu'il décore ensuite d'icônes maladroites. La nuit, Melania donne à son frère des cours de couture. Stepan est bientôt capable de la décharger d'une partie de ses travaux d'aiguille les plus simples.

Un jour, une voisine fait irruption dans l'isba. Elle jaillit dans la pièce sans prévenir. C'est Olga, une cliente de Melania. Elle vient passer commande d'une robe de mariage pour sa fille. Comme à son habitude, Stepan est lové derrière le poêle. Instinctivement, quand la porte s'ouvre, il se recroqueville et retient son souffle.

Dans la pièce, Melania est occupée à un ouvrage. Elle se fige. Son visage blanchit. Depuis des mois la famille vit dans la terreur d'une perquisition allemande car Stepan est toujours recherché.

A la vue de sa voisine, Melania se ressaisit et pousse un silencieux soupir de soulagement.

— Ah, c'est vous, Olga ! Vous m'avez surprise.

La voisine s'étonne de la tension qui règne soudain dans la pièce.

— Eh bien, vous en faites une tête ! s'esclaffe-t-elle en jetant sur la table son coupon de tissu. Quelque chose ne va pas ? Vous ne semblez pas très contente de me voir, on dirait ?

— J'allais justement sortir, s'excuse la couturière. Une livraison urgente. Pourriez-vous revenir dans un moment ?

— Ne vous inquiétez pas, j'en ai pour une minute.

La voisine s'installe sans y avoir été invitée. Derrière son poêle, Stepan se ratatine. Melania s'efforce d'abréger la conversation mais Olga la harcèle de questions.

— Pour cette robe, qu'est-ce qui conviendrait le mieux, un col rond ou carré ? Qu'en pensez-vous ?

Stepan ressent un picotement monter dans ses bronches. Il se maudit en silence. L'irritation, qui maintenant lui brûle la gorge, devient insupportable. Et la peur n'arrange rien. Si la voisine le découvre, il aura beau la supplier de ne rien dire, la pipelette ne tiendra pas sa langue. En quelques heures, tout le village sera au courant.

Stepan, le héros de la Résistance, celui que l'on admire, que l'on imagine dans le maquis, est caché bien au chaud derrière le poêle. Un lâche qui attend sans s'en faire la fin de la guerre. La honte éclabousserait toute la famille. La nouvelle viendrait vite aux oreilles des Allemands. Sa mère, sa tante et sa sœur seraient sans doute fusillées sur-le-champ. Quant à lui...

En désespoir de cause, Stepan porte une main à

sa bouche. Il appuie de toutes ses forces. Ses bronches sont en feu. Il ne peut se contrôler plus longtemps. A bout de forces, cramoisi, il cède. Une petite toux sèche s'égrène dans la pièce. Avec un bruit étouffé de crécelle.

Olga interrompt brutalement son bavardage. Elle se tourne comme une girouette dans la direction du poêle.

— Vous avez entendu ? On dirait qu'il y a quelqu'un par ici.

Sans réfléchir, Melania tousse à son tour. A s'en déchirer les poumons. Une quinte rauque, interminable.

— Ah, c'était vous ! constate la voisine avec soulagement. J'aurais pourtant juré que quelqu'un d'autre toussait près des bûches.

Stepan s'asphyxie toujours. La boule de feu, qui roule dans ses poumons, le torture. Il toussote encore, la tête tordue sous son bras pour atténuer le bruit. Et Melania l'accompagne avec un léger temps de retard, comme un écho amplifié. Au bout d'un moment, elle fait mine de reprendre son souffle avec difficulté et poursuit la conversation là où elle l'avait laissée.

— Excusez-moi. Nous en étions à la longueur des manches, je crois.

Et le calvaire de Stepan se prolonge. Dès qu'il tousse, Melania s'époumone. Gênée, la voisine consent enfin, à contrecœur, à lever le camp.

— Visiblement, vous n'êtes pas bien, ma petite. Il faut vous soigner. Je ne vous fatigue pas davantage.

Dès qu'Olga a tourné les talons, Melania verrouille la porte et se précipite pour délivrer son frère, qui, flageolant, s'extrait de derrière le poêle et crachouille du sang, plié en deux.

L'alerte est passée, la famille momentanément sauvée. Mais combien de temps encore le garçon pourra-t-il rester emmuré sans que personne, tôt ou tard, ne le découvre ? D'autant que son affection pulmonaire s'aggrave. Bientôt, s'il ne fait pas appel à une aide venue de l'extérieur, cette maison qui le protège se refermera sur lui comme le couvercle d'une tombe.

Devrait-il appeler le médecin du village pour se faire examiner, celui précisément qui pleure ses trois fils, déportés en Pologne ? Ce serait suicidaire. Le médecin est un patriote fervent. Il le dénoncerait sans hésiter.

En attendant, c'est la vieille tante qui supplée aux soins médicaux. Elle court la montagne, cueille des plantes sauvages, les fait bouillir et fabrique des décoctions, puantes et verdâtres, que Stepan s'oblige à ingurgiter entre deux haut-le-cœur. Les quintes de toux s'espacent. La tante espère que la rémission durera au moins jusqu'à l'automne.

En mars 1944, une nouvelle vague de terreur endeuille l'Ukraine.

Écrasées par l'Armée rouge, les troupes du Reich fuient le pays. Elles laissent derrière elles un champ de ruines et de souffrances. Mais le pire reste à venir. Deux cent mille Ukrainiens ont, en effet, combattu dans les rangs allemands et une armée insurrectionnelle, farouchement anticommuniste, maintient une guérilla contre les Soviétiques. Alors, l'Armée rouge, avec la bénédiction de Staline, se déchaîne contre les Ukrainiens. Les hommes qui échappent au massacre sont enrôlés de force et envoyés sur le front pour, si possible, s'y faire tuer rapidement. Aucune pitié pour les traîtres !

Dans un tel climat de haine et de barbarie, comment Stepan songerait-il à quitter son abri ? Que pourrait-il espérer de tels « libérateurs », qui égorgent les vieillards et violent les femmes ?
De toute façon, sa mère est catégorique.
— La guerre ne durera pas. En attendant, tiens-toi tranquille !
Le garçon se replonge dans ses pieuses écritures. Il aide sa sœur dans ses travaux d'aiguille. Parfois, la nuit, il se risque sous le hangar pour couper un peu de bois. Il ne quitte jamais la maison où il se blottit comme dans un cocon sans oser en sortir. Et les mois s'écoulent sans heurt et sans ennui.

À la fin de la guerre, les représailles soviétiques sont plus terribles encore : accusés de collaboration avec l'ennemi, deux millions d'Ukrainiens sont déportés en Sibérie.
— Yvan, Fédor et Pavel ont été pris, lui annonce un jour sa sœur, bouleversée.
Ce sont les meilleurs amis de Stepan. Enfant, il a fait avec eux les quatre cents coups.
Melania se tamponne les yeux avec son mouchoir et regarde son frère d'un air abattu.
— Ce n'est pas tout, les miliciens m'ont demandé quand et comment tu étais mort.
Elle semble réfléchir.
— J'ai dit...

Elle se signe trois fois à toute vitesse pour se faire pardonner son mensonge.

— J'ai dit que tu avais disparu au début de la guerre. Que tu avais rejoint ceux qui se battaient dans la montagne contre les Allemands. J'ai dit qu'on ne t'avait plus jamais revu.

Stepan écoute sa sœur comme si elle parlait d'un autre, comme si elle relatait une anecdote qui ne le concernait d'aucune façon.

Et Melania ajoute en sanglotant.

— Ils m'ont crue.

Sa tante la console.

— Tu viens de sauver la vie de ton frère. Et la nôtre par la même occasion.

Dès lors, l'enquête, qui traînait depuis des années, est officiellement close. Porté disparu en 1942, mort en héros quelque part dans le maquis, Stepan Kovaltchouk ajoute son nom, au bas du monument aux morts, à la liste des résistants authentiques.

Et le cercle vicieux, dans lequel il s'est enfermé, se poursuit avec sa logique, implacable et absurde. En effet, dans ces conditions, comment Stepan pourrait-il avoir l'audace de réapparaître en plein jour ? Accusé de haute trahison, il serait déporté sans autre forme de procès vers un de ces goulags sibériens dont on ne revient pas. Le sort de sa famille serait lui aussi réglé une fois pour toutes : déshonneur, bannissement, exil.

Mais — et c'est sans doute l'un des aspects les plus invraisemblables de cette aventure — Stepan conserve, tout au long de cette décennie et des suivantes, une joie de vivre inentamable, un intérêt passionné pour le monde extérieur. D'ailleurs, rien de ce qui se déroule dans l'empire soviétique ne lui échappe. Il se tient informé de tout, en lisant les vieux journaux dans lesquels les clientes de Melania emballent les vêtements qu'elles lui apportent. Il éplûche les articles, annote les reportages, analyse les éditoriaux. Il apprend à déchiffrer le jargon des censeurs du régime, à lire entre les lignes, à se faire une opinion. Les grands événements du monde rythment son enfermement. A la lueur d'une bougie, il commente l'actualité, la nuit, autour de la table où les trois femmes sont réunies : la mort du camarade Staline, le vol de Gagarine autour de la Terre, la guerre en Afghanistan. Le garçon, qui est devenu un homme sans âge, mélange souvent les informations qu'il lit dans la presse aux textes bibliques dont il remplit toujours ses cahiers. Cela donne une langue bizarre, poétique et obscure. Les femmes se sont habituées à ce charabia qu'elles font semblant de comprendre.

En 1975, la mère et la tante meurent à quelques jours d'intervalle, emportées par une mauvaise grippe. Stepan les veille avec ferveur dans une pièce du bas, transformée en chapelle ardente. Il souffre de ne pouvoir accompagner sa sœur au cimetière pour assister à l'enterrement et à la cérémonie.

Pour atténuer son désespoir, Melania a une idée. Une idée qui horrifie son frère :

— Si tu sortais un peu cette nuit autour de la maison ?

— Mais pourquoi, tu es folle ?

— Disons que ce serait ta façon de partager le deuil, de rendre hommage aux dernières volontés de maman. Tu sais bien que son souhait le plus cher était qu'un jour tu retournes enfin à une vie normale. Pourquoi ne pas commencer dès aujourd'hui à te réhabituer à sortir ?

Stepan est atterré par cette proposition. Il dévisage sa sœur, ne sachant pas si elle plaisante.

— Et si je me fais prendre ?
— Tu seras prudent.

Terrifié à la seule idée d'abandonner sa niche, Stepan tremble de tout son corps.

— Bon, j'essaierai.

Et, comme pour lui prodiguer un dernier encouragement, Melania, lui dit :

— Je me suis renseignée, nous aurons une nuit sans lune. Personne ne te verra.

Avec le monde extérieur qu'il redécouvre — quelques dizaines de mètres carrés d'herbe et d'arbustes plantés autour de l'isba — Stepan procède comme un explorateur dans une jungle hostile. Il avance prudemment, un pied devant l'autre. Il hésite, se retourne, tressaille au moindre bruit, prêt à fuir. Il ne quitte pas la maison des yeux. Elle est sa protection, son havre et son salut. De temps en temps, il s'accroupit et arrache quelques brins d'herbe. Il les porte à sa bouche et les mâche. Et puis, il lève les yeux vers le ciel où de rares étoiles clignotent à travers les nuages.

— Mon Dieu que c'est beau ! murmure-t-il entre ses dents.

Il respire un grand coup. L'air froid blesse ses poumons malades. Alors, il se contente d'avaler de petites goulées de fraîcheur en contemplant la splendeur crépusculaire qui l'entoure.

— Comment ai-je fait jusqu'à présent ? Comment ai-je pu vivre en me privant de tout ça ? Comment vais-je pouvoir encore supporter mon trou ?

Cette première sortie de Stepan, après trente-trois ans d'isolement, tourmente son esprit. En restant volontairement cloîtré dans la maison, loin des hommes, de la nature et des animaux, retranché de toutes les créations divines, n'a-t-il pas défié le Seigneur ? En s'enfermant sans remords dans sa solitude, n'a-t-il pas commis un monstrueux péché d'orgueil ?

Ne devrait-il pas, dès aujourd'hui, implorer le pardon de Dieu ? Stepan confie ses tourments à sa sœur qui les comprend et les partage.

— Tu as raison. Tu dois soulager ton âme au plus vite.

— Oui, mais comment faire ?

— En allant te confesser à un prêtre. C'est la seule façon, rétorque Melania, catégorique.

Afin que Stepan puisse se mettre en paix avec sa conscience, une expédition est organisée. Il n'est pas question, bien entendu, de contacter le prêtre du village. Même un homme de Dieu, tenu au secret de la confession, ne pourrait garder pour lui pareille information : Stepan est toujours vivant et, depuis plus de trente ans, il n'a pas quitté son isba.

Après avoir passé en revue les quelques paroisses des environs, Melania choisit d'emmener son frère dans un hameau isolé, à une quinzaine de kilomètres, où elle est sûre que personne ne les connaît.

Ils quittent la maison à l'aube et sortent sans bruit du village. Les premiers kilomètres sont rapidement franchis. Stepan traîne à l'arrière, enivré de liberté. Il s'arrête souvent pour observer une fleur, pour toucher un arbre. Tout lui semble neuf et excitant. Sa sœur, qui doit l'attendre, lui fait signe d'accélérer.

— Si tu ne te dépêches pas davantage, on va croiser les bûcherons.

La marche reprend, plus rapide. Au bout de deux nouvelles heures, Stepan titube de fatigue. Il a surestimé ses forces. Reclus depuis trop d'années sans exercice, son dos s'est voûté, les muscles de ses jambes ont fondu. Maintenant, son cœur cogne dans sa poitrine et ses poumons s'enflamment à chaque pas. Il s'assoit, hors d'haleine, perclus de douleurs.

— Il reste encore combien ?

— Cinq, six kilomètres, calcule mentalement Melania. Dans une bonne heure, nous y serons.

— Tu pourrais y être. Pas moi. Je suis à bout.

La situation est critique. Assis côte à côte sur le bord de la route, le frère et la sœur se consultent. Une seule solution : rentrer au village en passant par les bois et se cacher en attendant la nuit pour regagner ensuite discrètement la maison.

Devant l'état d'épuisement de Stepan, Melania dissimule son inquiétude.

— Nous avons toute la journée devant nous. Tu marcheras doucement, à ton rythme.

Lorsqu'un grondement de moteur essoufflé se fait entendre, le regard vitreux de Stepan se fige en expression de terreur. Un autocar brinquebalant vient de surgir devant eux, à la sortie d'un virage. Il se dirige vers Monchintsi.

Melania bondit sur ses pieds. Elle agrippe son frère par le revers de sa veste et le tire vers elle.

— Vite, cache-toi dans le fossé !

Trop tard, l'autocar s'arrête à leur hauteur. A travers la vitre, le chauffeur leur demande par signes s'ils veulent monter. Le couple ne réagit pas. Il reste hébété sur le bas-côté. Alors, le chauffeur actionne la porte automatique et les apostrophe.

— Vous montez ou pas ?

Melania n'a jamais vu cet homme.

— Si je ne le connais pas, lui non plus ne nous connaît pas, a-t-elle le temps de réfléchir tandis que Stepan grimpe sur le marche pied et monte dans l'autocar.

Sa sœur, qui n'a pas le choix, l'imite. Ils sont maintenant tous les deux à l'intérieur. Stepan se retourne pour refermer la porte derrière eux quand, dans un grincement, le mécanisme emprisonne ses doigts. Le chauffeur s'énerve.

— Qu'est-ce qui vous prend de mettre vos doigts dans la porte ? Vous n'avez jamais pris un car de votre vie, ma parole !

Le chauffeur ne croit pas si bien dire. Par bonheur, l'autocar est vide. Stepan va se blottir humblement au fond d'un siège. Sa sœur se laisse tomber à ses côtés et lui souffle :

— Descendons au prochain arrêt. Tant pis, tu marcheras un peu.

Le retour à la maison se déroule sans encombre. En dehors du chauffeur, personne n'a croisé les clandestins. Mais l'alerte a été si chaude, si dangereuse que le prisonnier volontaire décide de ne pas renouveler l'expérience. Il retourne à son poêle et à son grenier. Pour vingt-cinq années supplémentaires !

Un lundi de décembre 1999, tard dans la matinée, Melania est encore au lit. Cela ne lui ressemble pas, elle qui se lève à l'aube depuis qu'elle est en âge de travailler. Stepan, inquiet, se rend à son chevet. Melania, qui l'attendait, lui dit avec sang-froid :

— Je vais mourir. Tu vas te retrouver seul dans la maison. Tu n'y survivras pas. Alors, jure-moi de sortir après ma mort.

Stepan regarde sa sœur avec panique.

— Tu ne peux pas me laisser seul !

Ses yeux ne quittent pas le visage exsangue et crayeux de celle qui, peu à peu, est devenue son double féminin, de celle qui a repoussé toutes les demandes en mariage pour continuer à veiller exclusivement sur lui. De celle qui s'est sacrifiée jusqu'à ses dernières forces.

L'agonisante s'efforce de le rassurer.

— Tu ne seras pas seul. Il y a les autres, tous ceux du village. Tu sais, notre pays a beaucoup changé. Tu l'as lu dans les journaux. Les communistes sont partis. Maintenant, tu n'as plus rien à craindre. Alors, sors. Jure-le-moi !

Le lendemain, Melania s'éteint sans une plainte.

Stepan est désemparé. Il tourne comme une toupie dans la maison, s'arrachant des touffes de cheveux par poignées. Il gémit, râle et sanglote. Il couvre de baisers le visage de la morte puis il se jette sur le plancher et récite ses étranges prières. La mort de sa sœur aimée, qui était aussi le seul lien qu'il conservait avec le monde extérieur, le plonge dans une confusion proche de la folie. Exténué, recroquevillé au pied du lit de la gisante, il parvient enfin, dans un éclair de lucidité, à exprimer son angoisse.

— Que vais-je faire du corps ?

Sortir et avertir les voisins ? C'est inimaginable.

Ne rien faire, laisser le cadavre se décomposer dans la maison ? Le fait que Melania n'ait pas reçu les derniers sacrements est déjà, pour Stepan, une offense impardonnable faite au Seigneur. Il est hors de question maintenant de laisser plus longtemps son âme se corrompre dans son corps pourrissant. Il faut d'urgence réparer ce blasphème. Ce qui exige la présence d'un prêtre.

Stepan retourne le problème sous tous ses angles mais il n'entrevoit qu'une seule solution. Alors, il ouvre en grand toutes les portes et les fenêtres de la maison et il va se réfugier dans le grenier. C'est une réaction sans doute stupide. Comment et pourquoi une femme agonisante de quatre-vingts ans aurait-elle pu faire ça ? Mais c'est la seule idée qui lui traverse l'esprit. Il réfléchit.

— Les voisins seront intrigués de voir la maison grande ouverte. Ils s'inquiéteront, viendront prendre des nouvelles. Alors, ils découvriront Melania et ils l'enterreront comme une bonne chrétienne.

Et le plan, apparemment absurde, de Stepan fonctionne comme il l'avait imaginé. Bien sûr, les voisins s'interrogent tout d'abord sur cette étrange mise en scène avant de conclure tristement :

— La pauvre vieille ! Elle vivait seule, sans personne, depuis plus de vingt ans. Elle a dû se sentir mourir et a voulu nous avertir à sa façon.

Pendant qu'on enterre Melania avec prières, éloge funèbre et eau bénite, Stepan se morfond dans son grenier.

Ce n'est que trois jours plus tard que Vladimir Topor découvre le revenant d'outre-tombe, le fantôme de Monchintsi dans les rues du village. Il le conduit auprès de Leonid Gorienko, le responsable du soviet local. Gorienko écoute sans l'interrompre l'extraordinaire récit du vieillard, âgé maintenant de soixante-seize ans, et déclare sentencieusement :

— Stepan, je pourrais te poursuivre pour avoir déserté. Je pourrais te jeter en prison. Tu le mériterais.

Le coupable n'a aucun mouvement de protestation. Il baisse honteusement la tête. Les quelques personnalités de la commune qui ont assisté à l'interrogatoire retiennent leur souffle. Leurs regards passent alternativement du visage de Gorienko, qui affecte un air sévère, à celui résigné de Stepan.

Gorienko prend son temps, puis il pousse un énorme soupir et rend sa sentence.

— Mais je pense qu'après cinquante-sept ans enfermé chez toi tu as déjà purgé ta peine ! Va en paix, tu es libre.

LES EMMURÉS DE NEW YORK

— Police de New York, j'écoute, rugit la standardiste.
— Allô !
— Identifiez-vous et donnez-moi votre adresse.
— S'agit pas de moi, proteste une voix éraillée à l'autre bout du fil.
— Désolée, c'est la procédure.
— Bon, ça va ! Barbara Longfellow, quarante-neuf ans, 107, 42ᵉ Rue ouest.
— C'est bien, encourage la standardiste en notant les informations sur un bloc de papier jaune. Maintenant expliquez-moi lentement la raison de votre appel.
— ...
— Voulez-vous que je répète la question, madame Longfellow ?
— Vous énervez pas, j'ai compris. C'est que... vous allez m'prendre pour une dingue.
— Sait-on jamais !
— Ben voilà. J'habite dans la 42ᵉ comme j'vous ai dit...
— Continuez.

87

— L'immeuble à côté, le 109, c'est un taudis. Pire que ça, c'est muré de partout.

L'opératrice lève les yeux au ciel et tapote son bloc avec la pointe de son stylo.

— Venez-en aux faits, s'il vous plaît.

— Deux vieux types vivent là-dedans d'puis des siècles. On les voit jamais. Mais toutes les nuits, y a un truc.

— Quel truc, madame Longfellow ?

— Y passent de la musique à fond. Comme de l'opéra ! Y m'cassent les oreilles avec ça depuis vingt ans.

— Pénible en effet. Et alors ?

— Maintenant, y a plus rien. C'est la première fois qu'j'entends pas la musique.

— Et vous en déduisez ?

— Ben qu'c'est bizarre.

— Vous voulez dire que ça vous surprend ou que ça vous inquiète ?

— J'veux dire qu'c'est bizarre.

— Rien d'autre à signaler, madame Longfellow ?

— Non. Juste ça.

— Je vous remercie pour votre appel.

La standardiste raccroche, remplit un formulaire, se lève et traverse en soupirant une vaste pièce pleine de fumée et du cliquetis des machines à écrire. Elle jette le papier sur un bureau derrière lequel se balance un policier en uniforme.

— L'affaire de l'année, Joe.

L'homme à tête de pitbull déchiffre le rapport d'appel, griffonné à la hâte. Il ricane.

— Deux vieux mecs dans un squat ont coupé leur gramophone. Passionnant ! Je dois prévenir le maire ?

— Passe déjà faire un tour, ça sera un début !

— Ce boulot devient n'importe quoi, grommelle Joe McMurphy à l'adresse de Tonio Rossi, son coéquipier.

— Tu l'as dit, Joe.

La voiture de patrouille, dans laquelle maugréent les deux policiers, semble flotter sur Broadway. Des bourrasques de neige dansent devant l'essuie-glace. A travers une flambée de néons, la voiture, sirène éteinte, traverse Time Square, tourne à gauche dans la 42ᵉ Rue et s'immobilise cent mètres plus loin.

— 109 ! Je crois que c'est là, dit Tonio, hésitant.

Il coupe le moteur avec regret.

Joe se penche à son tour vers le bâtiment de trois étages plongé dans l'obscurité. Lui non plus n'est pas pressé d'affronter les rafales de vent qui s'engouffrent dans la rue.

— Tu vois quelque chose ?
— Pas âme qui vive.

Les deux hommes s'extirpent de la voiture et s'avancent en frissonnant vers le petit immeuble, une maison de ville en brique. Les fenêtres sont opaques, comme obstruées de l'intérieur. L'ensemble donne une impression de ruine et d'abandon.

En pataugeant dans des paquets de neige, Joe grimpe la volée de marches qui mène au perron. Il cogne à la porte.

— Police !

Rien. Il récidive.

— Ouvrez, police de New York !

Silence. Joe se tourne vers Tonio qui l'attend dans la rue en sautillant dans le froid sibérien.

— Prends le pied-de-biche dans le coffre et amène-toi.

L'autre s'exécute.

Dès la première pression, la porte vermoulue cède sans effort. Les policiers décrochent les lampes de poche qui pendent à leurs ceinturons et donnent de la lumière. L'entrée est un incroyable bric-à-brac d'objets et de détritus. Un fouillis indescriptible et puant. Une montagne de cartons éventrés, débordant de livres moisis, grimpe sur toute la surface d'une cloison. Plus les policiers progressent, plus l'odeur devient insupportable.

— On nous a envoyés dans une porcherie ! gémit Tonio avec un haut-le-cœur.

— Jamais rien vu de pareil, approuve l'autre en repoussant du pied les monceaux d'ordures qui jonchent le sol.

— Vise un peu ça !

Un tas de masses blanches et lisses brille soudain dans le faisceau de la lampe : des lavabos. Une dizaine de lavabos empilés de guingois le long d'un mur. Les policiers contournent l'échafaudage branlant avec précaution et franchissent une porte. Ils essaient de s'orienter. Ils progressent maintenant dans ce qui leur semble avoir été autrefois un salon. Objets hétéroclites brisés, poussière et immondices envahissent tout l'espace.

— Tirons-nous d'ici, suggère Tonio, pris de nausée. Demain, l'équipe de jour y verra plus clair.

— Oui, tirons-nous, approuve Joe sans se faire prier.

Alors que les deux hommes rebroussent chemin au milieu des déchets, Joe grogne soudain d'une voix blanche.

— Bon sang, viens par ici, j'ai quelque chose.

Tonio rejoint son coéquipier. En clignant des yeux, il aperçoit à travers le fourbi une vieille paire de chaussures. Des brodequins démodés dont l'extrémité bâille tragiquement. Des orteils, raides et violacés, pointent à l'extérieur du cuir.

— Merde, il manquait plus que ça ! Un macchabée !

Le rai de lumière remonte lentement le long des pantalons, éclaire une redingote élimée, s'arrête un instant sur le col amidonné, noir de crasse, d'une chemise et se fixe enfin sur un visage. Un visage incrusté de poussière, percé de deux yeux blancs. Des yeux globuleux de poisson, comme tournés vers l'intérieur du crâne. Un visage qui offre aux policiers l'énigm d'une terrifiante grimace.

A portée du mort, un gramophone à manivelle est posé de travers sur un guéridon, l'aiguille plantée dans un disque à l'arrêt.

Le lendemain, aux premières heures du jour, un fourgon de police stoppe devant le 109, 42ᵉ Rue ouest. Quatre hommes en uniforme et un inspecteur en civil, le chapeau rabattu sur les yeux, sautent à terre. Le vent qui souffle d'East River n'a pas molli. La neige, qui est tombée toute la nuit sans interruption, plâtre maintenant la façade de l'immeuble.

— Touchez pas au cadavre, je dois l'examiner, lance l'inspecteur Chodorov à ses agents. D'après les voisins, ils étaient deux à partager ce taudis. Des jumeaux. Cherchez l'autre !

L'intérieur de la maison est glacial. Les fenêtres, en partie aveuglées par des masses de choses, filtrent une lumière polaire et avaricieuse. On installe des torches sur batterie car, bien sûr, l'électricité est coupée. Dans les feux croisés des projecteurs, l'immensité du dépotoir saute aux visages des policiers. C'est un souk inimaginable, un chaos d'objets au rebut, une montagne instable de vieilleries crasseuses, un amoncellement de déchets posés en vrac. C'est un cul-de-basse-fosse. Une odeur infecte empuantit cette monstrueuse brocante. Écœurés, les agents se pincent le nez et crient d'une voix de canard à travers les pièces.

— Hello ! Hello ! Y a quelqu'un ici ?

L'inspecteur observe le mort. C'est un homme d'une soixantaine d'années au front dégarni et à la moustache poivre et sel. Son visage gris est exsangue. Sa bouche, pincée dans un dernier et horrible rictus, grimace dans le vide. Ratatiné dans une chaise roulante d'un autre âge, son corps squelettique flotte dans des vêtements démodés, usés jusqu'à la corde.

Pas de blessure apparente, pas de trace de lutte, de violence ou de coups. Vraisemblablement l'inconnu a succombé à une mort naturelle. Autant qu'il peut être naturel de vivre et de mourir au milieu de cette vermine.

Les policiers descendent des étages et se regroupent autour du cadavre.

— Vous avez trouvé le frère ? leur demande l'officier.

— Non, chef. Impossible de fouiller cette maison sans la vider de tout son contenu. Quel fatras ! Y a des trucs pas croyables là-haut.

— Par exemple ?

— Une bonne dizaine de pianos à queue.

— Une dizaine !

— Oui, et un tronc d'arbre d'au moins deux mètres de long au troisième étage, renchérit un agent. On se demande bien comment il est arrivé là.

— Et même une Ford en pièces détachées, ajoute le premier policier. On a affaire à de sacrés collectionneurs !

— Bon, on verra ça plus tard. Emmenez le corps à la morgue pour l'autopsie, ordonne l'officier.

Tandis qu'un premier camion de la voirie commence à évacuer objets et détritus, l'inspecteur Chodorov parvient facilement à identifier le cadavre découvert dans la maison. L'homme s'appelle Harry Wilson, ex-avocat aux affaires maritimes. Si de mémoire de fonctionnaire ce nom n'évoque plus rien aux services de l'eau, du gaz, de l'électricité et du téléphone, il figure toujours sur les listes électorales. Logique puisque Wilson n'a jamais déménagé. Bill, le frère jumeau de Harry, avec lequel il partageait la maison depuis toujours, s'est quant à lui volatilisé.

Chodorov a du travail par-dessus la tête. En cet hiver 1950, les conditions climatiques ne sont pas les seules à réfrigérer les rues de Manhattan. Meurtres, agressions et hold-up empoisonnent et glacent l'atmosphère. L'inspecteur a hâte de classer l'affaire Wilson : mort naturelle d'un déclassé. Par acquit de conscience, il lance dans la presse un appel à témoin. Le lendemain soir, un homme se présente spontanément au commissariat. Un petit vieux au regard de fouine.

— J'ai bien connu les frères Wilson. Bill surtout, déclare Charles Langley à l'inspecteur. J'étais jeune journaliste quand j'ai fait sa connaissance dans les années 1920. A l'époque, il était pianiste dans un orchestre de dixieland à Harlem.

Et, des heures durant, Charles Langley raconte au policier attentif tout ce qu'il sait de l'incroyable destinée des frères Harry et Bill Wilson.

— Quand les jumeaux viennent au monde, en 1885, New York n'est pas encore une ville debout, hérissée de gratte-ciel. John D. Wilson, le père des garçons, agent immobilier, pressent le formidable boom économique qui va accompagner le tournant du siècle. Il investit à tour de bras, achète des masures dans le sud de la ville, les fait raser et construit à leur place des immeubles cossus. Sa fortune s'arrondissant, il fait ériger pour son propre usage et celui de sa famille une maison de ville non loin de Time Square. Un élégant bâtiment en brique de trois étages, flanqué d'un escalier de secours rutilant. Un petit bijou niché au cœur d'un quartier résidentiel. Virginia, son épouse, aménage son nouvel intérieur en s'inspirant des magazines de décoration qui lui parviennent de Londres et de Paris. La famille vivrait heureuse dans ce havre de luxe si les activités du promoteur ne l'entraînaient à fréquenter la pègre de New York. Gangsters, policiers et politiciens véreux défilent dans son bureau. En échange de pots-de-vin, ils offrent protections et affaires juteuses. John D. Wilson cède sans résister aux sirènes de l'argent facile. Sa vie bascule. Il rencontre des femmes dans des bouges sordides. Quand il regagne la maison de la 42ᵉ Rue après plusieurs jours d'absence et de débauche, c'est une bête furieuse. Si Virginia a l'audace de protester, il se déchaîne, l'abreuve d'injures, la roue de coups. Ses fils, trop jeunes pour s'interposer, assistent impuissants au martyre de leur mère. L'enfer prend pied puis s'enracine dans la maison. Haine, pleurs, violence et hurlements. Le cauchemar dure dix ans. A bout de forces et de patience, Virginia obtient finalement le divorce, la jouissance de la maison et un joli paquet d'actions en Bourse. Les garçons n'oublieront jamais la brutalité et la veulerie de leur père. Ils ne le reverront plus. Même quand John D. Wilson, quelques années plus tard, purge une peine de prison pour escroquerie et corruption.

— Sombre histoire ! soupire l'inspecteur Chodorov qui n'a pas interrompu le vieux journaliste. Donc, exit le paternel ! Que se passe-t-il ensuite ?

— Les jumeaux vivent avec leur mère. Ils grandissent et font des études : de droit pour Harry qui devient avocat ; de musique pour Bill, qui compose des spectacles pour Broadway et trouve une place de pianiste dans un orchestre.

— Très bien. Les voilà tirés d'affaire.

— Pas pour très longtemps.

— Que voulez-vous dire ?

— La mort de leur mère les bouleverse au-delà du raisonnable, lâche Charles Langley en agitant sa cigarette. Vers la fin de la Première Guerre mondiale, j'écris des chroniques de jazz pour un magazine. C'est à ce titre que je rencontre Bill. Je m'intéresse à sa carrière prometteuse. Bill m'invite de temps en temps dans la maison de Time Square.

— Parlez-moi de cette maison.

— A l'époque, elle est superbe, pleine d'objets rares, de meubles anciens, de trucs superbes. Mais il s'en dégage... comment dire ? Une tristesse accablante.

— Pourquoi ?

— C'est un musée, une tombe. Après la mort de Mme Wilson, aucune femme n'y met plus les pieds.

— Les jumeaux vivent donc seuls dans leur palais ?

— Oui. Comme un couple de moines, comme un duo d'orphelins inconsolables, devrais-je dire plutôt.

— Ils ne se sont jamais mariés ?

— Jamais. Peut-être parce qu'ils sont monozygotes.

— Monozygotes ?

— Excusez le terme. Ce sont de vrais jumeaux. Issus d'un même œuf, si vous préférez. Est-ce cette particularité qui les rend indissociables, comme soudés encore l'un à l'autre ? Je l'ignore. Toujours est-il qu'en décidant de vivre à tout jamais seuls dans la maison, sans femme et sans amis, leur esprit se détraque lentement...

Chodorov se carre dans son fauteuil.

— Ils deviennent cinglés ?

— On peut le dire comme ça. Certes, ils continuent d'exercer leur activité chacun de son côté mais, dès qu'ils se retrouvent, c'est pour courir les brocantes et les antiquaires, les friperies et les ventes de charité. C'est pour amasser sans discernement un tas de choses en double ou en triple exemplaire. Des objets de toutes sortes dont ils garnissent la maison.

— Étrange comportement ! On m'a en effet parlé d'une effarante collection de pianos à queue.

— Pas seulement des pianos, des machines à coudre, des mannequins de couturière, des sabres, des batteries de cuisine, des...

— N'en jetez plus ! s'amuse Chodorov.

Langley poursuit sur sa lancée.

— Tout et n'importe quoi. Leur manie devient

obsessionnelle. Ils ne pensent plus qu'à accumuler, à remplir. On dirait que... je ne sais pas... qu'ils cherchent à occuper le vide laissé par leur mère. A combler un deuil par une boulimie d'acquisitions dérisoires.

— En entassant leur bric-à-brac dans la maison, les jumeaux cherchent à se créer un univers rassurant, renchérit l'inspecteur qui commence à cerner avec ahurissement la personnalité des Wilson.

— Exactement. Ils s'isolent, ils se sécurisent. Ils dressent des remparts d'objets entre eux et le monde extérieur, entre eux et la réalité, approuve le journaliste. Ils se claquemurent.

— Et, malgré ça, vous continuez de les fréquenter ?

— Leur maniaquerie est devenue mon centre d'intérêt, avoue Langley sans grande fierté. Je suis journaliste, ne l'oubliez pas. Je veux observer par moi-même jusqu'où la folie va les entraîner.

Tout en faisant craquer ses phalanges une à une, Chodorov fronce les sourcils comme s'il réprimandait un collégien.

— Sans alerter les services sociaux, sans avertir un psychologue qui pourrait leur venir en aide ?

— Non, je ne dis rien à personne. Je me contente de prendre des notes et des photos en vue d'un article, d'un livre peut-être...

— Bravo ! Félicitations ! Non-assistance à personne en danger !

— Où est le danger ? se défend Langley, surpris par cette réaction. Amasser des objets chez soi n'est pas un crime, que je sache ! Par ailleurs, les frères sont inoffensifs. Ils ne gênent personne. Pour tous ceux qui ignorent ce qui se passe derrière leurs murs,

Harry et Bill sont des gens respectables. Ils travaillent, votent, vont à l'office du dimanche. Ils sont irréprochables.

— Sauf qu'ils sombrent peu à peu dans la folie ! Que vous êtes au courant de leur démence galopante et que vous ne faites rien pour les en sortir !

— Si j'étais intervenu, c'est moi qu'on aurait pris pour un fou. Du moins pour un jaloux ou un envieux. Ou pour un profiteur qui aurait cherché à leur soutirer quelque chose.

L'inspecteur Chodorov balaie l'argument d'un revers de main et plante ses yeux de glace dans le regard ennuyé du journaliste.

— D'accord Langley, oublions ça. De toute façon, il est trop tard pour en discuter. Je ne vais pas ressusciter le cadavre que j'ai sur les bras. Au fait, dites-moi, savez-vous où est passé Bill Wilson ?

— Pas la moindre idée, je ne l'ai pas vu depuis deux mois.

— Il n'était pas dans la maison quand on a commencé de la fouiller. Lui connaissez-vous de la famille, un endroit où il se serait réfugié ?

— Les frères étaient seuls au monde.

— Le suicide ?

— Improbable. Bill n'aurait pas laissé derrière lui la maison en l'état.

— Donc, mystère ! Je verrai ça plus tard, venons-en maintenant au naufrage si vous le voulez bien. Expliquez-moi comment, de bourgeois respectables, les frères Wilson deviennent des clochards, des indigents cloîtrés dans leur gourbi ?

— Nous y venons.

Charles Langley allume une autre cigarette et jette

son allumette dans le cendrier qui déborde. Il souffle ensuite sa réponse dans un nuage de fumée.

— Le krach de 1929, monsieur l'inspecteur.

— Le « jeudi noir » ! Oui, je me souviens, soupire Chodorov. Huit milliards de dollars évaporés en moins de deux heures à la Bourse de New York ! Une avalanche d'entreprises qui font faillite ! Dix millions de chômeurs à la rue ! La ruine de l'économie américaine !

— Je vois que vous connaissez le dossier. Le krach frappe les frères de plein fouet. Rappelez-vous : en plus de la maison de la 42ᵉ Rue, les Wilson ont hérité de leur mère un gros paquet d'actions. Du jour au lendemain, leur magot s'envole. Leurs titres fondent, perdent jusqu'à 95 % de leur valeur. Naturellement, ils n'ont pas d'autres économies puisqu'ils dilapident tout ce qu'ils gagnent dans leurs achats, incessants et désordonnés.

— Harry et Bill sont sur la paille ?

— Proprement lessivés.

— C'est vite dit. Ils possèdent toujours la maison. Ce n'est pas rien, un immeuble privé. Surtout entre Time Square et la Cinquième Avenue ! Ça pèse des millions de dollars !

— Nous sommes bien d'accord, inspecteur, mais à aucun moment les frères ne pensent à vendre. L'idée ne les effleure pas, semble-t-il. Plutôt mourir ! Cette maison est taboue. S'en séparer équivaudrait pour eux à perdre leur mère une seconde fois.

— Vous qui êtes leur ami, essayez-vous de leur faire entendre raison ?

— Naturellement.

— Et ?

— Je me heurte à une fin de non-recevoir. Je

comprends vite que si j'insiste ils m'enverront au diable. Que je ne les reverrai plus.

— Donc, naturellement, vous renoncez. Sinon, adieu l'article ou le livre que vous concoctez sur eux en douce !

— Bien obligé !

La salle où s'entretiennent les deux hommes se vide peu à peu. Des policiers, en uniforme et en civil, quittent leurs bureaux, s'ébrouent bruyamment, enfilent des manteaux, coiffent des casquettes ou des chapeaux mous. En sortant, ils croisent ceux de l'équipe de nuit qui arrivent, emmitouflés et transis. Machinalement, l'inspecteur jette un coup d'œil sur l'horloge murale.

— Vingt-deux heures ! Il va falloir abréger. A moins que vous puissiez revenir demain...

— Impossible, je pars fêter Noël à Chicago.

— Faisons vite alors. Où en étions-nous ? Ah oui ! Les Wilson sont ruinés et, malgré tout, ils s'accrochent à leur maison. Cela n'explique pas pour autant leur déchéance.

— Non, bien sûr. Mais, comme des millions d'Américains, ils sont victimes de la crise. Ils perdent tous les deux leur travail à quelques mois d'intervalle. Harry d'abord, licencié de son cabinet d'avocats sans préavis. Bill ensuite. Il continue bien de se produire dans des bars minables du West End, tenant son piano sans conviction devant un public clairsemé de chômeurs. Mais ça ne dure pas. Même les établissements les plus pitoyables doivent fermer leurs portes. En 1931, les jumeaux, qui ont tout perdu, font tapisserie à la maison.

L'inspecteur consulte une note posée devant lui sur son bureau.

— Ils sont âgés de quarante-six ans.

— Oui. A cette époque, je les vois traîner dans leur quartier comme deux âmes en peine, poursuit le journaliste. Pour occuper leurs journées, ils continuent de farfouiller dans les brocantes. Ils font des affaires. Tout le monde vend tout et n'importe quoi pour une bouchée de pain. C'est le cas de le dire. De ce point de vue, la crise est une aubaine pour les Wilson. Ils amassent comme jamais. Ils stockent. Ils achètent en gros. Ils engloutissent les trois sous qui leur restent des dernières actions de leur mère. Les dix pianos à queue par exemple datent de cette période.

— Un âge d'or pour les collectionneurs ! ironise Chodorov.

— Et puis, quelques années plus tard, à bout de ressources, ils s'attaquent aux décharges publiques.

— Vous voulez dire qu'ils font les poubelles ?

— Discrètement. Ils sortent la nuit. Ils rôdent, ils se cachent. Pour les voisins, ils sont toujours les frères Wilson, des bourgeois de Time Square. Ils sont tirés à quatre épingles : costumes sombres et chaussures vernies. Personne ne soupçonne leurs manigances. En fait, ils se dédoublent. Faux rentiers le jour, ferrailleurs la nuit. Docteur Jekyll et Mister Hyde !

— Mais c'est insensé ! braille tout à coup l'inspecteur. Qu'ils engrangent, d'accord. Qu'ils bourrent la maison de saloperies, OK. Mais encore une fois : pourquoi ?

— Je me suis longuement posé la question et j'ai une hypothèse.

— Dites-moi ?

— Dans leur folie, les frères ne peuvent plus s'arrêter de *nourrir* la maison.

— Vous avez dit *nourrir* ?

— Oui. La maison est devenue pour eux comme un ventre qu'ils doivent sans cesse remplir. Comme un ogre à l'appétit insatiable qu'ils alimentent sans interruption. La porte d'entrée de leur demeure est, dans leur esprit fêlé, la bouche par laquelle ils enfournent tout ce qu'ils trouvent dans la rue, objets et détritus.

— Voilà une théorie qui séduirait un psychanalyste !

— Ne vous moquez pas, je crois que l'idée tient la route. Voilà ce que je pense : la maison est comme le ventre de leur mère. Ils le comblent de tout ce qu'ils trouvent. Ils lui donnent à manger pour le satisfaire.

— Mais pourquoi, sacré bon sang ?

— Pour se faire pardonner. Pardonner de n'avoir pas pu empêcher son calvaire quand leur père se comportait avec elle en bête sauvage. Quand il l'assommait sous leurs yeux de coups et d'injures.

— Comment auraient-ils pu intervenir ? Ils n'étaient que des enfants quand les scènes avaient lieu.

— Sans doute. Mais vis-à-vis de leur mère leur culpabilité est intacte. En adoptant ce comportement, certes extravagant, ils expient une faute imaginaire. Une faute qui les accable. Dès lors, se regardant l'un l'autre comme dans un miroir, les jumeaux se laissent couler. Ils sombrent tandis que de capharnaüm la maison se transforme en dépotoir.

— Nous voilà bien ! s'exclame le policier en levant les bras au ciel. Dites-moi encore une chose...
— Oui.
— Vous avez faim ?
— Pardon ?

Chodorov se lève, contourne son bureau et pose une main sur l'épaule osseuse du journaliste.

— Allez debout ! Je connais un snack-bar ouvert la nuit à un bloc d'ici. Il offre des sandwichs à la dinde fumée. Vous m'en direz des nouvelles ! C'est moi qui régale !

Perché sur un tabouret chromé au fond du *Cap'tain Night*, Charles Langley cesse un instant de mâcher la viande, couverte de mayonnaise, de son troisième sandwich. Il parle depuis des heures...

— Dans la maison de la 42e Rue, les choses ne cessent d'empirer. Juste après la fin de la Seconde Guerre mondiale, Harry perd brusquement la vue.
— Pour quelle raison ?
— Une maladie mal soignée, des conditions d'hygiène déplorables. Les frères ne paient plus leurs factures depuis belle lurette. L'eau, le gaz et l'électricité ont été coupés et il y a longtemps que leur téléphone est hors d'usage. Ils vivent comme des taupes mais ne s'en soucient guère. Retirés du monde dans leur décharge, je dois être le seul qu'ils acceptent de rencontrer encore.
— Que fait Bill pour son frère aveugle ?
— Il a une réaction stupéfiante. Il s'obstine à vouloir le guérir seul de la cécité. Espérant le soigner, il lui fait ingurgiter une centaine d'oranges par semaine. Des oranges qu'il récolte la nuit dans les poubelles.

— Bien sûr, ça ne marche pas.

— Non, mais Bill fait mieux. Persuadé que son jumeau va recouvrer la vue grâce à son remède miracle, il ramasse tous les jours les journaux qui traînent sur les trottoirs. Il les classe ensuite méthodiquement pour que son frère puisse les lire plus tard. Pour qu'il puisse rattraper le temps perdu en quelque sorte. Dans le même esprit, il collectionne également livres et magazines.

— D'accord. Mais comment les Wilson survivent-ils dans ces conditions ?

— Bill s'occupe de tout. Il déploie une énergie considérable. Il ne s'arrête jamais. Ce n'est plus un homme, c'est un rapace nocturne. Un charognard. Chaque nuit, il se met en chasse dans la ville pour ramener de quoi nourrir, soigner et distraire son frère. Il va puiser l'eau à une bouche d'incendie et cuisine sur un réchaud à pétrole. Il gave Harry d'oranges comme je vous l'ai dit. Il lui fait la lecture, passe des disques sur un gramophone.

— Il assume le rôle de la mère, se hasarde Chodorov, qui s'embrouille un peu dans les subtilités psychologiques.

— Si vous voulez. Quoi qu'il en soit, Harry est totalement dépendant des soins que lui prodigue son frère. D'autant que, moins d'un an après sa cécité, une attaque cérébrale le paralyse des membres inférieurs.

— Harry perd l'usage de ses jambes et Bill ne prévient toujours pas un médecin ? C'est inconcevable !

Langley sourit, faussement timide.

— A ce stade, j'interviens. Sans cœur peut-être,

inhumain non. Je pèse de tout mon poids pour que Harry soit transporté à l'hôpital.

— Qu'en est-il ?

— Bill refuse et me fait un chantage au suicide et au... meurtre !

— ...

— Il me dit que si une ambulance s'arrête devant chez lui, il se tire une balle dans la tête après s'être occupé de son frère.

— Et vous le prenez suffisamment au sérieux pour ne rien faire ?

— Oui. Je connais le bonhomme.

L'inspecteur Chodorov s'essuie la bouche avec une serviette en papier et commande des cafés pour la quatrième fois.

— Il y a une chose que je ne comprends pas.

— Puis-je savoir laquelle ?

— Nous venons d'évoquer les raisons de votre... neutralité à l'égard des frères Wilson. Pour ne pas vous embarrasser davantage, je n'y reviens pas. Cependant, comment se fait-il que les voisins ne s'aperçoivent de rien, qu'ils ne réagissent pas ?

— Ne vous y trompez pas, tout le voisinage est au courant. Plus personne n'ignore maintenant la déchéance apparente des jumeaux. Mais, pour tous ceux du quartier, les Wilson sont des *imposteurs*.

— Des *imposteurs* !

— Oui. On les imagine riches et avares. Riches à millions. On croit que derrière leurs portes barricadées, derrière leurs fenêtres murées, les frères vivent dans un luxe inouï. On croit que la maison est un coffre fort, une caverne d'Ali Baba pleine d'argent et de trésors.

— C'est une réputation dangereuse dans une ville comme New York !

— Vous avez raison. D'autant que le secteur de la 42ᵉ Rue s'est métamorphosé après la guerre. Vous le savez mieux que quiconque. De sa splendeur d'autrefois, il ne reste plus qu'un vague souvenir. Time Square est devenu le caniveau de Manhattan. Tout ce que la ville compte d'épaves et de dépravés s'y donne rendez-vous...

— Je suis au courant, merci.

— Au cœur de ce quartier investi par les voyous, les drogués et les prostituées, l'immeuble des Wilson attire la convoitise. Pensez donc : deux vieux fous vivent seuls dans une maison légendaire qui, dans l'imagination populaire, est la succursale de la Réserve fédérale.

— On les cambriole ?

— On essaie à plusieurs reprises.

— Sans succès ?

— Vous avez visité la maison. Je ne vous fais pas de dessin. Sitôt la porte forcée, les prétendants à la rapine s'égarent dans le labyrinthe, disparaissent dans les ténèbres, sous les amoncellements et les déchets. J'imagine que, morts de frousse au milieu du bric-à-brac, ils prennent sans tarder leurs jambes à leur cou.

Chodorov rit de bon cœur.

— Avec leur bazar, les Wilson ont inventé un efficace système antivol !

Langley ramène vite l'inspecteur à plus de sérieux.

— Cependant, une chose m'inquiète à l'époque.

— Quoi donc ?

— Bill craint pour la sécurité de son frère. Il se

dit qu'un jour ou l'autre un cambrioleur plus audacieux va pénétrer dans la maison au-delà du hall d'entrée, qu'il va s'aventurer dans le grand salon où Harry est immobilisé sur sa chaise roulante. Que, face à l'invalide, le voleur va paniquer et le frapper. Le frapper à mort. Alors, Bill piège la maison.

L'inspecteur a un brusque mouvement de recul et renverse sa tasse de café.

— Que dites-vous ?

— Bill se procure Dieu sait où des pièges. Pièges à renards, pièges à loups, pièges à hommes ? Armes de braconniers ou engins militaires ? Je l'ignore. Mais il truffe la maison de dispositifs.

— Vous auriez pu me le dire plus tôt, beugle Chodorov en bondissant sur ses jambes. J'ai des hommes qui travaillent là-bas !

— Excusez-moi, je n'y pense qu'à l'instant, bafouille le journaliste.

Le policier jette un regard sur sa montre et pousse un soupir furieux.

— Six heures !

Chodorov lance quelques billets sur la table et se rue vers la sortie du snack-bar.

— Je fonce 42ᵉ Rue ! Personne ne doit plus pénétrer dans la maison avant l'arrivée d'une équipe d'artificiers !

Langley trottine sur les talons de l'inspecteur.

— Mon train pour Chicago ne part qu'à dix heures. Je peux vous accompagner ?

— Arrêtez un taxi au lieu de jacasser comme une pipelette !

Quand la voiture des artificiers de la police de New York se gare, sirènes hurlantes, devant le 109,

42ᵉ Rue ouest, Peter Chodorov et Charles Langley ressemblent à deux stalagmites. Le vent soulève des paquets de neige tout autour d'eux, plantés sur le trottoir.

— Pas trop tôt ! ronchonne l'inspecteur en guise de bienvenue.

— Impossible de démarrer. La batterie était morte.

— Épargnez-moi vos boniments, votre haleine est encore parfumée au café chaud ! Allez, on y va !

Le policier ouvre la porte et s'efface devant les spécialistes.

En pénétrant le dernier dans la maison, le journaliste a la sensation désagréable de revivre un cauchemar. Passé l'entrée, qui a été dégagée la veille par les hommes de la voirie, il retrouve le chaos intact. L'ignoble fouillis. Une cascade de souvenirs s'abat sur ses épaules et s'ajoute à la fatigue d'une nuit blanche. Trente ans de visions lui brouillent le cerveau. Trois décennies qu'il fréquente l'immeuble ! Il a assisté à toutes les phases de sa métamorphose. Il l'a vu se dégrader, se corrompre, se transformer de résidence cossue en décharge répugnante. Il a vu la maison sombrer avec ses habitants et il n'a rien fait.

La voix dure de Chodorov le tire de ses rêveries mélancoliques.

— Vous venez Langley ? Ne restez pas à la traîne, c'est dangereux !

Les artificiers perdent patience.

— On n'a jamais vu un souk pareil ! Nos instruments se détraquent. Il y a de la ferraille partout. Il faudrait tout passer au peigne fin.

108

Frigorifié, l'inspecteur est d'une humeur massacrante.

— Qu'est-ce qu'on cherche exactement, Langley ?

— Bill avait parlé de piéger la maison. Sans préciser.

Chodorov réfléchit à voix haute :

— Harry était paralysé. Il se déplaçait sur sa chaise roulante. Si tant est qu'on puisse bouger dans ce bric-à-brac. Il ne pouvait donc pas quitter le rez-de-chaussée. Il était par ailleurs aveugle donc incapable de s'orienter avec précision au milieu du fatras. Si des pièges avaient été placés au petit bonheur la chance, il aurait pu les déclencher lui-même et se faire sauter. A moins que...

— A moins... ? demande un démineur.

— A moins qu'il puisse contrôler à sa guise la commande du piège ! Allons examiner son fauteuil roulant.

— Bien vu.

L'intuition de Chodorov est confirmée par la présence d'un petit détonateur, fixé sous un bras du fauteuil et relié à un fil minuscule qui court sur le sol pour disparaître ensuite sous une masse de cartons.

— Bingo, chef !

— Allez-y doucement.

Les artificiers suivent le fil avec précaution et découvrent effectivement une charge explosive, cachée à l'intérieur d'une armoire près de la porte. Ils la neutralisent.

— On peut grimper à l'étage maintenant. Il n'y a plus rien ici, affirme l'inspecteur sans hésitation.

Le premier est un abîme de désolation, un bataclan surréaliste. Meubles brisés, vêtements loqueteux, batteries de cuisine dignes d'un musée, jouets disloqués couverts d'excréments baignent dans la vermine. Plus loin, la collection de pianos à queue et, au cœur de la débandade, des mannequins de couturière rangés au garde-à-vous, sur lesquels s'étiolent des robes anciennes de différentes époques.

— Mme Wilson, la maman à plusieurs stades de son existence ! commente perfidement l'inspecteur. Fétichistes avec ça ! Vos amis avaient décidément le sens de la mise en scène !

— Quelle misère ! gémit Langley comme pour lui-même. Comment est-ce possible ? Comment en sont-ils arrivés là ?

— A vous de me le dire, raille Chodorov. Il s'adresse maintenant aux artificiers : Continuez les gars. Ne perdez pas de temps. On devrait trouver ici des pièges plus... traditionnels.

La fouille se prolonge. On brasse des rebuts. On s'empêtre dans des tonnes d'ordures. On lutte contre la nausée quand, autour de soi, des montagnes de détritus s'écroulent.

Soudain, un artificier se redresse, blafard, comme si tout son sang s'était brusquement retiré. Il se retourne vers Chodorov, collé à ses talons.

— C'est pas beau à voir, chef, prévient-il en frissonnant.

L'inspecteur le repousse et se penche sur les restes de ce qui fut un homme. A ses pieds gît un gnome effrayant. Une carcasse atrophiée et nauséabonde. Un homoncule méconnaissable, recroquevillé dans une posture de supplicié. Les mâchoires d'un piège à loup emprisonnent les chairs broyées de son mollet gauche. Le corps de Bill Wilson, dévoré par les rats, repose, torturé, dans une flaque de souillure.

— Il s'est piégé lui-même. Fin de l'histoire ! conclut Chodorov dégoûté en détournant les yeux.

Il pose une main lourde sur l'épaule du journaliste.

— Votre ami Bill ! Et, il ajoute, comme perdu dans ses pensées : Vous disiez que les frères... *nourrissaient* la maison. Je crains qu'aujourd'hui cette maudite maison ne meure... d'indigestion ! Filez, Langley, vous allez rater votre train.

Le journaliste, bouleversé, s'éloigne. Chodorov le rappelle avant qu'il ne dévale les escaliers.

— Langley !
— Oui ?
— Joyeux Noël !

UNE CABANE AU FOND DU JARDIN

— Albert, cette femme me rendra folle ; ça ne peut plus durer !

— Je sais, Jeanne. Nous n'aurions jamais dû l'accueillir à la mort de sa mère. C'est ma faute. J'ai eu pitié.

— Comment ça *l'accueillir* ? Nous ne l'avons jamais *accueillie* comme tu dis, s'insurge Jeanne.

— Disons, si tu préfères, que je l'ai provisoirement *recueillie*, concède Albert.

— *Pro-vi-soi-re-ment !* déclame la femme en détachant chaque syllabe d'un air excédé. Mais enfin, Albert, regarde les choses en face. Il y a trois mois qu'elle traîne dans mes jambes. Trois mois qu'elle fait tout de travers. Trois mois qu'elle m'insupporte. J'en ai par-dessus la tête !

— Je t'accorde qu'elle n'est pas très vive. Mais reconnais qu'elle est pleine de bonne volonté. Peut-être que si de ton côté tu...

— Cette pauvre Nicole ! coupe brutalement Jeanne en secouant son collier de perles fines.

Albert a l'impression que toute son énergie l'abandonne d'un coup. Comme l'air s'échappe d'un pneu qui éclate.

— Que fera-t-elle sans nous ? bredouille-t-il, lamentablement.

Sa femme ne lui accorde aucun répit.

— Écoute, Albert, Nicole a trente-cinq ans. Elle est jeune. Pas très maligne, certes, mais jeune. Elle se débrouillera.

L'air piteux, Albert Philippe se tasse dans son fauteuil.

Assurée de son triomphe, Jeanne pointe un index autoritaire vers son mari. Elle ordonne :

— Chasse-la, Albert. Et dès aujourd'hui. Je ne veux plus voir cette femme chez moi !

Puis, Jeanne pivote sur ses talons et traverse à grandes enjambées le salon surchargé de meubles et de tableaux précieux.

Resté seul, Albert, rumine la situation. Dehors une pluie d'été, chaude et drue, ricoche sur les massifs en fleurs. La matinée s'étire dans une lumière cafardeuse.

— C'est une catastrophe. Comment vais-je présenter la chose à Nicole ?

En dépit de ses quarante-deux ans, Albert Philippe se sent soudain vieux et fourbu. Non que ses forces aient décliné ou que sa santé soit mauvaise, mais sa volonté s'est lentement émoussée au fur et à mesure qu'augmentait la prospérité de son entreprise de prêt-à-porter.

— Autrefois, j'étais un lion. Personne n'aurait pu me contrecarrer. A commencer par ma femme, soupire-t-il avec plus d'amertume que de nostalgie. Et, aujourd'hui, je suis incapable de prendre la défense de cette pauvre femme. Quelle honte !

A travers les vitres du salon, Albert entrevoit une silhouette qui trottine au milieu du jardin. Machinalement, il jette un regard sur sa montre en or et diamants.

— Onze heures. C'est elle.

Il ouvre la porte de l'entrée avant que Nicole n'ait eu le temps d'atteindre le carillon.

— J'ai à vous parler, Nicole.
— Je sais, monsieur.

La jeune femme s'est figée sur le perron. La pluie tambourine sur son parapluie. Comme son cœur dans sa poitrine étroite.

Albert force la voix pour s'encourager.

— Les trois mois se sont écoulés.
— Je sais, monsieur.
— Avez-vous trouvé autre chose, un emploi quelconque ?

Nicole secoue la tête et fixe ses chaussures détrempées.

— Avez-vous cherché au moins ? grogne Albert qui a soudain l'impression de réprimander une enfant.

— J'ai cherché.
— Et rien ?

Nicole ne bouge pas. Elle a cette fois le courage de regarder Albert bien en face, droit dans les yeux. Mais elle n'a plus la force d'articuler le moindre son.

— Je vois. Quoi qu'il en soit, vous ne pouvez plus venir travailler à la maison. C'est ma femme qui...

— Je sais, monsieur.
— Et savez-vous ce que vous allez faire ? questionne Albert, agacé par sa propre impuissance.

115

— Mon propriétaire m'expulse la semaine prochaine.

Albert réfléchit de longues minutes et puis, soudain, une idée jaillit dans son cerveau comme un trait de lumière.
— La cabane du jardin...
— Que dites-vous ?
— Rien, rien. Écoutez, je dois consulter ma femme. Repassez demain matin à la même heure. Je pourrais peut-être vous proposer une solution provisoire. Un dépannage. Je ne vous le garantis pas.

Albert referme la porte sur Nicole qui s'en retourne.

Albert est à nouveau seul dans l'immense salon.
L'idée saugrenue qui a germé quelques minutes plus tôt dans son esprit lui semble soudain tellement absurde qu'elle lui arrache un ricanement nerveux.
— Jeanne a raison, je suis complètement fou !
Un sourire idiot flotte toujours sur ses lèvres lorsqu'il se retrouve en face de son épouse.
— Tu es de bien bonne humeur ce matin, se moque Jeanne en toisant son mari. C'est ta petite conversation avec Nicole qui te met dans cet état ?

Albert est pris au dépourvu. Il n'a pas eu le temps d'affûter ses arguments, d'anticiper les rebuffades. Alors, rentrant par réflexe la tête dans les épaules, il se jette à l'eau. Il expose son idée folle.
— Nicole est expulsée de son logement. Si on la casait momentanément dans la cabane du jardin... ?

Albert a plissé machinalement les yeux comme si, de la bouche de sa femme, allait jaillir un jet de vitriol.

— Tu vois, Albert, quand tu veux t'en donner la peine, tu as encore de bonnes idées.

La voix est douce, presque enjôleuse.

Albert pressent la feinte, la caresse qui précède la gifle. Mais Jeanne poursuit sur le même ton conciliant.

— La cabane du jardin ! Mais bien sûr, comment n'y ai-je pas pensé plus tôt moi-même ? Nicole dans la cabane du jardin !

Albert est perplexe. D'un instant à l'autre, sa femme va brutalement faire volte-face et l'accabler de sarcasmes. Il balbutie.

— Tu parles sérieusement ?

— C'est une excellente idée. Dis à Nicole de s'installer dans cette cabane. Je suis ravie de lui rendre ce service. Et elle ajoute avant de sortir du salon : A deux conditions. Je ne veux jamais voir Nicole s'approcher de la maison, ni même rôder dans le jardin, sous mes fenêtres. Et puis que la cabane reste en l'état. Aucun aménagement. Nous sommes bien d'accord, Albert ?

Sidéré par la réaction de son épouse, Albert se tortille comme un gosse qui vient d'échapper à une punition.

— Ça va sans dire, chérie.

— Nicole dans la cabane du jardin ! chantonne Jeanne en s'éloignant.

Deux jours plus tard, Nicole se présente à la villa. Pour tout bagage, elle tire une grosse valise en carton bouilli. Albert lui a fait part la veille de sa proposition. Nicole n'a manifesté aucun sentiment. Pas une ombre d'indignation, de dépit ou de honte n'a troublé son visage impassible. Elle a accepté d'un hochement de tête.

— C'est ici, dit Albert en tirant vers lui la porte de la cabane.

Une cabane à outils de deux mètres sur deux, abandonnée au bout du jardin au milieu d'un fouillis de ronces et de plantes grimpantes.

— Bien sûr, question confort... c'est rudimentaire. Pas d'électricité ni d'eau courante. Mais il y a le vieux puits derrière les dahlias. Pas de chauffage non plus naturellement. Mais qui aurait besoin de chauffage par ces journées caniculaires ?

Albert fait mine d'éponger sur son front une sueur imaginaire.

— Quand viendra l'automne, vous aurez trouvé un chez-vous depuis longtemps.

La femme pose sa valise et inspecte le misérable décor. Une table vermoulue, une vieille tondeuse à gazon, une chaise en fer-blanc, quelques outils rouillés suspendus à des clous et une bâche en plastique, roulée dans un coin.

— Je vous laisse vous installer mais je vous en prie, Nicole, ne me rendez pas la vie impossible. Respectez les consignes de ma femme. Restez hors de sa vue et tout se passera bien.

Albert traverse d'un pas lourd les deux cents mètres qui séparent la cabane de sa villa. Sa villa pleine de meubles de style, de tapis de collection et de tableaux précieux. Sa villa luxueuse où coule l'argent. Sa villa construite bien à l'abri, sur une autre galaxie, à des années-lumière de la misérable cabane qui croupit au fond du jardin.

Pendant toute la journée Nicole reste prostrée dans la cahute, sa valise non défaite à ses pieds. Quand le ciel se constelle et que les chants d'oiseaux s'apaisent, elle tire de son bagage une timbale en zinc et un paquet de bougies. Elle se rend au puits et boit à longs traits des verres d'eau sans pouvoir s'arrêter. Et puis, elle rentre dans la cabane, allume une bougie, se couche à même le sol en terre battue, cale sa tête sur la bâche et laisse enfin éclater son trop-plein de souffrance.

Trois mois plus tôt, alors qu'elle comptait les semaines qui la séparaient de la date de sa mise à la retraite, Germaine Tesson, la mère de Nicole, avait eu un malaise cardiaque. L'accident s'était produit dans un des ateliers de confection appartenant à Albert et à Jeanne Philippe. Ouvrière modèle, arc-boutée huit heures par jour sur sa machine à coudre, Germaine avait consacré sa vie à assembler jupes et pantalons. Transportée d'urgence à l'hôpital, elle n'avait pas survécu. Germaine laissait derrière elle le souvenir d'une femme discrète et appliquée. Pour tout héritage, elle laissait à Nicole, sa fille unique née d'une liaison éphémère, quelques dettes et un vide immense. Nicole avait travaillé par intermittence dans l'entreprise des Philippe. De petits travaux. Un peu de repassage, la pose d'étiquettes sur des lots de vêtements prêts à être livrés. Des tâches subalternes qui ne nécessitaient pas la dextérité et l'expérience que possédait sa mère. En dépit de ses efforts pour se rendre sympathique, Nicole n'était pas parvenue à s'intégrer à l'atelier. Timide, presque farouche, maladroite par excès de zèle, elle s'attirait les ricanements des ouvrières qui la tenaient cruellement à l'écart.

Et Albert Philippe ne lui avait jamais offert une formation professionnelle qui lui aurait permis, plus tard, de se joindre à l'équipe.

Néanmoins, en souvenir des services rendus par sa mère, il avait fait un geste.

— Je ne peux pas vous prendre dans l'entreprise. C'est impossible. Néanmoins, vous pourriez passer quelques heures par semaine à la maison. Vous rendre utile. Faire des courses. Soulager la femme de ménage. Pour qu'il n'y ait pas d'ambiguïté, il avait bien précisé : Le temps de vous ressaisir et de trouver ailleurs un emploi stable.

Nicole avait acquiescé avec tout l'enthousiasme dont elle était capable. Quelques hochements de tête vigoureux. Un sourire qui avait illuminé une seconde son visage blafard. Elle avait même posé un baiser furtif sur le dos de la main d'Albert. D'un mouvement brusque et confus, il avait retiré sa main des lèvres sèches de la femme, comme s'il s'y était brûlé.

— Voyons, Nicole...

A peine l'avait-il formulée, qu'Albert avait déjà regretté son offre. S'accusant d'avoir agi à la légère, il n'osa pas, tout d'abord, informer son épouse de sa décision. Pris à son propre piège, pressé par le temps, il dut s'y résoudre un soir. La réaction de Jeanne fut plus violente encore que celle qu'il redoutait.

— Mais tu es complètement fou, mon pauvre Albert ! Cette demeurée chez moi, jamais !

Albert avait longuement plaidé en faveur de

Nicole. Il avait mis en avant sa bonne volonté. Il avait même inventé un rapport élogieux que lui aurait adressé à son propos une contremaîtresse de l'atelier. Jeanne resta inflexible.

— Assume tes erreurs, dédommage-la, fais ce que tu veux. Tu diriges l'entreprise, moi, je gère la maison. Je choisis seule qui j'emploie.

Albert était revenu une dernière fois à la charge. Après avoir vanté les compétences, vraies ou supposées, de Nicole, il essaya, sans espoir, de l'apitoyer.

— Sois compatissante. Je me suis renseigné. Germaine avait des dettes. Elle et sa fille vivaient dans un minuscule appartement. D'ici peu, Nicole ne pourra même plus payer son loyer. Elle va se retrouver à la rue. Faisons un geste.

— Tu me fatigues, Albert. Puisque tu insistes, d'accord, dis-lui de venir. Mais, attention...

Jeanne avait alors dardé son mari d'un regard de vipère.

— Trois mois. Je supporterai ta protégée pendant trois mois. Pas un jour de plus.

Albert avait esquissé un sourire de gratitude. Mais la voix sifflante de sa femme l'avait immédiatement rappelé à ses engagements.

— J'ai dit : pas un jour de plus !

Un trimestre s'était écoulé depuis cette dispute. Trois mois au cours desquels, quatre fois par semaine, Nicole s'était ponctuellement rendue dans la luxueuse villa du couple, construite dans une non moins luxueuse banlieue parisienne. Sous la haute surveillance de Jeanne, elle avait prêté main-forte à la femme de ménage. Selon son humeur, Jeanne lui réservait tour à tour les tâches ingrates, fatigantes ou humiliantes : nettoyage des baies vitrées, rangement de la cave et du grenier, récurage complet des sanitaires. Nicole ne s'en plaignait pas. Elle exécutait les ordres sans les discuter, répétait inlassablement les mêmes corvées si sa patronne ne s'en estimait pas satisfaite, pliait l'échine sous les vexations. Parfois, la tension était si forte dans la pièce où les deux femmes se trouvaient réunies, que Nicole était incapable de réfréner le tremblement qui agitait ses mains. S'en apercevant, Jeanne jubilait et accentuait encore ses menaces muettes. Jusqu'à ce que Nicole, traquée comme une bête, asphyxiée sous un invisible filet de haine, commette l'irréparable. Elle brisait un bibelot sous son chiffon à poussière. Son balai venait heurter avec force un meuble en marqueterie. C'était le déclic qu'attendait Jeanne à l'affût. L'incident espéré pour déchaîner contre la malheureuse insultes et vociférations.

— Imbécile ! Incapable ! Bonne à rien ! Vous êtes ici parce que mon mari m'a forcé la main. Mais, ça ne durera pas, croyez-moi. Vos jours sont comptés !

Nicole bredouillait des excuses, se rapetissait de honte et d'amertume. Dans sa confusion, elle ajoutait souvent de nouveaux désastres à ceux qu'elle venait de commettre.

L'issue de ce combat inégal était jouée d'avance. Harcelé par sa femme, Albert avait dû congédier Nicole, comme il s'était engagé à le faire au terme du trimestre.

Maintenant, Nicole était installée depuis une semaine dans la cabane, au fond du jardin, à moins de deux cents mètres de la belle villa des Philippe.

La première semaine dans le cabanon, Nicole la passe tantôt assise sur la chaise en fer-blanc, la tête dans les genoux, tantôt couchée à même le sol, recroquevillée comme un fœtus. Elle pleure, sanglote, puis tombe dans un sommeil de plomb. Au cœur de l'après-midi, elle se réveille en sursaut, quand un cauchemar, plus terrifiant que les autres, traverse ses rêves.

Alors, entre deux visions d'horreur, avant de se rendormir, elle regarde fixement ce qui l'entoure : la tondeuse à gazon, les outils rouillés suspendus au mur, la table bancale où elle a empilé ses pauvres vêtements. Comme pour se convaincre de la réalité, elle touche du doigt ces objets dérisoires. Elle les tâte, les ausculte, les soupèse. Et puis, invariablement, son regard se porte sur la cloison où elle a punaisé une photo de sa mère. Elle comprend enfin qu'elle ne rêve plus. Que le monde réel, sur lequel butent son regard et son esprit, est sans doute plus menaçant encore que le plus abominable de ses cauchemars.

— Maman est morte... maman est morte !

Peu après, une nouvelle vague de torpeur l'entraîne dans d'autres rêves agités.

A la nuit tombée, elle se réveille et se rend au puits pour se gorger d'eau. Et puis, elle marche, elle marche des heures dans le fond du jardin sans penser à rien. Elle tourne en rond comme un animal en cage, revenant sur ses pas, brouillant ses propres pistes, contournant des bosquets et des massifs de fleurs. Elle invente le labyrinthe où elle s'emprisonne. Mais jamais elle ne franchit la frontière imaginaire qu'elle s'est tracée entre son domaine de paria et les abords de la villa. Jamais elle ne se rend visible aux yeux de Jeanne. C'est la clause qui conditionne sa survie.

Au bout de quelques jours, sa vision se trouble. Des flammes blanches dansent devant ses yeux. Des douleurs atroces vrillent son estomac et martèlent ses tempes. Une faim stupéfiante torture son corps.

Alors, cette nuit-là, elle s'aventure au-delà de la ligne de démarcation qui la sépare de la villa. Elle clopine, le dos voûté. Derrière un rideau d'arbres, la masse blanche de la somptueuse résidence des Philippe brille sous la lune. Les fenêtres sont fermées, les lumières éteintes. Nicole marque une longue pause, scrute l'obscurité, épie le moindre bruit. Rien en dehors des battements affolés de son cœur. Elle gagne encore quelques mètres et franchit la rangée d'arbres. Maintenant, elle doit avancer sur une longue allée dégagée. Si une fenêtre s'ouvrait brusquement, rien ne pourrait la dissimuler à la vue des occupants de la villa. Les puissantes lampes de jardin, qui bordent l'allée, s'illumineraient d'un coup, la paralysant sur place comme un lièvre piégé dans les phares d'une voiture. Elle n'aurait d'autre recours que de se jeter sur le sol, les mains sur la tête, et d'implorer le ciel et la clémence de Jeanne. Mais Jeanne n'aura aucune pitié. Nicole le sait. Elle la chassera de la cabane comme une indésirable qui a outrepassé ses droits. Nicole progresse encore. Elle soulève excessivement les pieds à chaque pas pour atténuer le crissement du gravier sous ses semelles. Elle y est presque. Le potager, impeccablement entretenu, est maintenant à sa portée. Nicole s'agenouille et tire lentement le portillon de la barrière. Il s'ouvre en grinçant. Une douleur aiguë lui pince le ventre et relance sa souffrance due à la faim. Il faut faire vite. Là, des haricots et des pommes de terre. Ailleurs, des framboises et des groseilles. Trop compliqué. Enfin là, de grosses tomates cramoisies et bien juteuses. Nicole n'hésite plus. Elle en cueille une demi-douzaine. Elle en a plein les mains quand une lumière s'allume au premier étage et qu'une fenêtre s'ouvre. Nicole se fige. Une silhouette apparaît dans l'encadrement de la fenêtre. Elle est massive. C'est Albert. Albert qui se penche vers l'extérieur et qui attend. Nicole n'a pas bougé. Elle a toujours les mains pleines de tomates. Puis, sans savoir pourquoi, elle les lève lentement vers la fenêtre. Elle présente les tomates à la silhouette comme une pitoyable offrande. A cet instant, Nicole croit nettement distinguer le geste que lui adresse Albert. Il dégage une de ses mains de la fenêtre pour qu'elle se voie bien sur le mur blanc de la façade et imprime à son index un lent mouvement de droite à gauche. Le signe conventionnel de la réprobation et de l'interdit.

La fenêtre se referme, la lumière s'éteint. Un silence assourdissant envahit à nouveau le jardin. Nicole engloutit les tomates sur place, s'en repaît comme un animal, s'en badigeonne les joues. Son estomac se révolte. Elle vomit et mange encore. Vomit et mange. Puis, elle regagne le cabanon et s'écroule sur la bâche. Désormais, le potager, l'unique source de nourriture qui demeurait à sa portée, lui est défendu. Définitivement.

Avec l'automne et les arbres qui se dépouillent de leurs feuilles, le territoire de Nicole se réduit davantage. De vastes zones se trouvent désormais à découvert, à portée de vue de Jeanne qui, embusquée derrière la fenêtre de sa chambre, scrute longuement l'étendue du grand jardin.

Nicole se terre dans sa cahute, attendant l'obscurité pour en sortir. Pour combattre le froid et l'humidité, elle enfile les uns sur les autres tous ses vêtements chauds, comme des peaux d'oignon. Pour autant, elle se réveille le matin frigorifiée, les membres engourdis, le visage marbré de plaques rouges. Ses cheveux sont devenus filasse. Ses dents se gâtent. Car, pour s'alimenter, elle a dû accepter l'ignoble. Au cœur de la nuit, elle quitte la cabane, se glisse par la porte du fond du jardin et va errer à travers les ruelles proches de la villa. Là, elle soulève les couvercles des poubelles et trie les immondices. Bouts de légumes desséchés, yaourts périmés, os de poulet et morceaux de viande. Elle plonge les mains dans les ordures pour sélectionner son infecte pitance. Le cœur au bord des lèvres, elle s'active, effrayée à l'idée de se faire surprendre par des noctambules.

Si les phares d'une voiture balaient la ruelle et perturbent son humiliante activité, elle se réfugie dans l'encoignure d'une porte ou derrière une poubelle.

Elle regagne ensuite le cabanon, allume sa bougie, étale les détritus sur la table. Elle écarte les déchets qui déclenchent une nausée, instantanée et violente, de ceux qui lui inspirent le moins de répugnance. Elle les grignote en fermant les yeux. Parfois, en fin de semaine, elle tombe sur des trésors. Sans doute parce que les riches résidents du quartier vident leurs réfrigérateurs avant de partir à la campagne. Une bouteille de lait à peine entamée, quelques fruits, un bout de fromage. Elle se délecte de ces gourmandises et s'endort aussitôt, faisant corps avec sa paillasse.

Depuis l'incident du potager, Albert Philippe manifeste des signes de nervosité. Il culpabilise. Pendant les premières semaines après l'installation de Nicole dans la cahute du jardin, il s'enquiert discrètement de son état. Profitant des absences de sa femme, il rend visite à Nicole. Il la trouve généralement assise devant la table, feuilletant des journaux et des magazines récupérés dans les poubelles. Déposant près d'elle un peu de nourriture qu'il a soustrait à la cuisine, Albert affecte un air dégagé.

— Je ne fais que passer, Nicole. Vous voilà plongée dans la presse. Vous faites les petites annonces ?

— Je les ai faites, oui, au début. Il n'y a rien pour une femme comme moi.

— Pourquoi dites-vous ça ? Persévérez !

— M'avez-vous au moins regardée ?

Alors, Albert, qui jusque-là conservait un regard bas et fuyant, observe la femme. Il découvre une vagabonde sans âge. Une fugitive au visage raviné, couverte de loques.

— Oh ! Mon Dieu !

Il tente de se reprendre mais sent que sa présence ajoute encore à l'accablement de la femme. Alors, il abrège sa visite.

— Cherchez encore, ne vous laissez pas abattre.

Nicole ne répond pas. Elle se penche davantage sur son journal comme si son front allait heurter la table. Albert l'abandonne et rumine :

— Je ne peux pas la laisser ici. Je vais en parler à Jeanne.

Mais Jeanne ne veut rien entendre. Elle coupe court à tout début de discussion.

— Nous tolérons déjà cette femme sur notre propriété. Que veux-tu encore ? Lui prêter une chambre d'amis ?

— Lui offrir... je ne sais pas... un bain chaud de temps en temps, quelques vieux vêtements, un peu de nourriture, bégaye Albert.

— Mes robes et mes bijoux pendant que tu y es.

— Et si elle meurt ?

— Ces gens-là ont la peau dure.

— Comment peux-tu dire une chose pareille ?

— Si tu poursuis ton harcèlement, je la chasse. L'affaire sera réglée.

Albert, penaud, cesse d'argumenter. Peu à peu, pour éviter les disputes, il s'efforce d'oublier Nicole. Ses visites s'espacent. Avant Noël, il a tiré un trait sur la malheureuse. Bien sûr, certains soirs quand il se prélasse dans son fauteuil, un verre de cognac à la main, et que, dehors, la pluie redouble ou que le froid est mordant, sa conscience le tourmente.

Comment Nicole supporte-t-elle cette vie de chien ? Se pose-t-elle au moins la question, semaine après semaine, mois après mois, année après année ?

Elle n'en est même plus capable. La souffrance et les privations sèchent ses yeux et durcissent son cœur. La notion du temps se brouille peu à peu dans son esprit. Elle mélange d'abord les jours de la semaine. Puis, ce sont les années qui se confondent et s'entremêlent. A la différence de certains détenus qui, en prison, comptabilisent leurs années d'enfermement, Nicole ne coche pas à chaque printemps le chambranle de sa porte. C'est inutile. Le temps traverse son esprit malade sans y laisser la moindre empreinte. Parfois, son cerveau se disloque. Des hallucinations, des crises de délire fulgurantes la secouent pendant des heures et la laissent pantelante des jours entiers. Bientôt, en dehors de ses visites nocturnes aux poubelles, elle ne quitte plus la cabane. Ses jambes sont trop faibles, sa volonté ruinée.

Et, si invraisemblable qu'il paraisse, Nicole reste recluse pendant des années dans son abri de fortune. Pendant des dizaines d'années. Trente ans.

Dans la nuit du nouvel an 2000, un groupe de jeunes gens remonte en chantant la ruelle qui jouxte la propriété de Jeanne et Albert Philippe. L'un d'entre eux, celui qui mène la sarabande, fait brusquement un grand geste du bras.

— Silence, taisez-vous.

Le chant et les rires restent suspendus dans l'air. On entend des coups sourds, comme un martèlement discontinu. La source du bruit n'est pas loin. A quelques mètres, juste de l'autre côté du mur devant lequel ils se sont arrêtés.

— Vous entendez ? Qu'est-ce que ça peut être ?

— On dirait que quelqu'un essaie de casser une porte, suggère une fille en tendant l'oreille.

Le bruit cesse quelques secondes puis reprend de plus belle.

— Oui, c'est ça, approuve le garçon. En tout cas, c'est bizarre un boucan pareil à trois heures du matin.

— Pas un soir de réveillon, plaisante un autre. Le type a dû forcer sur le champagne.

Le groupe se concerte en multipliant les mimiques.

— Une nuit idéale pour un cambriolage. Prévenons les flics, souffle la fille à voix basse.

— Si on fait ça, c'est nous qu'ils vont coffrer, avertit son copain.

— Moi j'y vais, décide la fille qui s'éloigne à grandes enjambées.

Les autres hésitent, haussent les épaules et finissent par la suivre.

Au commissariat, les jeunes gens doivent s'expliquer longtemps avant de convaincre le policier de permanence. Mais les jeunes sont calmes, sympathiques et, surtout, leurs parents, tous cadres supérieurs, sont influents dans cette banlieue huppée.

— Bon, allons-y, bougonne le policier. On s'est déjà dérangés quatre fois pour rien cette nuit. Une de plus, une de moins.

Deux policiers se rendent à la villa des Philippe. La fille les accompagne. Elle leur indique l'endroit où le bruit n'a pas cessé.

— Effectivement, vous aviez raison, constate le premier policier.

Le second remarque :

— C'est comme si quelqu'un cassait des meubles.

Les policiers contournent le mur du jardin jusqu'à la porte principale de la villa. Ils s'acharnent sur l'interphone. Pas de réponse. Alors, ils escaladent le mur et, guidés par le bruit qui redouble, ils se dirigent vers le cabanon. Une odeur pestilentielle leur saute au visage. Puis, ils voient l'enfer. Comme une vision, terrifiante et grotesque, surgie d'un film d'horreur. Une femme, échevelée, le visage ravagé, piétine le sol, jonché d'ordures et de débris. Une créature presque sans chair frappant les murs avec un pied de table, remâchant des onomatopées, la bave aux lèvres. Une femme perdue, dans sa folie.

Le reste va très vite. Ambulance. Hôpital. Service des urgences. Réanimation. Médecins et policiers s'activent. Les médecins constatent une sous-nutrition chronique, une décalcification, des maladies de la peau, des troubles cardiaques et respiratoires. Ils posent des perfusions.

— Nous la sauverons mais elle gardera des séquelles.

Les policiers l'interrogent.

— Comment s'appelle-t-elle ? D'où vient-elle ? Que faisait-elle dans cette cabane sordide ?

— Nicole... oui, c'est ça, Nicole.

Pendant quarante-huit heures, c'est tout ce dont la femme est capable de se souvenir. On l'oblige à fouiller dans sa mémoire, à raconter. On lui montre la photo de sa mère que l'on a retrouvée dans le cabanon. Son nom de famille lui revient. Un nom oublié de tous les fichiers sociaux. Puis, Nicole évoque confusément des bribes de son passé. Les jours heureux avant qu'elle n'aille croupir dans la cahute. Des souvenirs si lointains qu'elle dit qu'ils appartiennent à une autre. Elle, c'est la femme-chien. Celle qui reniflait dans les poubelles, qui buvait l'eau de pluie qui traversait le toit de son réduit et qu'elle récupérait pour ne plus aller au puits. Elle dit les trente années passées dans les bras du diable.

Les policiers doivent attendre qu'Albert et Jeanne Philippe rentrent des sports d'hiver pour les interroger.

Jeanne est incrédule :

— Elle était toujours dans la cabane ?

— Comment ça ? s'énerve le commissaire. Ne me dites pas que vous ignoriez que cette femme vivait dans votre jardin.

— Mais naturellement. Je me souviens très bien que mon mari l'avait autorisée à occuper la cabane. Il y a de cela trente ans. Je pensais qu'elle y était restée quelques jours. Quelques semaines tout au plus. Ce que vous me dites là me sidère.

Le commissaire contient sa colère. De plus en plus difficilement.

— Cette femme *vivait*, si on peut parler de *vivre* dans ce cas, à deux cents mètres de vos fenêtres et vous prétendez ne l'avoir jamais vue en trente ans ! Vous vous moquez du monde ?

— Je vous assure que non.

Jeanne se tourne vers son mari qui regarde ses pieds depuis le début de l'interrogatoire.

— Et toi, Albert, tu savais pour Nicole ?

— Bien sûr que non. J'allais rarement au fond du jardin, tu le sais bien.

Le commissaire menace :

— Vous n'ignorez pas que vous êtes passibles de poursuites pour « conditions d'hébergement contraires à la dignité d'autrui ». Je transmets le dossier au Parquet.

— Des poursuites ? se fâche Jeanne. J'ai rendu un service il y a trente ans et je serais poursuivie ?

C'est bien la dernière fois que je viens en aide à quelqu'un !

Le commissaire congédie le couple sans ménagement.

Nicole a été placée dans une maison de repos. Elle souffre encore de troubles hallucinatoires. Elle se réveille souvent la nuit en hurlant. D'autres fois, une surveillante la retrouve errant dans la cuisine, à la recherche d'une poubelle.

Albert et Jeanne Philippe ont été condamnés à six mois de prison avec sursis.

Ils se sont indignés à l'annonce du verdict.

LE CHÂTEAU DES PORTAL

— Désirez-vous regarder le journal télévisé, monsieur le président ?

— Oui, naturellement.

Valéry Giscard d'Estaing se déplie, chausse ses lunettes et abandonne une pile de papiers sur son bureau. Il traverse d'un pas saccadé une antichambre du palais de l'Élysée et se campe devant le téléviseur que sa secrétaire a allumé. D'une voix grave, qu'accentue encore une musique de fond, lancinante et tragique, Roger Gicquel, le présentateur de la première chaîne, énumère les titres du journal de vingt heures.

— *... ce soir, 10 janvier 1975, du nouveau dans l'affaire Portal. A l'heure où je vous parle, un escadron de gendarmerie prend position autour de La Fumade ...*

Le président répond au regard inquiet de sa secrétaire.

— Je suis au courant, Cochard m'a prévenu.

— Le directeur de la gendarmerie ?

— Oui. Le procureur Bouteiller et le préfet Petit-Uzac ont donné l'ordre, précise le chef de l'État, légèrement tendu.

— *... soixante-dix gendarmes, lourdement armés, se déploient autour de la maison dans laquelle sont retranchés Anna Portal et ses deux enfants, Jean-Louis et Marie-Agnès...*

Les yeux fixés sur l'écran comme des millions de téléspectateurs, M. Giscard d'Estaing écoute l'évocation d'un drame qui, depuis deux ans et demi, mobilise la presse et scandalise les Français.

— *... interrogée dans l'après-midi par notre reporter sur ses intentions en cas d'assaut, Mme Portal, la veuve du baron ruiné, avait déclaré : « Il faudra qu'ils nous délogent à coups de canon »... Le résumé et peut-être le dénouement tragique de cette pénible affaire dans le cours du journal...*

Le président se tourne à nouveau vers sa secrétaire, restée debout à ses côtés.

— Dites au préfet de me tenir informé heure par heure.

— Bien, monsieur.

Au même instant à l'autre bout du pays, des estafettes bleues de la gendarmerie croisent leurs phares sur les coteaux de la vallée du Tescou, à une dizaine de kilomètres au sud de Montauban. Une nuit d'encre glacée cueille les hommes quand ils sautent des véhicules. Si les spectateurs de l'époque bénéficiaient des techniques actuelles d'enregistrement et de transmission des images, s'ils pouvaient, sur leurs écrans de télévision, assister en direct à la scène, ils n'en croiraient pas leurs yeux. Ils penseraient sans doute qu'il s'agit d'une erreur, que l'ordre des reportages a été inversé par mégarde. Ils s'imagineraient un instant que ce qu'on leur montre provient du

Vietnam ou du Liban. En tout cas d'un pays en guerre où l'on s'entre-déchire. Jamais d'une paisible campagne française, endormie dans les frimas de l'hiver. Car les soixante-dix hommes qui investissent maintenant le domaine des Portal sont des troupes de choc, des commandos prêts à livrer bataille : casques lourds, gilets pare-balles, pistolets-mitrailleurs et grenades. Face à eux, l'ennemi retranché dans un manoir vétuste est fort de trois combattants : une femme de cinquante ans que l'on dit à moitié folle et deux jeunes gens d'une vingtaine d'années.

Le commandant Giuganti dirige les opérations.

— Du sang-froid tout le monde. Je négocie. On est bien d'accord ?

Les hommes de l'escadron de gendarmerie mobile de Toulouse, appuyés par douze gendarmes parachutistes et cinq tireurs d'élite du groupe d'intervention de Mont-de-Marsan, écoutent en silence, l'arme au pied.

— Personne ne tire sans mon ordre, c'est compris ?

Dans la nuit frigorifiée, des petites bouffées de vapeur s'échappent des gorges nouées.

— Bien compris, mon commandant.

— Établissez une ligne. Je veux leur parler, ordonne Giuganti.

Deux gendarmes déroulent un circuit téléphonique. Un câble long de cinq cents mètres pour relier La Fumade au quartier général. Pour relier les forcenés au reste du monde. Sous le couvert des tireurs d'élite, les éclaireurs s'approchent de la grosse bâtisse plongée dans l'obscurité. Seule la cuisine, au rez-de-chaussée, est faiblement éclairée. Une lumière de deuil filtre à travers des volets vermoulus.

Les gendarmes déposent le téléphone de campagne. Ils s'en débarrassent comme s'il leur brûlait les mains et donnent un violent coup de pied contre la porte pour signaler leur présence.

— Y a un téléphone devant. Venez le chercher. Vous ne risquez rien. On va vous parler !

Ils détalent aussitôt et disparaissent dans la pénombre sans attendre la réponse.

A vingt et une heures, le dispositif est en place. Après s'être entretenu au téléphone avec le préfet du Tarn-et-Garonne, M. Giscard d'Estaing quitte l'Élysée et regagne en voiture son domicile privé.

Dans la cuisine de La Fumade, une meute de chats et de chiens miaule, grogne, se fait écho, gratte la terre battue. Aux fenêtres, les dentelles sont dévorées par l'âge et le froid, et on devine que les rares meubles qui n'ont pas été vendus sont sur le point de l'être. C'est dans cette pièce irréelle, la seule à peu près chauffée des trente que compte la maison, que se sont regroupés les désespérés. Il y a là Anna, la mère, fagotée dans une robe en lainage sombre qui pendouille. Son visage rond, piqué de deux yeux très bleus, pointe sous un châle de paysanne. Marie-Agnès, la fille de vingt-trois ans. La tête penchée sur l'épaule, elle se blottit dans une parka d'origine incertaine. Ses cheveux, noirs et poisseux, tirés en arrière, accentuent l'extrême pâleur de sa peau. Des cernes violacés lui mangent le visage. Et puis il y a Jean-Louis, son frère aîné. Embusqué au coin d'une fenêtre, en veste et chemise jaunâtre, le col fermé par une cravate-ficelle, le pantalon en accordéon, il scrute les ténèbres. Il guette dans la nuit d'où va surgir l'ennemi. Comme ses ancêtres épiaient avant lui l'avancée des Sarrasins, des Anglais ou des catholiques, il attend de pied ferme les voleurs de terres. Il attend les gendarmes, son « drilling » au poing. C'est un redoutable fusil allemand à trois canons superposés. Une arme capable de faire éclater la tête d'un grand fauve.

— Contact établi, mon commandant.

A l'arrière d'une estafette aménagée en QG, le chef d'escadron s'empare du téléphone de campagne.

— Commandant Giuganti, Jean-Louis, tu m'entends ?

— ...

— Portal ?

Une voix blanche, lointaine, nasillarde.

— On bougera pas...

— Écoute, Portal, vous êtes cernés. On va discuter. En hommes sensés, en hommes d'honneur.

La voix se fêle à l'autre bout de la ligne.

— Pas de grands mots ! Vous voulez que le sang coule, il va couler !

Des bruits de lutte, des crachotements. Une voix de femme avec un accent qui n'est pas celui d'ici, rocailleux et chantant. Avec un accent venu d'ailleurs, d'un pays lointain.

— La vengeance arme nos bras !

Le commandant se radoucit comme s'il changeait brusquement de stratégie.

— Anna, madame de Portal. Je vous en prie, calmez-vous et... dites à votre fils que...

A nouveau des chuintements confus.

— Venez nous massacrer, vous n'êtes bons qu'à ça !

Le fil est rompu. La violence réapparaît avec Jean-Louis.

— Allez-y, donnez l'assaut. Notre mort fera honte à tous les magistrats de Montauban !

Giuganti hausse d'un ton.

— Portal. Tu sors les mains en l'air et tu te rends. Tu seras libre. Ma parole d'officier.

Un gargouillis. Un déclic métallique.

— Il a raccroché, mon commandant. Je rappelle ?
— Pas tout de suite.

Jean-Louis de Portal est un garçon triste, élevé pour mordre. Comme un chien de ferme.

— Ils nous tiennent. Vous allez sortir toutes les deux.

Dans un coin de la cuisine, le reflet d'Anna de Portal occupe tout l'écran vide d'un téléviseur cassé. Des cartons à chaussures, débordant de paperasses, encombrent une table branlante sur laquelle la châtelaine a planté ses coudes. La tête pleine de chiffres, elle contemple, étalé devant elle, un demi-siècle de procédures : documents, testaments, attestations, rapports, jugements. Trois cents kilos d'archives. Trois cents kilos de papier qui résument la chute. Jusqu'à la perte des terres et de la maison. Une avalanche de papier, fragile et inflammable comme les trois embusqués, transis dans la cuisine.

— Sors, maman. Ils ne te feront rien, insiste Jean-Louis. Et toi aussi, Marie-Agnès.

— D'accord pour maman, dit la jeune fille aux yeux fous. Moi, je reste !

Dehors, un vent d'est s'est levé. Il rabote par bourrasques les cent cinquante-sept hectares du domaine et déclenche, vers vingt-trois heures, une averse de neige. Pas de quoi fouetter un chat ! Il y a longtemps que sur les terres nues de La Fumade on ne récolte plus que les tempêtes !

— La liaison n'est pas coupée, mon commandant, mais Portal ne répond plus.

— Maintenez le contact. Sonnez-le toutes les dix minutes.

Giuganti saute de l'estafette et rejoint dans la nuit deux officiers qui soufflent sur leurs doigts gantés. Ils attendent une réponse en trépignant dans le froid.

— On applique le plan B.

Les officiers se raidissent, hochent la tête et s'éloignent. Giuganti les rappelle presque aussitôt.

— Au fait... le point faible, c'est la mère. Si on pouvait les séparer tous les trois...

— ... et la prendre elle d'abord..., complète le jeune lieutenant.

— ... les gosses suivront, conclut le chef d'escouade.

Il se rembrunit, hésite.

— C'est... c'est tout ce qu'on peut espérer. Allez-y maintenant !

Six gendarmes-parachutistes, le visage comprimé sous des masques à gaz, s'approchent de la maison comme des fantômes. Ils communiquent par gestes, brefs, mécaniques. En quelques bonds, le corps cassé en deux sous les rafales de neige, ils atteignent la porte de la cuisine. Deux hommes décrochent de leur veste des grenades lacrymogènes. Deux autres, simultanément, poussent une cartouche dans la culasse de leur fusil d'assaut. Ils s'accroupissent de part et d'autre du chambranle, le doigt sur la détente. Un temps. Chacun se concentre, vide ses poumons, chasse sa peur. Et puis, les deux derniers parachutistes se ruent ensemble sur la porte, jambe tendue, godillot en avant. La porte n'est pas verrouillée. Elle s'ouvre d'un coup. Emportés par leur élan, les hommes s'affalent dans la boue. Ils roulent aux pieds d'Anna qui est toujours attablée devant ses papiers. Elle ne bouge pas quand les parachutistes enjambent les corps de leurs camarades et pointent leurs armes sur elle.

— Où sont les autres ? beugle un gendarme en arrachant son masque.

A l'exception de la femme tétanisée, des chiens qui aboient et des chats qui sautent partout, la cuisine est vide.

On emporte Anna de Portal hors de la maison. On lui jette une couverture sur les épaules. On l'entraîne à travers champs sous la neige jusqu'à l'estafette du quartier général.

— Les jeunes sont à l'étage, mon commandant, explique un gendarme.

Le préfet regarde Giuganti qui regarde sa montre.

— Deux heures ! On poursuit le plan B.

— J'appellerai le président quand tout sera fini, décide le préfet.

— Ne faites pas de mal à mes enfants. Laissez-les vivre par pitié ! gémit Anna qui se recroqueville dans le fond du fourgon.

Cinquante gendarmes sont maintenant tapis dans l'ombre et encerclent La Fumade. Dix occupent la cuisine. Cinq progressent dans l'escalier qui mène aux chambres. Sur le palier, ils se heurtent à une porte close.

— Portal, ta mère s'est rendue. Elle est avec nous. Pose ton fusil et sors !

— ...

— Rends-toi, Portal. Tu verras, ça s'arrangera... Tout s'arrange toujours, philosophe le gendarme Ballanger en faisant signe aux autres de s'approcher. Jean-Louis, allez, sois raisonnable...

Pour toute réponse, une déflagration, une langue de feu glisse sur le plancher comme un éclair. La porte vibre sur ses gonds. De la mitraille, des éclats de bois. Ballanger s'écroule. Instantanément, trois parachutistes arrosent la porte avec leurs armes automatiques. Un fracas. Un bruit sourd : la chute d'un corps pulvérisé. Puis, un cri de femme, un hurlement de bête qui n'en finit plus, l'appel terrifiant de Marie-Agnès qui se propage dans les ténèbres, glace le sang des gendarmes, vrille les oreilles de sa mère qui, dans l'estafette, hurle à son tour. Il est 2 h 30.

— Un gendarme est légèrement touché au visage, monsieur le président, annonce le préfet Petit-Uzac au téléphone. Il ajoute après un silence : Jean-Louis de Portal vient de succomber à ses blessures.

— Je veux vous voir dans mon bureau demain matin.

— Bien. Mes respects, monsieur le président.

La guerre est finie. L'escouade de gendarmerie quitte le domaine de La Fumade, Anna et Marie-Agnès blotties ensemble à l'arrière d'une voiture, en route vers l'hôpital psychiatrique de Montauban.

Au matin, la presse se déchaîne. Magazines populaires, prestigieux quotidiens parisiens et feuilles de faits divers commentent l'événement. Comptes rendus, reportages et éditoriaux expliquent que le drame de la nuit est l'aboutissement de vingt-cinq années de lutte inégale. D'un quart de siècle d'escroqueries, de malentendus et de négligences au cours duquel deux logiques inconciliables se sont affrontées. Celle de Léonce de Portal, d'une part, relayée après sa mort par celle de son fils, Jean-Louis, muré dans son rêve de gosse frustré. Et, d'autre part, la logique d'une mécanique judiciaire prête à aller jusqu'au bout de ses contradictions et de ses erreurs.

Et puis, à sa manière et avec ses mots, un paysan de la région évoque les causes de la tragédie :

— Si les Portal avaient aimé la terre, ils l'auraient soignée. S'ils avaient aimé la maison, ils l'auraient entretenue !

Le bain de sang n'a pas suffi à calmer les esprits.

Tout commence il y a bien longtemps par la décision extravagante d'un petit hobereau du Tarn-et-Garonne, le baron William de Portal. Le baron prétend descendre d'un pair de France, ministre de la Marine du roi Louis XVIII. Si des jaloux osent douter de l'authenticité de cette filiation, William n'hésite pas à puiser dans sa riche généalogie pour revendiquer d'autres origines. Plus nobles et plus anciennes. Il convoque à sa rescousse Oldric de Portal, capitoul de Toulouse en 1204 ! Quoi qu'il en soit, son titre de baron, William le mérite par sa droiture, son ardeur au travail, son autorité naturelle. Un homme qui peut regarder sans rougir les châteaux du voisinage, tous plus anciens que La Fumade. Un jour de 1892, contre toute attente, le baron s'avise de choisir pour héritier, devant notaire, son neveu Léonce de Portal, un gamin de huit ans. Quel choix saugrenu ! Pourquoi lui, un gosse de la ville, élevé dans la dentelle ? Que sait-il de la terre et des bêtes ? Dans la famille, des envieux s'estiment lésés. On chuchote, on ressasse des aigreurs. William étouffe les révoltes et les années passent. On dit plus tard que le jeune Léonce est juste bon à servir de cocher à sa mère. Puis de chauffeur à son frère quand, au tournant du siècle, les automobiles disputent aux attelages la route de Montauban.

— A mettre les pieds sous la table, on ne risque pas d'ampoules ! murmurent les paysans de Saint-Nauphary quand ils épient, goguenards, le jeune baron s'aventurer sur ses terres pour tâter la boue de la pointe de ses chaussures vernies.

Pourtant, Léonce fait preuve d'une singulière jugeote en épousant à vingt-sept ans, en 1911, Élisa Gauthier, une fille d'Othey, près de Bordeaux.

En femme de devoir, Élisa met dans la ferme tout ce qu'elle possède : son argent, ses meubles, son goût pour l'organisation, son énergie inépuisable. Élisa aime la campagne et sait travailler. Grâce à elle, La Fumade s'épanouit et prospère. Sur les cent cinquante-sept hectares que compte le domaine, quatre-vingt-douze sont de la bonne terre cultivable, soixante donnent du bois, les cinq restants sont du terrain constructible. Au maïs, au blé dur, aux arbres fruitiers, la petite baronne ajoute de la vigne : six hectares qui produisent un agréable petit vin blanc. Qui dotent surtout la propriété de la note aristocratique qui lui faisait défaut. Pour diversifier encore les ressources, six métayers veillent sur un troupeau de deux cents brebis et de cinquante vaches. Quant au château, c'est une bâtisse belle et équilibrée, à l'image de la baronne : trente pièces distribuées sur deux niveaux. Trente pièces qui racontent trois siècles de la prestigieuse histoire familiale.

Lorsque, en 1931, le baron William meurt, Léonce, le neveu dilettante, endosse l'habit de son aïeul. Le voilà d'un coup châtelain et fier de l'être. Le filet de sang bleu qui stagnait dans ses veines se réveille. Il bombe le torse, lisse ses moustaches et retourne avec aisance les mottes de terre du bout de son bâton. Du bâton qui lui sert moins à soutenir son pas qu'à affirmer sa nouvelle autorité.

Les métayers commentent en souriant la métamorphose.

— Léonce est devenu un « criard », tout bon un jour, tout gueulard le lendemain.

Élisa, quant à elle, se réjouit du changement. L'arrogance toute neuve de son époux freine les convoitises, tient à distance les voisins avides. Car combien de paysans, à l'affût dans leurs fermes exiguës, rêvent en secret de grignoter une parcelle de La Fumade, de s'approprier un bout de cette richesse, de dépecer le domaine des Portal ? D'autant qu'après vingt ans de mariage, le couple est sans enfant. Cette absence d'héritiers aiguise encore les appétits, alimente les espoirs des plus envieux du village.

— Laissons-les cultiver leurs champs et remplir leurs greniers. Attendons notre heure. Leurs biens, ils les emporteront pas au cimetière, grognent les voisins.

L'avènement du Front populaire conforte certains dans leurs sentiments.

— Les aristocrates au musée, la terre à ceux qui la travaillent !

Rien ne filtre bien sûr de cette colère, souterraine et mesquine. Devant le baron chacun fait bonne figure, se montre aimable et respectueux.

Le couple prend cependant des dispositions. Pour éviter des frais de succession qui pourraient entamer l'intégrité du domaine, Léonce vend à sa femme terres et bâtiments. Une vente fictive puisque aussitôt Élisa désigne par testament son époux comme légataire universel. Ainsi, quand la baronne décède prématurément en 1948 et que Léonce hérite de l'ensemble des avoirs, La Fumade est à l'apogée de sa prospérité.

Dans la pénombre des cafés, propice aux confidences, ouvriers agricoles et métayers échangent leurs impressions.

— J'peux vous dire qu'au château c'était Mme de Portal qui portait la culotte !

— Et comment ! Léonce est deux fois veuf !

— En berne de sa femme et de son régisseur ! approuve-t-on en ricanant.

— S'il veut conserver La Fumade, va bien falloir qu'il mouille sa belle chemise !

Sourd aux médisances, le baron se tient droit comme un « i ». Mais, la gestion n'est pas son fort. Habitué à tout déléguer à sa femme, il ploie sous une avalanche de tâches administratives qui dépassent ses compétences. Alors, très vite, le vent tourne, les affaires périclitent, la fortune se lézarde. Le désastre est en marche quand, au printemps 1950, une nouvelle frappe Saint-Nauphary comme une averse de grêle. Une nouvelle ahurissante : le baron Léonce, le veuf inconsolable, convole en secondes noces.

— Et devinez avec qui ? Pas avec une dame du pays ou une femme de sa condition. Non ! Avec une jeunesse au nom imprononçable, une gamine, une étrangère qu'il est allé pêcher Dieu sait où !

L'heureuse élue s'appelle Anna Niepokulwiska.

Elle est infirmière. Léonce a fait sa connaissance en allant suivre une cure à Argelès-Gazost, dans les Pyrénées. Anna a vingt-cinq ans, Léonce soixante-cinq. Presque deux générations éloignent leurs dates de naissance, un gouffre !

— C'est la petite-fille qu'il n'a pas eue qu'a épousée le baron ! raille-t-on au village.

Le ton monte, on se moque, on s'échauffe. Anna est jeune, polonaise, et catholique de surcroît : une calamité dans un milieu étroitement protestant !

C'est dans ce climat tendu, la haine à fleur de peau, que la nouvelle baronne prend possession de La Fumade. En se penchant sur les livres de comptes, elle est prise de vertige. En deux ans de veuvage, son mari n'a pas seulement collectionné les impayés et les erreurs, on l'a trompé, grugé, bafoué. Sur tout : les récoltes, les troupeaux, la vente du bois et les vendanges.

Plongée dans les colonnes de chiffres, dans les bilans incompréhensibles, Anna perd rapidement pied. Ses notions de comptabilité étant rudimentaires, elle extrapole, elle s'imagine découvrir partout des preuves de duperie. Comme si elle voulait forcer la porte de cette bonne société qui s'amuse de son accent slave, de ses yeux trop bleus, de ses pommettes saillantes et de son fichu de paysanne, elle écrit à droite et à gauche avec une véhémence qu'on juge, dans la prude Montauban, excessive, voire suspecte. De mauvais aloi en tout cas.

Quelques mois plus tard, une femme en noir assène le coup de grâce. Marie Gauthier, la sœur d'Élisa, se présente à La Fumade et demande avec fureur à s'entretenir avec le baron.

— Je viens réclamer ma part d'héritage, déclare-t-elle tout de go à Léonce, éberlué.

— Ta... quoi ? aboie le baron de Portal.

— Ma sœur et toi étiez mariés sous le régime de la communauté. Je suis son héritière. Donc, la moitié du domaine m'appartient.

Léonce tend son visage vers elle comme un poignard.

— Écoute-moi bien, vampire. Je suis le légataire universel de ma défunte épouse.

— Prouve-le. Je ne te crois pas, grince l'irascible belle-sœur en se campant, poings sur les hanches, au milieu du salon.

— Quand tu voudras, rétorque le baron, sûr de son bon droit. Maintenant, hors de ma vue ou je lâche mes chiens.

— Je reviendrai avec les gendarmes, menace la femme en deuil. Ma sœur s'est tuée à la tâche. Vous allez payer, toi et ta Polonaise !

Sans tarder, Léonce et Anna se mettent en quête du précieux parchemin. Leur avenir en dépend. Ils fouillent partout, remuent ciel et terre, vident une dizaine de pièces, passent au peigne fin les archives de la famille. Rien : pas trace de l'acte notarié.

— C'est évident : Marie t'a volé le testament quand tu avais le dos tourné, conclut Anna, larmoyante. Elle ajoute en reniflant : A moins que... ?

— Que ?

— Qu'avant de mourir Élisa l'ait détruit...

Perdu, volé ou détruit, peu importe, le testament est introuvable. Incapable d'attester de sa légitimité de propriétaire, Léonce de Portal est attaqué en justice par son ancienne belle-famille. Elle réclame la moitié de ses biens. Comme pour compliquer les choses, Marie Gauthier cède à un certain Escarmant, un agent immobilier de Gironde, ses droits à l'héritage. Un marché conclu contre un capital et la promesse d'une rente. Le baron fait, quant à lui, appel à un notaire de Montauban, maître Valette, pour défendre ses intérêts. Dans le même temps, pour couper court à la poursuite, il demande à un autre notaire, maître de Bienassis de Caulusson, de lui restituer le testament fondamental : celui par lequel son oncle William lui cédait La Fumade en 1892. Ainsi, pense-t-il, même si le testament d'Élisa est perdu, il établira avec l'autre document la preuve irréfutable de sa loyauté. C'est alors qu'un fait étrange autant qu'inexplicable se produit. Une coïncidence rarissime. Mais s'agit-il vraiment d'une coïncidence ? Le testament de William a, lui aussi, disparu.

Ce mystérieux coup de théâtre relance immédiatement la procédure. Une procédure qui va durer dix-huit ans et précipiter en enfer La Fumade et ses occupants.

— La Polonaise gère le domaine du fond de son lit ! peste un paysan devant un champ en friche.

— Si c'est pas malheureux de voir ça ! Une terre pas exploitée, c'est une terre à prendre. C'est la loi ici !

— Tu l'as dit ! Tu verras qu'les gosses Portal finiront ouvriers agricoles. Comme nous autres !

En donnant à Léonce des héritiers, Jean-Louis et Marie-Agnès, Anna jette, bien malgré elle, de l'huile sur le feu. Elle attise le volcan. Car si la venue des enfants détruit les espoirs de succession de la belle-famille, elle exacerbe les convoitises. Dépecer La

Fumade, s'en approprier des lopins, n'est plus, pour les voisins, un rêve inaccessible. D'autant que la propriété va à vau-l'eau ! Les uns après les autres, les métayers abandonnent le domaine. Bientôt, labours et semences sont de lointains souvenirs. Pour boucler les fins de mois, on brade discrètement une vache, on sacrifie un lot de brebis. Pendant que les cochons s'échappent, que le garde champêtre court après les bêtes perdues, que le raisin pourrit sur pied, le vieux baron cherche toujours la trace des testaments. Anna, de son côté, élève ses enfants dans une solitude sauvage. Privés d'école pour ne pas être en contact avec les autres, éduqués dans le culte — authentique ou imaginaire — de leurs ancêtres, Jean-Louis et Marie-Agnès cultivent leur différence d'aristocrates en herbe.

Dès lors, davantage que le rythme des saisons ou le cycle des récoltes, les dates des procès jalonnent le calendrier. Tribunaux d'instance, cour d'appel, cassation : toutes les études d'avoués, les cabinets d'avocats de la région ont un dossier de Portal à instruire. Les honoraires impayés s'accumulent. Le papier bleu déborde de la boîte aux lettres. Criblé de dettes, Léonce entreprend des démarches auprès des banques pour obtenir un emprunt, destiné officiellement à redresser son exploitation. Ce qu'il apprend alors de la bouche d'un banquier le cloue d'épouvante.

— Un nouvel emprunt ? Vous n'y pensez pas, monsieur le baron !

Léonce toise l'homme qui lui tient tête.

— Et pourquoi, s'il vous plaît ?

— Parce que trente et une inscriptions d'hypothèque pèsent déjà sur votre domaine, répond laconiquement le banquier.

— Que dites-vous ?

— Je répète : trente et une hypothèques. Vendez, Portal. Vendez tout. Vous êtes ruiné.

— Mais je n'ai jamais signé ça ! vitupère le baron, indigné.

Il s'effondre, la tête à la dérive.

Après une rapide enquête, Léonce de Portal découvre le fin mot de l'affaire : au fil des ans, maître Valette, son notaire, a amassé sur son dos un joli magot en fabriquant de toutes pièces la plupart des reconnaissances de dettes. Seules quelques-unes des trente et une inscriptions d'hypothèque sont authentiques. Le baron n'est pas la seule victime du notaire véreux. Avant de jeter son dévolu sur La Fumade, l'escroc a écumé la région, poussant à la faillite nombre d'agriculteurs.

Une nouvelle fois, la justice s'en mêle. Piètre consolation ! Reconnu coupable de faux et usage de faux, accusé d'avoir détourné plus de quatre millions et demi, maître Valette est inculpé, condamné à trois ans de prison et n'obtient le sursis qu'en appel. Qu'importe, le mal, l'irréparable est fait ! Pourquoi les créanciers se montreraient-ils plus magnanimes encore que la justice ? Ils tempêtent, exigent le remboursement des dettes et commencent le siège de La Fumade. Le baron contre-attaque, dépose des plaintes, se constitue partie civile. Chaque nouvelle procédure ruine un peu plus la famille et les terres ne produisent plus rien. Déjà fragile, l'état de santé du baron s'aggrave. En 1963, victime d'une attaque cérébrale, il est frappé d'hémiplégie. Anna reprend le flambeau avec courage. Au tribunal de Montauban, on la voit avec stupeur, seule à la barre, assumer sa défense en brandissant, comme dernier argument, le portrait de l'ancêtre prestigieux, l'ancien ministre de la Marine. Certains se moquent, d'autres s'apitoient. Tous attendent la mise à mort.

Épaulée par ses enfants devenus adolescents, Anna jette ses dernières forces dans un ultime combat. Pour sauver le château et payer quelques dettes, elle doit impérativement réactiver le domaine, le rendre au moins partiellement productif. Pour remettre en état quatre-vingts hectares de terres cultivables, elle fait appel à Lamolinairie, un entrepreneur de travaux agricoles. Quel arrangement passe-t-elle avec lui ? Quelle est la nature de leurs accords ? Promet-elle de la terre en échange des travaux ? Harcelée de toutes parts, prise à la gorge, Anna s'engage-t-elle à la légère ? De son côté, Lamolinairie fait-il partie des prédateurs, avides de faire main basse sur le domaine ? La lumière ne sera jamais faite sur ce ténébreux point de détail. Cependant, dès la remise en état des terres effectuée, lorsque l'entrepreneur présente une facture de 74 000 francs, les Portal crient au scandale, jurent leurs grands dieux être une nouvelle fois victimes d'un complot et portent plainte pour usage de faux en écriture.

Tandis que l'affaire passe en justice, Anna se bat sans désemparer. Elle court chez Sylvain Viatgé, un ancien métayer de La Fumade.

— Prête-moi des semences, Sylvain, demande-t-elle avec le peu de dignité aristocratique qui lui reste.

Le paysan madré fait aussitôt à la baronne une contre-proposition.

— Laissez-nous la terre, je m'engage à vous trouver trois fermiers. A nous quatre, nous ensemencerons. Et puis nous partagerons le prix de la récolte à 50/50, comme au bon vieux temps où j'étais métayer.

Anna de Portal refuse, scandalisée.

— Jamais, voleur ! C'est un marché de maquignon !

Faute d'argent pour payer les semences, la terre reste en friche.

Pourtant, comme un arc-en-ciel à travers l'orage, un miracle se produit. Un petit miracle qui réchauffe le cœur meurtri du baron invalide. Un brin de soleil dans cette succession ininterrompue de calamités.

Ce sera le seul et le dernier et il sera insuffisant pour inverser le cours de la justice : un clerc de maître de Bienassis de Caulusson met brusquement la main sur le testament de 1892, confirmant ainsi les droits du baron Léonce sur sa propriété. Étrange et tardive découverte qui solde dix-sept ans de recherche ! Plus étrange encore : peu après cette surprenante trouvaille, le notaire est accusé de falsification. Pour s'épargner la prison, il s'enfuit précipitamment en Espagne.

Décidément, il ne fait pas bon, à l'époque, fréquenter les notaires de Montauban !

Pour son malheur, la réhabilitation du baron n'a aucune incidence sur le désaccord qui l'oppose à Lamolinairie. Bien au contraire, lorsque l'entrepreneur apprend que Léonce est l'unique et légitime propriétaire de La Fumade, il réclame ses 74 000 francs avec véhémence.

Persuadés que tous les hommes de loi sont des faussaires ou des escrocs, les Portal interdisent dorénavant l'accès de leur demeure aux huissiers et aux avocats. Ainsi, la signification de Lamolinairie ne leur parvient pas et ils sont condamnés par défaut le 19 mai 1971.

Le domaine est vendu, liquidé plutôt par adjudication. L'exécuteur s'appelle maître Cambriel, « avocat-ex-avoué », peut-on lire sur la plaque vissée sur le portrail de son hôtel particulier de Montauban. Avec le mininum de publicité légalement indispensable, il annonce la vente pour le 8 juin 1972.

A La Fumade, on devient fou. Traqués depuis des années, Léonce et Anna entretiennent un dangereux complexe de persécution. Bien sûr, ils peinent souvent à faire la différence entre l'argent qu'ils doivent et celui qu'on tente de leur soutirer. Mais comment pourrait-il en être autrement alors qu'ils endurent depuis vingt ans déboires et vexations, testaments perdus puis retrouvés, notaires véreux inculpés ou en fuite, faux, trucages et machinations ?

Un gros agriculteur de Haute-Garonne, Louis Rivière, un gaillard carré au regard bleu, se porte seul acquéreur du domaine. Il enlève le tout pour 400 000 francs — 220 000 francs pour les terres, 180 000 francs pour la maison —, le montant de la mise à prix.

Cette fois, le scandale éclate. Même ceux qui, dans la région, tiennent les Portal pour d'inquiétants détraqués s'indignent. La valeur réelle du domaine dépasse largement le million et demi.

Maître Cambriel, l'exécuteur de la vente et ami de l'acquéreur, est accusé d'avoir truqué la transaction.

— Pourquoi a-t-il chosi d'annoncer la vente par un modeste avis, publié à la sauvette dans *Le Réveil du Tarn-et-Garonne*, une petite feuille du département à peine lue, alors qu'en Allemagne ou en Hollande il y a beaucoup d'acheteurs intéressés par les terres de la région ? grogne un éleveur.

— La plupart des gens du pays n'étaient même pas au courant ! braille un autre.

Le notaire se défend mollement.

— Les bois, les dépendances ne valent rien. La topographie du terrain ne permet pas une bonne exploitation. Le domaine est parti à son juste prix !

Les paysans n'en démordent pas.

— Alors, pourquoi avoir favorisé Rivière qui possède déjà de belles propriétés ?

— J'ai seulement une propriété de famille de cent dix hectares à Mongiscard, à vingt kilomètres de Toulouse, sur la route de Carcassonne, bredouille l'intéressé face à la fronde qui s'amplifie.

Mais le plus choquant, selon beaucoup, c'est que la Safer (Société d'aménagement foncier d'économie rurale) n'a pas fait jouer son droit de préemption. La Safer, qui dépend du ministère de l'Agriculture, est un organisme chargé d'aider les petits paysans à s'agrandir ou à remembrer leurs propriétés.

Sylvain Viatgé, l'ancien métayer, est de ceux-là. Il s'indigne à son tour.

— J'avais, bien avant la vente, informé la Safer de mon désir de m'agrandir. J'étais prêt à acquérir quelque dix ou vingt hectares de terres attenant aux miennes. Pourquoi la Safer n'est-elle pas intervenue au jour de la vente, comme c'est son devoir ?

Bizarre, bizarre, tout cela ! D'autant que la Safer n'est pas la seule incriminée. Pourquoi le Trésor public, qui réclame près de 60 000 francs d'impôts impayés aux Portal, a-t-il laissé, lui aussi, faire la vente sans opposer davantage son droit de préemption ?

— Le trésorier payeur général a disparu : mort subitement il y a dix jours ! arguë l'Administration, embarrassée.

Les petits paysans des environs se sentent floués. La manœuvre entre le notaire et Rivière ne fait pour eux aucun doute. La vente a été manipulée. On les a tenus à l'écart pour mieux les berner. Leur rêve de s'approprier un bout des champs et du prestige de La Fumade s'envole. Sans doute à jamais. Alors, par dépit, ils comptent les jours qui les séparent de la chute annoncée du baron de Portal.

Avec l'énergie du désespoir, Anna tente un ultime recours : elle bombarde de courrier toutes les personnalités de la République qui portent un patronyme polonais : Poniatowski, Lipkowski, Bokanowski... Lettres confuses et alambiquées, plaintes pitoyables et incompréhensibles qu'elle signe Anna Niepokulwiska de Portal.

Peine perdue. La vente est faite. Rivière vient semer son blé.

Là-haut, sur la colline, à deux kilomètres à vol d'oiseau du cimetière de Saint-Nauphary, deux tracteurs besognent, à flanc de coteau, une terre jaune. Elle n'est pas « amoureuse », cette terre. Elle ne colle pas aux socs qui la forcent. Elle se refuse. Elle s'effrite. Il y aura bien du travail à faire dessus avant qu'elle ne retrouve sa docilité, sa générosité.

— Elle donnera 25 quintaux à l'hectare, quand elle sera revenue. Pour l'heure, j'en espère 8 à 12 quintaux !

Ces mots-là, c'est un lourd bonhomme, en veste de treillis verte et casquette fourrée, qui les laisse passer entre ses dents.

Au cul des tracteurs, à côté d'un de ses ouvriers, Louis Rivière avance dans les sillons frais tracés. Préoccupé et bavard, comment pourrait-il voir s'approcher dans son dos une massive silhouette noire ? Si elle n'était pas encombrée par le fusil qui pend à son bras, la silhouette aurait déjà fondu sur lui. Malgré tout, elle réduit la distance, gagne du terrain. A quelques mètres de sa cible, la silhouette s'immobilise et déclenche un cri qui lui part du bas-ventre.

— RIVIÈRE !

Le cri vibre dans les aigus et traverse le bruit des tracteurs. Rivière se retourne et promène sur la silhouette un regard effaré. Entre le fusil braqué sur lui et les fleurs du foulard qui lui couvre la tête, Rivière ne distingue de la femme que ses yeux incendiés.

— Dehors, dégagez ! Vous êtes sur mes terres !

Anna presse la détente. Le coup part et passe à un mètre au-dessus de la casquette fourrée. Machinalement, Rivière s'arc-boute. Les machinistes coupent les moteurs de leurs tracteurs. La femme chaloupe dans la boue.

— C'est un avertissement ! La prochaine fois, je te tuerai !

Le 23 février 1973, les gendarmes de Villebrumier s'emparent de la baronne que l'on dit folle et l'incarcèrent à la prison de Saint-Michel, à Montauban. Elle est condamnée à purger une peine de quatre mois de réclusion pour « intimidations et menaces de mort ».

Désormais, les gendarmes surveillent de loin les granges effondrées, les étables sans bêtes, les poulaillers où il ne reste que des plumes, les garages sans tracteurs, les toits affaissés de La Fumade. Le manoir fantôme est sous scellés. Seules deux des trente pièces sont encore habitées. Une pour les parents, l'autre que se partagent les enfants. Un gros lustre de cuivre et d'opaline bleu turquoise pend, insolite, au milieu du salon vide. Qu'attend-on encore pour forcer la porte du château ? Que le vieux baron grabataire rende l'âme ou que Jean-Louis pose la carabine 22 long rifle qui ne le quitte plus ?

Les deux sans doute, puisque le jeune Portal menace maintenant de tuer son père si Rivière poursuit ses travaux agricoles sur *ses* terres.

Prudent, Rivière patiente un mois. Puis, aiguillonné par son beau-père qui répète à l'envi dans le village : « Mon gendre, c'est le couillon dans l'affaire. Il a dépensé 400 000 francs pour se faire tirer comme un lapin ! », il reprend le labour. La réponse de Jean-Louis ne se fait pas attendre. Il riposte et blesse le chien du « voleur de terres ».

Quelques heures plus tard, une 504 bleue de la gendarmerie se gare face à l'auvent où sèche, sur un fil de fer, une lessive de clochard. Les gendarmes apportent un mandat d'amener contre Jean-Louis. Marie-Agnès les met en garde.

— N'allez pas plus loin. Mon frère est armé. Nous tirerons sur vous et nous nous suiciderons.

Les gendarmes se retirent. En haut lieu, ils ont reçu l'ordre de calmer le jeu.

Dingue, le gamin Portal ?... Fou, le jeune baron ? A n'en pas douter ! C'est du moins l'avis des voisins quand ils parlent du reclus entouré de ses chiens.

Dans la nuit du 27 au 28 mars, Jean-Louis et Marie-Agnès veillent leur père qui agonise. Le portrait de l'ancêtre mythique, celui du ministre de la Marine, trône à côté du lit.

Avant de mourir, Léonce de Portal murmure à ses enfants ses dernières volontés. Sa voix est faible, rocailleuse. Comme s'il recrachait, dans son dernier souffle, un peu de terre de La Fumade.

— Ne vous laissez pas faire... Jamais... Résistez... Battez-vous... Nous ne sommes pas comme les autres ! Nous sommes des seigneurs...

Il s'éteint, Don Quichotte du terroir. Il a quatre-vingt-neuf ans.

Au matin, les enfants déposent le corps du défunt dans le cercueil apporté par les pompes funèbres et l'exposent, en équilibre sur quatre chaises, sur la petite terrasse devant la porte de la cuisine. Pour compléter la mise en scène, ils recouvrent la bière d'un drapeau américain que leur a envoyé un correspondant de Boston. Il a lu leur histoire dans la presse et s'en est ému.

— Notre cause devient internationale, explique avec fierté Jean-Louis au facteur, le seul encore autorisé à s'approcher.

C'est à ce moment-là qu'Anna s'échappe de prison et revient chez elle clandestinement. Comment expliquer cette rocambolesque évasion ? La baronne a-t-elle trompé la vigilance de ses gardiens ou, plus probablement, l'a-t-on discrètement libérée pour la circonstance ? A moins qu'on ait organisé sa fuite pour qu'elle partage le deuil de ses enfants et apaise leur fureur ?

Quoi qu'il en soit, la fugitive est laissée en liberté. Cloîtrée dans la cuisine, elle épluche ses dossiers, maudissant la planète en prenant ses chats à témoin. Marie-Agnès bascule à son tour dans un autre monde. Elle trace sur les murs de la maison, à grands traits sauvages, des visages enfantins. Jean-Louis graisse en silence son terrible « drilling », le fusil que lui a offert un Alsacien sympathisant, excentrique et irresponsable...

Une chape de plomb coiffe le domaine. Les acteurs sont prêts. Tout est en place pour le dernier acte.

Le 10 janvier 1975 à 14 h 30, Jean-Louis entend le bourdonnement du tracteur des ouvriers de Louis Rivière se rapprocher de la maison. Sans l'ombre d'une hésitation, il prend ses fusils et se précipite. A vingt mètres de l'engin, il épaule et fait feu. Une volée de chevrotines pulvérise le pare-brise, étrille le tuyau d'échappement, dressé comme une cheminée devant la cabine d'Eugène Carrière, le conducteur. Carrière pousse un hurlement. Un rideau chaud, rouge et visqueux brouille instantanément sa vision. Une nouvelle grêle de plombs arrose les tôles et brûle ses mains, cramponnées sur le volant. Le second ouvrier s'enfuit à travers champs en zigzaguant dans les sillons. Jean-Louis change d'arme et ajuste, avec une effrayante lenteur, le 22 long rifle. Le coup claque et frôle le fuyard. Carrière crie à travers le sang qui l'aveugle.

— Jean-Louis ! Jean-Louis, arrête ! On n'est que des ouvriers ! On n'a rien fait, nous !

Portal marche vers lui. Le visage du conducteur, criblé d'éclats de verre, repose sur sa poitrine. Il souffle comme une forge. Jean-Louis s'immobilise sous la cabine et pointe, à bout de bras, son « drilling ». Les trois canons superposés prennent appui sur l'épaule de l'homme, secoué de spasmes. Il s'ensuit un long silence.

— Jean-Louis... Jean-Louis... Fais pas ça... j'ai des gosses !

Portal semble réfléchir. Ou rêver. Son regard flotte sur l'ouvrier et va errer plus loin, sur la terre retournée. Les dernières paroles de son père tintent dans son cerveau : « Battez-vous... Résistez ! »

Son bras se raidit. Son index tremble légèrement sur la détente. La voix de son père revient : « Nous sommes des seigneurs... ! »

Alors Jean-Louis laisse retomber son arme avec lassitude. Il hausse les épaules et s'en retourne vers La Fumade.

Une heure plus tard, le procureur de la République de Montauban ordonne à la gendarmerie d'exécuter le jugement d'expulsion. Le préfet du Tarn-et-Garonne et le directeur de la gendarmerie donnent leur accord. Le chef de l'État est informé. Une stratégie est mise sur pied. Elle envisage, soit une reddition pacifique des forcenés : c'est le plan A. Soit une résistance armée qui nécessitera l'intervention des parachutistes et des tireurs d'élite : c'est le plan B. Soixante-dix hommes sont mobilisés. On attend la nuit. A vingt heures, le commando prend position autour de la Fumade. A 2 h 30, Jean-Louis s'écroule derrière la porte de sa chambre, le corps criblé de balles.

La fin de la nuit est un cauchemar. Alors que le cadavre de Jean-Louis est emporté de son côté, Anna de Portal et sa fille sont conduites à la prison Saint-Michel de Montauban puis dans un premier hôpital psychiatrique. Il les refuse au prétexte que leur cas ne relève pas de sa compétence. Ne sachant que faire, le commandant Giuganti dirige ses prisonnières à La Grave, vers un autre établissement pour malades mentaux. On boucle les deux femmes dans des chambres pour agités, aménagées dans d'anciennes écuries. Un lieu sordide. Quatre gardiens les surveillent en permanence. Les portes sont blindées, la fenêtre obstruée par un grillage très serré. Marie-Agnès demande à laver sa parka, rougie du sang de son frère. Un gardien donne son autorisation.

Au matin, un journaliste réussit à s'approcher de la fenêtre et à signaler sa présence. Marie-Agnès se hausse sur sa paillasse pour lui parler.

— Mon frère a été assassiné. Nous allons porter plainte pour homicide volontaire contre le préfet et le commandant de gendarmerie.

Le reporter enregistre la conversation. L'interview bouleversera la France entière à l'heure du petit déjeuner.

— Dites bien que nous sommes séquestrées abusivement, gémit Marie-Agnès.

— Qu'allez-vous faire maintenant ? questionne le journaliste.

— Faire valoir notre bon droit !

La voix se brise en mille sanglots.

A neuf heures, une aube grise se lève sur les

champs enneigés. Louis Rivière gare sa 2 CV devant La Fumade et pénètre seul dans la maison déserte, dans *sa* maison. Dans la cuisine : des papiers éparpillés partout, des chats au poil hérissé, des bottes de paille et un gros bidon d'essence.

Rivière se hisse lourdement dans l'escalier. Il n'a plus peur. Il sait qu'aucun fusil ne le menace désormais. Sur le palier : des douilles, des éclats de bois, du sang. Derrière la porte déchiquetée : encore du sang. Une flaque noire. Et puis, accroché sur un mur de la chambre où gisent deux matelas crasseux, le portrait de l'ancêtre.

Rivière s'approche du tableau. Il contemple longuement le visage du baron de Portal, ministre de la Marine. Il plonge dans le regard sévère de l'aristocrate. Au bout d'un long moment, il baisse les yeux sur le plancher maculé de sang. Un frisson glacé lui secoue l'échine.

LA MAISON EN FIÈVRE

— Fanny, rentre la chatte et viens à table !

— J'arrive, maman, répond la fillette en pourchassant Cassine, une boule de nerfs et de poils incontrôlable qui file ventre à terre vers le fond du jardin.

Comme chaque soir quand le soleil bascule derrière les collines, un jeu palpitant, toujours le même, s'engage entre Fanny et le félin. Un quart d'heure de folie. Une course éperdue à travers les rosiers. A force de ruse et d'expérience, Fanny coince la chatte sur le perron, l'attrape par la peau du cou, la dépose dans l'entrée du pavillon et claque très vite la porte derrière elle.

— Fanny, je t'ai dit de venir, s'impatiente sa mère. On t'attend pour dîner.

— Zut !... La chatte a filé dans la cave, braille la petite fille en dégringolant une volée de marches.

Cassine s'est embusquée dans un coin de la pièce. Seul un bout d'oreille et de moustache dépasse d'un carton.

— Ça suffit maintenant, gronde sa jeune maîtresse. Sors de là !

Curieusement, la chatte obéit. Elle quitte sa

cachette et glisse nonchalamment sur la dalle en ciment qui recouvre le sol. Soudain, parvenue à mi-distance, elle décolle, comme soulevée sur place. Pendant une fraction de seconde, ses pattes battent l'air dans tous les sens et sa queue, ébouriffée, se dresse à la verticale. Puis, à la manière d'un dessin animé, elle retombe en poussant un miaulement rauque et plaintif et file en trombe dans l'escalier. La fillette reste interloquée. Elle a beau s'être habituée aux facéties de sa chatte, elle ne l'a encore jamais vue accomplir un tel exploit. Comment expliquer cet incroyable comportement ?

Fanny, instinctivement, s'avance de quelques pas, se penche et aventure une main sur le sol. Elle la retire aussitôt. Le ciment est brûlant. La fillette court vers la salle à manger où ses parents et son frère aîné ont commencé leur repas.

— La cave... la cave, crie Fanny à l'adresse de son père. Le plancher est tout chaud et Cassine s'est brûlée !

Hervé Muller n'est pas homme à s'émouvoir facilement.

— Assez joué. Viens t'asseoir maintenant, ordonne-t-il gentiment à sa fille.

Fanny obéit mais son expression de contrariété intrigue sa mère.

— Tu devrais peut-être aller voir ce que dit la petite.

— Voyons Véronique, elle s'amuse !

Hervé s'attaque à une seconde tranche de melon avec entrain.

— Bon, alors j'y vais, soupire sa femme. Elle repousse sa serviette et fait mine de se lever.

— Bouge pas, tu as gagné.

Il ajoute à l'intention de sa fille, accompagnant sa menace d'un sourire complice :

— Gare à toi si tu nous fais marcher.

Fanny bondit sur ses pieds et emboîte le pas de son père, suivie par les autres membres de la famille.

— C'était par là...

Bientôt, dans la cave, tous les quatre font cercle.

Hervé vérifie. Effectivement, la dalle est suffisamment chaude pour que la chatte ait pu s'y brûler les pattes.

Il s'interroge, perplexe.

— Étrange, d'où ça peut bien provenir ? C'est la première fois que je vois ça.

Chef de chantier de son état, il balaie la cave d'un regard de professionnel.

— La chaudière est de l'autre côté... elle est éteinte... les conduites électriques ? Impossible... alors quoi ?

Il inspecte le sol à nouveau, se gratte le front.

— Aucune explication pour l'instant. Nous verrons cela demain, allons finir de dîner.

C'est par cette découverte fortuite que commence, dans la banlieue tranquille d'une ville d'Alsace, l'histoire d'un phénomène hors du commun, qui, aujourd'hui encore, demeure partiellement inexpliqué. Des semaines durant, l'énigme de la « cave brûlante » va pourtant mobiliser ce que la commune, le département et la région comptent d'experts en tout genre. Devant l'insuccès des uns et l'impuissance des autres, des spécialistes, appartenant aux administrations centrales concernées, se déplaceront même tout exprès de Paris. Bardés d'instruments sophistiqués, ils inspecteront sans relâche la cave de la maison, multipliant relevés, mesures et hypothèses.

La presse, locale puis nationale, s'emparera rapidement de l'affaire. Elle livrera presque chaque jour à l'opinion comptes rendus et reportages sur l'évolution du phénomène.

Car lorsque le lendemain Hervé Muller examine à nouveau la dalle en béton de sa cave il s'y brûle littéralement les doigts.

— Incroyable ! On dirait que la température a doublé depuis hier.

Sans plus attendre, il alerte la brigade des pompiers de sa commune. Rendus sur place, ils prennent une première mesure.

— 80° ! Vous pourriez faire la cuisine en posant simplement vos casseroles par terre, plaisante le gradé qui commande l'équipe.

La remarque n'amuse pas Hervé.

A l'aide du thermomètre les sapeurs délimitent exactement la surface où ils enregistrent l'ahurissant pic de chaleur : une zone de deux mètres de long sur soixante centimètres de large.

Quand ils ont terminé, Hervé interroge le chef.

— Qu'en pensez-vous ?

— Montrez-moi les plans de la maison. Avant d'intervenir, je veux d'abord localiser les conduites d'eau chaude et d'électricité.

Hervé confie au pompier toutes les archives de la maison, un pavillon de cinq pièces acquis douze ans plus tôt sur un terrain en friche où poussaient quelques pieds de vigne et des herbes folles.

Le lieutenant fourre la liasse de papiers dans sa sacoche.

— Je vais étudier ça au calme. Nous repasserons

demain matin. Par prudence, évitez d'ici là de vous promener au sous-sol.

Le jour suivant, les pompiers sont de retour. L'officier a perdu de sa superbe.

— RAS. Rien sur les plans qui indique le passage de la moindre gaine. La dalle de la cave donne sur les fondations. Il n'y a rien en dessous.

Par acquit de conscience, le pompier reprend la température du ciment. Le mercure grimpe en flèche et brise le thermomètre, gradué jusqu'à 90°.

— Nom d'un chien, qu'est-ce que ça veut dire ? C'est du jamais vu, une chaleur pareille.

Le lieutenant désigne un de ses hommes qui regarde toujours le sol avec fascination.

— Toi, fonce à la caserne et ramène-moi un autre thermomètre. Un de ceux qui supportent les 120°.

Vingt minutes plus tard, nouvel essai avec le nouveau thermomètre. Cette fois, il n'explose pas mais le mercure s'envole jusqu'à 94° avant de se stabiliser.

Le lieutenant écarte Hervé du centre de la cave et le pousse vers l'escalier.

— Vous ne pouvez pas rester ici, c'est trop dangereux. Il faut que vous mettiez votre famille à l'abri le plus vite possible.

Le soir même, ayant fourré l'indispensable dans des sacs de sport, les Muller s'installent chez des cousins. Hervé prend une semaine de congé pour être disponible et tirer rapidement l'affaire au clair. Si les enfants se réjouissent de cet intermède qui prend un goût de vacances, Véronique apprécie moins de camper sur un canapé.

Hervé se rend d'abord à l'hôtel de ville où, avec

l'aide du lieutenant des sapeurs-pompiers, il expose son cas à l'adjoint au maire, chargé de la voirie et de l'urbanisme. Les trois hommes se concertent, passent au crible toutes les hypothèses qui leur viennent à l'esprit. Ils finissent par se mettre d'accord sur ce qui leur semble la cause la plus vraisemblable du phénomène : une bombe au phosphore, vestige de l'une ou l'autre des deux guerres mondiales, qui aurait très lentement refait surface. Attaquée par le temps et la rouille, la bombe aurait perdu de son étanchéité et libérerait le gaz mortel, responsable du brusque et spectaculaire excès de chaleur.

— On s'est tellement battu dans le coin, le sous-sol est toujours truffé d'engins explosifs, rappelle le lieutenant. Ça n'aurait rien d'extraordinaire.

Convaincu d'avoir percé le secret de la « dalle brûlante », l'adjoint au maire contacte sans hésiter le service de déminage de la préfecture.

Une équipe d'hommes en blanc, masques et combinaisons de cosmonautes, investit la cave du pavillon. Avec des gestes de chirurgien, elle réalise d'abord un carottage à travers la couche en ciment, épaisse de dix-sept centimètres, et continue de creuser. Au fond du trou, d'un mètre cinquante de profondeur, à défaut de bombe, les démineurs trouvent de l'argile bouillante, comme cuite. Ils retirent prudemment leur masque et se penchent sur la fosse. Pas de trace d'odeur caractéristique. Pour en avoir confirmation, ils font appel à leur tour à d'autres pompiers, ceux de la cellule chimique du département, qui placent des capteurs dans la cavité. Les instruments enregistrent la présence de gaz carbonique et confirment l'absence d'émanation de phosphore.

L'hypothèse de la bombe est écartée mais le mystère reste entier : d'où provient une telle chaleur, capable de cristalliser l'argile du sous-sol ? Quelle est la cause du phénomène ?

L'ingénieur qui supervise les opérations a sa petite idée.

— Je ne vois qu'une seule explication : pour moi, l'origine de la chaleur est radioactive.

Il s'adresse à Hervé qui a blêmi.

— La maison a bien été construite sur un ancien terrain vague ?

— En effet.

— Une sorte de décharge ?

Au mot « décharge », Hervé se rembrunit.

— Un terrain à construire, une friche parfaitement salubre.

L'ingénieur poursuit son raisonnement.

— Imaginons maintenant que sur cette décharge on ait entreposé autrefois des déchets industriels, vous me suivez ?

— Je vois parfaitement où vous voulez en venir.

— ... et que, au milieu de ces déchets, il y ait eu des fûts... des fûts contenant des produits radioactifs. On ne les aurait pas laissé traîner à la surface. C'est contraire à toutes les dispositions environnementales. Pour les cacher, pour éviter les frais de retraitement et de recyclage, on les aurait enfouis, vous êtes toujours d'accord ?

Hervé, de plus en plus agacé, en convient.

— Eh bien, c'est là que se trouve l'explication. Une source radioactive dormait sous votre maison et elle se réveille aujourd'hui. Pourquoi maintenant ? Et pourquoi cette source rayonne-t-elle à travers une surface aussi réduite ? Mystère. Mais ça c'est une autre histoire !

Le lendemain, les hommes de la délégation régionale du Commissariat à l'énergie atomique prennent le relais des chimistes et des démineurs. L'ingénieur de la cellule chimique les a si bien convaincus au téléphone de la justesse de son hypothèse que, lorsqu'ils se rendent sur les lieux, ils ont l'impression de venir vérifier un fait acquis, d'effectuer un contrôle de routine. Ils se trompent. L'ingénieur et sa suffisance aussi par la même occasion. Car le compteur Geiger qu'ils installent dans le trou de la cave reste muet, l'aiguille collée sur le zéro. Incrédules, les techniciens remplacent l'appareil qu'ils croient défaillant. Même résultat avec un autre. Aucune trace de radioactivité.

Un technicien secoue la tête, comme déçu.

— Rien. Pas un atome suspect.

Hervé, qui naturellement assiste depuis deux jours à toutes les investigations menées par les différents services, pousse un profond soupir de soulagement.

— Dieu merci, j'aime mieux ça !

Il s'agenouille au bord de la fosse et avance une main vers l'ouverture comme s'il voulait tester la température de l'eau d'une piscine.

— On dirait que la chaleur a baissé. Vous pouvez vérifier ?

Hervé a raison. Le mercure du thermomètre ne dépasse plus maintenant la barre des 40°. Cette observation serait rassurante si elle était associée à une explication ou si elle était le résultat d'une intervention humaine. Ce n'est pas le cas. En dehors du carottage, des relevés et des analyses, rien n'a été entrepris pour résoudre le problème faute d'en comprendre la moindre donnée. Néanmoins, puisque l'origine du phénomène n'est pas radioactive, qu'aucun engin explosif ni gaz toxique n'ont été détectés et que la température semble vouloir diminuer, le lieutenant des sapeurs-pompiers autorise la famille Muller à réintégrer son pavillon.

— Gardez vos papiers et vos objets précieux à portée de main, on ne sait jamais, conseille l'officier. Je pourrais vous demander de déguerpir sur-le-champ si la situation venait à empirer brusquement. N'oubliez pas que nous n'avons toujours rien compris à cette histoire.

Et, dans le pavillon, la vie reprend ses droits. Mais plus rien n'est comme avant. Une tension s'est installée entre les membres de la famille, une menace plane, chargée de maléfices, dont la presse se fait l'écho.

Naturellement, Véronique a interdit aux enfants l'accès du sous-sol. Ça ne suffit pas à dissiper ses inquiétudes. La maison, où chacun avait trouvé sécurité et équilibre, lui apparaît aujourd'hui comme une coquille vide et hostile. Que reste-t-il du havre de paix ?

Une dizaine d'années plus tôt, pour faire construire, les Muller avaient consenti d'âpres sacrifices. Ils avaient grappillé sur le budget du ménage, économisé sou à sou pour réaliser leur rêve de propriétaires sans trop emprunter. Ils avaient ensuite choisi leur terrain à la périphérie de la ville, à portée des champs et des collines. Puis, ils avaient dessiné des plans : un vaste salon-salle à manger et une cuisine pleine de soleil au rez-de-chaussée, trois chambres à coucher et deux petites salles de bain à l'étage et un grenier mansardé à la disposition exclusive des enfants. Ne laissant rien au hasard, ils avaient sélectionné ensuite avec soin fournitures et matériaux. Sachant, avec une diplomatie instinctive, distribuer aux ouvriers ordres et conseils, compliments et réprimandes, Hervé avait surveillé l'avancée des travaux avec une sympathique autorité. Mais, aujourd'hui, Véronique a le sentiment d'avoir été trahie.

— Cette maison est cancéreuse, répète-t-elle à l'envi à Hervé quand elle se retrouve seule avec lui, loin des enfants.

— Ne jetons pas le bébé avec l'eau du bain. La maison est saine, bien bâtie, plaide Hervé.

Véronique se lamente.

— Tu ne peux rien affirmer. Tout me fait peur maintenant. Y compris ça, pleurniche-t-elle en dévissant le robinet de l'évier. Qui nous garantit que l'eau n'est pas polluée ?

Pour calmer les appréhensions, réelles ou imaginaires, de sa femme et les siennes, Hervé Muller exige de la mairie d'autres examens de la cave.

Cette fois ce sont les géologues de l'Institut de recherches hydrologiques et du CNRS qui sont sollicités. Avant tout, ils étudient minutieusement le cadastre et, sur leurs cartes, la structure du sol. Ils découvrent que la maison est construite non loin d'une source d'eau chaude à 37°.

— Cette source se trouve à 90 mètres de profondeur, précise un chercheur. Rien ne nous permet de croire que nous avons affaire à la résurgence d'un courant particulièrement brûlant. Cependant, la proximité des Vosges rend l'hypothèse plausible.

— Si cette hypothèse était fondée, que pourrions-nous faire ? s'inquiète Hervé.

— Tout dépendrait de la masse d'eau considérée. Si elle était faible, un simple renforcement des fondations par injection de ciment serait suffisant, par contre s'il s'agissait d'un bras de rivière souterraine...

Hervé choisit d'anticiper l'explication du spécialiste.

— Le sol se gorgerait peu à peu d'eau, nous aurions des affaissements de terrain et, à terme, la maison s'effondrerait. Autant dire que nous serions ruinés.

Le géologue se veut réconfortant.

— Un solide contrat d'assurance remédie à ces catastrophes.

Un homme du CNRS, un maigre avec une crinière blanche de vieux lion, prend la parole.

— Seconde hypothèse : votre terrain est traversé en profondeur par une étroite veine de charbon, ce qui dans cette région est tout aussi vraisemblable. Pour une raison qui nous échappe encore, la houille fait de l'autocombustion spontanée.

— Le charbon brûle tout seul sous la maison, traduit Hervé.

— Exactement, d'où production de chaleur. D'où aussi variation de la température en fonction de l'intensité de la combustion. Ça expliquerait les brusques écarts qui ont été enregistrés.

— Ça serait moins grave que l'eau ?

L'homme à tête de lion réfléchit une seconde.

— J'aimerais pouvoir vous rassurer, malheureusement...

Un grand poids écrase les épaules d'Hervé,

175

comme s'il lâchait des haltères qu'il n'aurait plus la force de maintenir au-dessus de sa tête.

— Allez-y, dites toujours !

— Un collègue m'a rapporté qu'un phénomène analogue s'est produit il y a quelques années en Australie...

— Et alors ?

— Un beau jour, sans autre explication, la maison s'est enflammée comme une torche.

La semaine suivante, les reporters et les photographes, qui rôdent depuis une semaine autour du pavillon, assistent à un rebondissement. Du neuf dans l'affaire de la « dalle brûlante ». De quoi alimenter leurs journaux en nouvelles fraîches et tenir en haleine leurs lecteurs : une énorme machine de forage a été installée dans le jardin des Muller.

Prostrée sur le canapé du salon, Véronique se lamente au milieu d'un vacarme épouvantable.

— Que vont-ils bien trouver maintenant sous la maison ? Du pétrole ? Les ruines d'une cité mérovingienne ? Un squelette de dinosaure ?

Rien de tout ça. En tout cas, pas plus d'eau que de charbon. Ni rivière souterraine ni filon de houille. Aucun élément pour accréditer les théories des géologues.

Hervé, qui prolonge la durée de ses congés, tourne en rond dans la maison et dans le jardin, descend à la cave dix fois par jour, se penche au-dessus du trou, vérifie la température, prend des notes, réfléchit.

— Il doit bien y avoir une explication logique, rabâche-t-il.

Un soir, un long grincement suivi d'une série de

chocs sourds le tire de ses rêveries mélancoliques. Il dresse la tête, bondit sur ses pieds et court se poster au fond du jardin. Ce qu'il découvre n'a rien d'extraordinaire. C'est un spectacle auquel il est habitué. Pourtant, cette fois-ci, ce qu'il contemple produit sur ses nerfs à vif un déclic instantané.

— Mais bien sûr, comment n'y ai-je pas pensé plus tôt !

Il observe avec un nouvel intérêt, comme s'il la découvrait pour la première fois, la voie de chemin de fer qui court en contrebas du pavillon et sur laquelle une locomotive rouillée tamponne un wagon d'un autre âge. Une voie ferrée à demi désaffectée, utilisée de temps à autre, comme ce soir, pour les manœuvres des trains de marchandise.

Tout à coup ce tronçon de voie, oublié au milieu des herbes folles et des chardons, se charge d'une signification et d'une importance capitales.

— J'ai sous les yeux la clé du mystère, jubile-t-il. Enfin...

Et l'enquête repart une nouvelle fois de zéro. Dans une direction toute différente : l'électricité. Car l'idée qui a germé dans le cerveau surchauffé d'Hervé procède d'un raisonnement simple. La voie ferrée, qui file près de sa maison, est forcément électrifiée. Y aurait-il des câbles enterrés sous le talus, des conduites encore chargées d'électricité ou, pourquoi pas, un transformateur enfoui sous la maison, qui pour une raison mystérieuse aurait été réactivé par erreur ?

Hervé désire en avoir rapidement le cœur net. Il se rend à la direction régionale de la SNCF. Après avoir été promené de service en service, il finit par convaincre un technicien de prendre le temps de l'écouter.

Au bout de quelques minutes, le jeune homme serviable délaisse l'écran de son ordinateur pour fouiller avec un léger dégoût dans une montagne de dossiers poussiéreux, au cœur d'une avalanche de chemises cartonnées, bourrées de schémas et de graphiques jaunis. Le cheminot consulte les documents en silence puis il agite un bout de papier et tire ses conclusions.

— Effectivement, monsieur Muller, vous avez raison. Nous avons bien une ligne de 3 000 volts qui longe la voie de manœuvre, celle qui passe en contrebas de votre maison.

Le visage d'Hervé s'anime d'une lueur d'espoir, mais son sourire se change rapidement en grimace quand le technicien ajoute :

— Si j'en crois ma note de service, cette ligne est alimentée à la demande.

Pour éviter tout malentendu, Hervé préfère transcrire avec ses mots l'explication du jeune homme.

— Ce qui veut dire qu'elle est électrifiée uniquement lorsque des trains circulent ?

— Oui. Vous m'avez bien compris.

Une petite douleur pince le thorax d'Hervé au niveau du cœur : cette information ruine sans doute définitivement ses derniers espoirs. Il puise dans son énergie pour poursuivre.

— Je dirais donc pour résumer que, quand la voie n'est pas en activité, la ligne est hors tension. Et, naturellement, s'il n'y a pas de courant sur la voie, il ne peut pas y en avoir non plus à proximité. Comme sous les fondations de ma maison par exemple ?

— C'est peu vraisemblable, confirme le technicien. Mais il ajoute aussitôt en désignant avec un geste d'impuissance la montagne de paperasses qui jonche son bureau : seule EDF pourrait l'affirmer.

Hervé Muller a de plus en plus le sentiment que son existence se joue, en taille et en temps réels, sur le plateau d'un jeu de l'oie : dès qu'il progresse vers son but, un mauvais coup de dé le fait invariablement reculer et le renvoie sur la case « départ ».

Mais il s'obstine. Pourquoi rechigner à entreprendre une démarche administrative supplémentaire ? Au point où il en est ! C'est pourquoi, à peine sorti du bâtiment de la SNCF, il se rue dans celui occupé, quelques centaines de mètres plus loin, par les services d'EDF.

Une nouvelle fois, le labyrinthe de bureaux et de services péniblement franchi, il trouve un employé compatissant, auquel il raconte son extravagante histoire. Par chance, l'homme a lu les journaux.

— Ah ! C'est vous la « cave brûlante » !

Hervé sourit malgré lui.

— Si vous arrêtez mon cauchemar, je vous autorise ce sobriquet !

Et il expose au technicien la dernière théorie à laquelle il s'accroche : la voie ferrée, le câble de 3 000 volts, les déperditions d'électricité...

Le petit moustachu le laisse finir.

— D'accord, d'accord. Je vais faire une demande d'enquête auprès de ma hiérarchie. Comptez quinze jours, trois semaines.

— Vous lisez la presse, me semble-t-il ?

Les sourcils broussailleux du technicien se rapprochent, comme deux chenilles qui auraient rendez-vous au sommet de son nez.

Hervé profite de son étonnement.

— Quand elle va publier qu'EDF prend trois semaines pour contrôler un câble, vos chefs vont vous féliciter.

La menace fait mouche. Deux jours après cette conversation, une camionnette bleue stoppe près de la voie ferrée et deux hommes en salopettes assorties se mettent aussitôt au travail. Tandis que l'un s'époumone dans la radio crachotante de la voiture, l'autre installe un voltmètre sur une boîte de raccordement. Hervé, qui observe la scène de son jardin, dégringole le talus pour les rejoindre.

— Qu'est-ce que ça donne ?

— Rien sur la ligne principale, répond celui qui a un ventre de buveur de bière.

— Vous allez aussi tester sous la butte ?

— Bien obligé. Les ordres sont clairs.

Dans l'après-midi, deux camions chargés d'hommes en bleu et de matériel viennent renforcer l'équipe des électriciens. Pendant des heures, ils creusent, dégagent des conduites, posent des capteurs, braillent dans la radio. En fin de journée, ils rebouchent les trous et remballent leurs instruments.

— Rien. Pas la moindre fuite, confirme le gros en réponse à l'œil dépité et interrogateur d'Hervé.

Le technicien est un bavard qui connaît son métier.

— On a pourtant vu des choses incroyables pendant les grandes tempêtes. Des cas de foudre par exemple. Dans ce secteur on rencontre des orages d'une violence stupéfiante. Savez-vous qu'un coup de foudre peut libérer une énergie de l'ordre de plusieurs milliards de joules ?

— Non. Mais quel rapport avec mon problème de cave ?

Le ventru se gratte la nuque.

— Aucun !

Le soir, assis côte à côte sur le canapé du salon, Véronique et Hervé Muller éprouvent le besoin de récapituler les événements qui, depuis deux semaines, rythment et empoisonnent leur quotidien.

— Nous avons commencé par la bombe au phosphore, rappelle Véronique.

— Et puis les fûts de déchets nucléaires, enchaîne Hervé. L'ingénieur était formel.

— Ensuite, nous avons eu droit à la source d'eau chaude et à la rivière souterraine...

— Puis à la veine de charbon...

— Alors la maison devait s'enflammer comme un fétu de paille, ironise la jeune femme.

— Nous avons eu chaud...

— ... pour finir branchés sur la haute tension...

— ... sans être au courant, conclut Hervé qui est rentré dans le jeu de son épouse.

— Conclusion : la dalle de la cave chauffe et refroidit toute seule sans aucune explication. Dans moins de vingt ans, des hommes débarqueront sans doute sur la planète Mars et personne ne sera encore capable de comprendre ce qui arrive chez nous.

— Je crains qu'il nous faille vivre avec ce mystère, lâche Hervé, redevenu sérieux.

— Les enfants s'en cachent mais ils sont nerveux. A l'école, on les appelle « les plaques chauffantes ».

— Fanny me l'a dit, les larmes aux yeux. Il faut que ça cesse. Mais que faire ? J'ai tout essayé.

Quelques jours plus tard, un étrange personnage sonne à la porte du pavillon. Véronique va ouvrir. C'est un bonhomme sans âge, coiffé d'un chapeau rond défraîchi.

— Vous désirez ? demande Véronique, qui croit avoir affaire à un démarcheur.

Les yeux malicieux du bonhomme s'éteignent un peu derrière les hublots de ses minuscules lunettes rondes. Il semble avoir copié sa dégaine sur celle d'un personnage de bande dessinée. Un professeur illuminé.

— Pardonnez-moi de vous déranger..., bredouille-t-il timidement.

Voyant que Véronique s'apprête à l'éconduire, l'homme en vient directement aux faits.

— Voilà, je suis radiesthésiste. J'ai appris par les journaux... je viens vous offrir mes services... pour la cave.

Impulsivement, la jeune femme se moque.

— Radiesthésiste ? Vous avez un petit pendule dans votre poche ?

— C'est très sérieux. J'ai solutionné des dizaines de cas. J'ai retrouvé des enfants perdus dans la forêt. J'ai même mis la main sur un trésor dans un château des environs. Laissez-moi essayer, vous n'avez rien à perdre !

Véronique regarde plus attentivement l'insolite visiteur. Il ne semble ni nocif ni dangereux. Un peu fou sans aucun doute.

— Je parlerai de vous ce soir à mon mari. Notre numéro est dans l'annuaire, téléphonez-moi.

L'homme soulève son galurin et offre à la perplexité de Véronique son crâne rose qui brille comme un galet.

— Je m'appelle Louis Croquet. A votre service.

Doté d'un solide sens pratique, formé aux métiers du bâtiment, Hervé est méfiant à l'égard de tout ce qui lui apparaît irrationnel.

— A phénomène naturel explication scientifique. Restons lucides. Si nous ouvrons la porte à tous les cinglés, nous n'en sortirons plus. Après le radiesthésiste ce seront bientôt les exorciseurs, les mages et les sorciers qui vont nous envahir !

Véronique approuve.

— Tu as raison, n'ajoutons pas le ridicule à nos soucis. Nous sommes déjà la risée du quartier.

Puis, un long silence s'abat sur le couple. Un silence trop long, trop lourd pour laisser croire qu'entre les époux la discussion est close. En effet, au bout de quelques minutes, Véronique reprend.

— Tu es bien d'accord, quand le bonhomme téléphonera, je l'enverrai promener ?

— C'est ce qu'on a dit, non ?

Mais Véronique devine les pensées contradictoires qui bouillonnent aussi dans le cerveau de son mari.

— Donc, nous sommes dans une impasse mais nous renonçons à percer ce mystère qui nous gâche la vie ? Nous baissons les bras. A moins que tu aies une autre idée ?

Hervé comprend le revirement de sa femme. Il cède à contrecœur.

— Effectivement, je ne vois rien d'autre pour l'instant que d'essayer ton bonhomme. Qu'on le veuille ou non, il est maintenant notre dernière chance.

Quand le radiesthésiste revient et agite son pendule au-dessus de la tranchée de la cave, Hervé regrette immédiatement sa décision. Il détourne les yeux, submergé par une bouffée de honte, mais il est trop tard.

— Comment ai-je autorisé ce charlatan à venir sous mon toit ?

Il est vrai que le comportement de Croquet est conforme à son personnage : grotesque. Il sautille sur place en grognant des bouts de phrases incompréhensibles, secoue sa ficelle et, sans explication, se rue dans le jardin pour revenir aussitôt dans le sous-sol. Ce spectacle affligeant se prolonge une bonne heure durant.

— J'espère qu'au moins les voisins ne l'ont pas vu, souffle Véronique avec anxiété à l'oreille de son mari.

Hervé intervient enfin.

— Quel est votre diagnostic ?

Le bonhomme pointe le sol.

— Pas de doute, ça vient d'ici !

— Merci du renseignement.

— Je veux dire qu'effectivement mon pendule s'affole à l'endroit de la chaleur. Curieusement, il tourne dans le sens contraire aux aiguilles d'une montre. C'est inhabituel.

— Mais encore ? questionne Hervé, dont la patience est mise à rude épreuve par les atermoiements de Croquet.

— Le problème me dépasse, avoue piteusement le radiesthésiste. Croyez-moi, c'est bien la première fois que...

Hervé tire de sa poche un billet de deux cents

francs, le fourre dans la main tremblante du bonhomme et le raccompagne sans un mot.

Lorsqu'ils sont à nouveau seuls, Véronique résume le fiasco de l'expérience :

— On aura *vraiment* tout essayé !

Peu à peu, la vie reprend un cours presque normal dans le pavillon de la famille Muller. Chacun vaque à nouveau à ses occupations. Hervé reprend son travail, Véronique dirige la maison, les enfants rentrent de l'école sans avoir eu à subir les quolibets de leurs camarades car, dans le voisinage, tout le monde ou presque a oublié l'affaire de la « dalle brûlante ».

Et puis, un matin, Hervé trouve une lettre dans sa boîte postale. Une lettre plutôt étrange, qui lui est adressée par un médecin à la retraite des environs. Un endocrinologue, membre de l'Académie des sciences de New York. Un savant qui est consultant bénévole pour les services administratifs du département. L'éminent médecin dit dans sa lettre qu'il a pris le temps d'étudier avec attention les échantillons d'argile cuite, prélevés dans le sous-sol de la maison. Il propose une explication :

« Ce qui se produit dans votre cave est, à mon avis, une expérience involontaire de laboratoire. En effet, un terrain argileux comme le vôtre est composé d'aluminium et de silicates. Or nous savons que ces corps peuvent générer de l'énergie sous forme de photons rouges et donc dégager de la chaleur. L'invasion de la masse par les photons rouges a été vérifiée. Ce phénomène peut d'ailleurs durer des millions d'années. Mais comment ou par quoi le processus s'est-il déclenché dans votre cave ? Je suis malheureusement incapable de l'expliquer avec certitude. Le plus probable : lors d'un violent orage, la foudre se serait propagée à travers le sous-sol pour venir se loger dans les fondations où elle aurait provoqué une réaction en chaîne. La seule chose, par contre, que je suis en mesure d'affirmer, c'est qu'il s'agit là d'un phénomène naturel et qu'il ne présente aucun danger. Votre très dévoué... »

Le soir, Hervé relit la lettre du médecin à la famille réunie.

— Photons rouges ? Photons rouges ? répète Fanny, comme si ces deux mots magiques transformaient la maison en vaisseau spatial.

— Et ça va durer des milliards d'années ! surenchérit son frère.

Quant à Véronique, elle se contente d'ajouter avec humour :

— Nous voulions une explication scientifique, eh bien, nous voilà servis !

Hervé, que cette hypothèse laisse lui aussi perplexe, n'a maintenant plus qu'une hâte : combler le trou de la cave et y enterrer toute cette histoire comme un mauvais souvenir.

— Peu importe la cause après tout puisqu'on nous affirme qu'il n'y a pas de danger !

La fosse est comblée. Sur la surface du ciment la température varie maintenant entre 30° et 40° et plus personne ne s'en préoccupe. A l'exception de Cassine, la chatte de la maison : lorsqu'elle se laisse enfermer dans la cave, elle se blottit prudemment le long des murs. Comme si elle épiait une proie improbable, elle observe le centre de la pièce, de ses yeux jaunes, phosphorescents et terrifiés.

LE TEMPLE DE L'AMOUR

Dans un grincement sinistre où s'entrechoquent du bois usé et de la ferraille, la calèche s'immobilise le long du trottoir. Maître Perruchon, notaire à Besançon, tire le rideau en dentelle de la portière et ajuste ses lorgnons.

— Exécrable ! Positivement exécrable ! glapit l'homme de loi en jetant un regard accablé à travers la vitre.

Il tire machinalement sa montre de gousset de dessous sa pelisse roidie par le froid.

— Minuit passé !

Deux coups sourds, frappés contre la cloison de la voiture, l'arrachent à son engourdissement. Le notaire se cabre sur la banquette. Une trappe coulisse et le visage rubicond du cocher s'encadre dans l'ouverture. Une tête de père Noël.

— Nous sommes rendus, maître. Prenez la grande porte, là, devant vous, et traversez la verdure. La baronne vous attend.

— Souhaitez-moi bonne chance, grince Perruchon.

— Ne tardez pas, le prêtre vient de bénir, la baronne se meurt.

— On n'y voit goutte.

— J'ai une lanterne à vous offrir.

Le notaire tire le portail qui pleure sur ses gonds et s'aventure dans ce qui ressemble à un jardin abandonné depuis des lustres. Secoué par les rafales de vent, le petit homme balance sa lumière au-dessus des parterres dévastés, envahis par un fouillis de ronces et d'herbes folles.

— La mourante est au bout du cimetière, raille Perruchon, arc-bouté dans la tempête.

Au fond du jardin, la façade noire de la maison se fond dans la nuit.

Une volée de marches disloquées mène au perron. La porte, entrebâillée, ouvre sur un long couloir où s'engouffrent le vent glacé et les ténèbres.

Perruchon poursuit bravement son errance à travers un labyrinthe de pièces vides. Il tourne sur lui-même, rebrousse chemin, pousse des portes. Une angoisse diffuse lui pétrit la nuque.

— Madame la baronne ! hasarde-t-il à voix haute sans s'attendre à obtenir la moindre réponse. Bon sang, le cocher aurait pu m'accompagner !

Le notaire vire à angle droit au bout d'un corridor.

— Ah !

A cinq mètres devant, un rai de lumière jaune passe sous une porte.

Perruchon frappe trois coups brefs, actionne la poignée et pénètre dans une vaste chambre qui répercute l'écho de ses pas.

Ce n'est pas une femme qui se tient sur son séant dans le lit à baldaquin. Même vieille, usée, à l'agonie, ce n'est pas une femme. C'est une transparence. Une toile de peau jaune, encollée sur une structure d'os fragiles. C'est une découpe nourrie de courants d'air. Le notaire s'approche en trottinant. Professionnel, il se tasse sur lui-même, courbe l'échine, fait le modeste.

— Madame la baronne, siffle-t-il en s'approchant du lit.

La maladie a si bien rongé la baronne de Grammont que le regard qu'elle porte dans la nuit est déjà enseveli.

— Avez-vous mandé un médecin ? demande bêtement le notaire.

Le double trait violet des lèvres de la mourante se pince. Une main de squelette émerge des draps au ralenti et tend une enveloppe cachetée. Perruchon s'en empare avec délicatesse et se penche vers le spectre.

— Mon... mon testament..., souffle la baronne, tandis que son front se couvre brusquement de sueur.

La main du fantôme retourne sous les draps et en retire un crucifix d'argent. Le notaire tombe à genoux au pied du lit et bredouille une vague prière en latin. Mme de Grammont porte le crucifix à sa bouche et murmure dans un dernier râle :

— Marcello...

Perruchon se redresse.

— Marcello ?

Un coup de vent cingle la façade de la maison et déclenche un roulement de volets. Une salve tragique comme un dernier hommage rendu à Mathilde de Grammont, décédée en cette nuit sans âme du 17 décembre 1825.

Désemparé, maître Perruchon clôt les yeux de la morte, croise les os de ses mains sur le manche du crucifix, ajuste son drap et ânonne une prière incertaine en frissonnant de tout son corps.

— Jamais rien vu d'aussi lugubre !

Il parcourt la chambre, sa lanterne à bout de bras. Les contours d'une crypte glaciale, vidée de tous ses meubles, dansent dans l'ombre. C'est une désolation.

— Était-elle à ce point démunie pour vivre dans cette cave ?

Le notaire regagne son domicile dans la tempête. Impatient, il décachette aussitôt l'enveloppe qui contient le testament. Déception : les dernières volontés de la baronne tiennent en quelques lignes. La défunte lègue sa fortune à l'hôpital de Besançon et sa demeure à ses neveux. Jusque-là, rien de bien extraordinaire. Mais une clause, soulignée à l'encre rouge, est, elle, infiniment plus mystérieuse :

« Je recommande expressément que ma maison reste pendant cinquante ans révolus dans l'état où elle se trouve à partir du jour de ma mort. J'en interdis l'accès à quelque personne que ce soit. Je défends d'y faire la moindre réparation. Si besoin est nécessaire, j'alloue une rente à soustraire sur mes avoirs afin de gager des gardiens pour assurer l'entière exécution de mes intentions. »

Intrigué, le notaire se met au lit après s'être octroyé un grand bol de grog fumant.

— Curieuse ordonnance ! Jamais rien lu de semblable en trente ans de carrière !

Les funérailles réunissent une poignée de notables et quelques aristocrates accrochés à leur canne. Maître Perruchon réalise les biens de la défunte au bénéfice de l'hôpital et tient informé les héritiers de l'étrange disposition testamentaire de leur tante.

— Dans cinquante ans, nous ne serons plus là

pour nous apitoyer sur la ruine que sera devenue la maison ! commentent amèrement les ayants droit.

Avant de refermer son coffre sur l'acte de succession pour l'y laisser croupir un demi-siècle, le notaire se rend à nouveau dans la propriété de feu Mathilde de Grammont.

Le jardin est plus dégradé encore que ce qu'il avait entrevu quelques jours plus tôt. La végétation parasite, exubérante, s'est emparée des haies, bosquets et massifs et déborde de toutes parts dans les allées, rongées par le chiendent. La maison n'a pas été davantage épargnée par des années d'abandon et de négligence.

— Était-ce bien de la négligence ? s'interroge Perruchon en arpentant des pièces décrépites aux murs lézardés, recouverts de salpêtre. La baronne disposait de ressources confortables, c'est donc délibérément qu'elle laissait la maison à l'abandon.

Cette idée s'incruste dans l'esprit du notaire tandis qu'il se prend les pieds dans les lames disjointes des parquets et laisse son regard désolé s'attarder sur les lambris fanés.

— Mieux encore : en exigeant par testament que la maison continue de se délabrer après sa mort, de pourrir sur place, de tomber définitivement en ruine, elle affirmait sa décision comme un choix définitif.

La glace monumentale, posée sur une cheminée, dans laquelle Perruchon s'observe longuement, lui renvoie l'image ternie d'un homme pensif.

— La question est aujourd'hui : pourquoi ? Pourquoi Mathilde de Grammont s'était-elle entourée de toutes ces garanties ? Cherchait-elle à se venger ? Mais de qui ? Son mari était décédé depuis longtemps, on ne lui connaissait pas d'ennemi et elle entretenait par ailleurs d'excellentes relations avec ses héritiers. Elle n'avait aucune raison de leur créer un préjudice. Alors, pourquoi, pourquoi a-t-elle fait ça ?

Quelques jours auparavant, comme la loi le stipule lorsqu'une succession prête à controverse, Perruchon, flanqué d'un officier de police, s'était livré à une enquête dans l'entourage de la défunte. Il s'agissait de déterminer si Mathilde de Grammont jouissait bien de toutes ses facultés mentales au moment de la rédaction de son testament. Interrogé le premier, Roger Nemours, le cocher, s'était scandalisé que la question lui fût posée.

— Folle, la baronne ? Vous blasphémez, ma parole ! Madame la baronne était une femme de tête. C'est dire qu'elle avait toute sa tête. Bien mieux que vous et moi, avait ajouté le brave homme en tremblant d'indignation.

Les autres témoins avaient tous confirmé qu'en dépit de sa détérioration physique la châtelaine avait conservé lucidité et intelligence jusqu'à son dernier souffle.

— Indiscutablement, la clé du mystère repose à présent sous un bon mètre de terre. Au secret à jamais, enfermée dans la tombe de la baronne, soupire Perruchon en arpentant la chambre où sa cliente a rendu l'âme.

En observant le grand lit vide, des images pénibles lui traversent l'esprit. Le fantôme effrayant de la mourante, la peau jaune, tendue sur les os du visage comme celle d'un tambour, les mains spectrales, les lèvres transparentes, et puis, la mince enveloppe cachetée contenant le testament qui, lentement, émerge des draps, le crucifix en argent, le râle final, la délivrance... « Marcello ! »

Perruchon vacille, ses genoux cèdent. Il s'assoit au coin du lit, le crâne bourdonnant.

— Marcello ! Oui, c'est ça : Marcello. C'est le prénom qu'elle a prononcé juste avant de mourir. Je m'en souviens maintenant. J'en suis sûr. Elle a dit « Marcello » et elle est morte... Et si c'était ça la clé ? La clé qui expliquerait l'étrangeté de ses dernières volontés. Marcello...

Alors que rien ne l'y oblige puisque le testament a été validé par l'officier de police, maître Perruchon rend visite une nouvelle fois discrètement à ceux qui ont vécu dans l'entourage de la baronne.

— Le prénom de Marcello évoque-t-il quelque chose pour vous ? demande-t-il aux uns et aux autres.

— Pas à ma connaissance, répond, méfiant, le cocher. Pourquoi devrais-je connaître un Marcello ?

— Depuis combien de temps étiez-vous au service de la baronne ?

— Vingt-sept ans, six mois et douze jours.

— Voilà qui est précis. Quel âge avait-elle quand elle vous a engagé ?

— Dans les quarante-cinq, je dirai.

— Comment vivait-elle à l'époque ? Avait-elle des relations, des amis ? poursuit le notaire.

— Madame Mathilde était une nonne sans la cornette si c'est ce que vous voulez entendre, grogne Roger Nemours. Elle et monsieur étaient séparés depuis un bon lustre. Le baron était monté à la capitale où il ne se privait de rien, à c'qu'on disait : les femmes, le jeu et le vin lui tournaient la tête comme des toupies. Il n'est jamais retourné au domaine.

— Bien, bien. Donc, Mme de Grammont vivait seule depuis la séparation ?

— Comme une sœur recluse, j'vous ai dit, s'énerve le cocher. A l'aube, qu'il vente ou qu'il neige, je la transportais à l'église pour matines. Ensuite, tous les jours que Dieu fait, elle restait cloîtrée. Plus tard, elle a commencé à vendre les meubles ou à les brûler.

— Que faisait-elle toute la journée dans sa chambre ?

— Ce qu'elle avait à y faire, parbleu !

— Merci, mais encore ?

— Tapisserie et prière.

— Jamais de visites ?

— Le curé dimanche à déjeuner et les neveux pour Pâques et Noël. Fermez le ban.

Une petite lumière clignote dans le cerveau du notaire.

— Oui, le curé... ce brave curé. Comment l'appelez-vous déjà ?

— L'abbé Charlet. Monsieur l'abbé Joseph Charlet. Que Dieu ait son âme !

— Joseph ! soupire Perruchon, déçu.

L'homme de loi poursuit son investigation mais constate rapidement qu'elle tourne court. La plupart des anciens domestiques de la baronne sont aujourd'hui décédés. Quant aux voisins et amis, aucun n'a entendu parler d'un mystérieux Marcello.

— Le prénom d'un amour d'enfance, lâché aux portes de la mort comme un dernier appel, une ultime et pathétique réminiscence, conclut Perruchon. Je n'en saurai jamais plus !

Quelques mois s'écoulent. Le domaine de Grammont a été fermé et mis sous scellés. La grande demeure patricienne est dorénavant claquemurée dans le silence et le poids du secret.

Un matin, Béatrice Perruchon, l'épouse du notaire, pénètre timidement dans son cabinet.

— Albert, j'ai à te parler.

— Je t'écoute.

— Je sais que ce n'est pas très raisonnable mais voilà...

— Viens-en aux faits, s'il te plaît, maugrée le notaire en secouant sa plume dans l'encrier.

— Je voudrais prendre à mon service une vieille femme nécessiteuse pour aider au repassage. Tu vas me dire que je pourrais engager quelqu'un de jeune et robuste.

— Je pourrais en effet, s'amuse Perruchon.

— Mais cette femme m'inspire de la pitié.

— Toi et tes bonnes œuvres finiront par nous ruiner !

La petite femme, vive comme une souris, cherche à convaincre.

— Ne t'inquiète pas, elle a d'excellentes références. Elle a même été pendant quelque temps la femme de chambre de la baronne de Grammont.

Une décharge d'excitation irradie le crâne du notaire. Sa main tremble. Une grosse tache d'encre violette s'écrase sur le bois du bureau.

— De la baronne de Grammont ! Tiens donc ! Excellente référence en effet. Eh bien, c'est d'accord. Tu peux l'engager sur-le-champ.

— Tu ne discutes pas davantage ? s'étonne Béatrice, qui avait précautionneusement gardé d'autres arguments en réserve pour convaincre son mari.

— Engage-la, te dis-je. L'affaire est réglée.

— J'y vais de ce pas. Merci, Albert.

Perruchon glousse d'impatience et nettoie ses lorgnons embués.

Pendant plus d'un an une partie subtile, un jeu d'échec et de cache-cache, s'engage entre Henriette Taverniez, la vieille repasseuse, et Albert Perruchon, son employeur. Le notaire est un stratège obstiné. Il comprend vite que, s'il brusque les choses, il n'obtiendra pas d'Henriette la moindre information concernant la baronne. Mme Taverniez est une femme taillée à la serpe, un bloc de franchise et d'honnêteté. Elle répugne aux cancans et aux médisances. Si elle se sent traquée, poussée dans ses retranchements, elle se refermera comme une huître. Elle protégera par instinct la mémoire de la baronne et tout sera perdu.

Pour la faire parler, le notaire va devoir l'apprivoiser lentement, la mettre en confiance. Tout en distillant çà et là, dès que l'occasion s'en présente, des allusions finement dosées au mystère qui entoure la baronne de Grammont. Car il importe aussi qu'Henriette devine la curiosité de Perruchon.

Ainsi, les protagonistes s'observent, se jaugent, se soupèsent pendant des mois. Henriette donne parfois au notaire des signes d'encouragement, des messages discrets de sympathie.

— Où serais-je sans vous à l'heure qu'il est ? A l'hospice public ou dans le fond d'un taudis. Vous éclairez mes vieux jours ! Je vous dois tout. Demandez-moi ce que vous voudrez !

— Voyons, voyons, Henriette, vous faites maintenant partie de la famille. Et puis, depuis que vous êtes ici, mes chemises sont irréprochables ! complimente Perruchon. Il ajoute en riant : Vous avez un tour de main... aristocratique, un savoir-faire digne... d'un grand duc. Ou, du moins, d'une baronne !

Au cours du second hiver passé au service du notaire, la santé de la domestique s'altère. Une toux sèche lui déchire les poumons et d'inquiétantes bouffées de fièvre la font délirer. Béatrice Perruchon s'alarme. Elle fait appel au meilleur médecin de la ville et veille son employée comme s'il s'agissait de sa propre mère. Albert est, lui aussi, aux cent coups. A l'inquiétude de son épouse qu'il partage s'ajoute la crainte de voir disparaître avec Henriette le seul témoin qui pourrait encore lever l'énigme de la maison abandonnée.

— Si elle meurt, elle emportera son secret dans sa tombe. Comme l'a fait la baronne avant elle !

Ainsi, chaque soir, il se rend dans la chambre de la malade pour la réconforter. Avec l'espoir aussi de recueillir ses confidences.

Mais Mme Taverniez reste sourde aux allusions du notaire. Elle ne parlera pas sous la contrainte. Fût-ce celle de la maladie.

Au printemps, elle est sur pied, plus active que jamais.

Le comportement, sensible, généreux, désintéressé du couple tout au long de l'épreuve qu'elle vient de traverser l'a convaincue de lui ouvrir son cœur. Après avoir mûrement réfléchi, elle se décide à confier à ses bienfaiteurs le grand secret qui l'étouffe depuis près de quarante ans.

Un soir, après son service, Henriette cogne à la porte du bureau de Perruchon.

— Entrez et venez vous asseoir, ma chère Henriette. Non pas là, vous ressembleriez à une cliente. Plutôt là-bas, sur le canapé. Là où je m'entretiens avec mes amis.

La vieille femme obéit, se laisse tomber sur le cuir usé et se tord les mains nerveusement.

— Détendez-vous ! Je vous sers une mirabelle ?

— C'est pas de refus. Je vais en avoir besoin.

Albert extrait un service à alcool d'un placard et remplit les verres.

— A votre bonne santé !

— A la vôtre.

— A la mémoire des disparus !

— A la leur.

Perruchon ressert la repasseuse, se cale dans le canapé et allume une pipe.

— Ne me dites que ce que vous avez envie de me dire. Rien de plus.

— Je commence par le début ? Le tout début ?

— C'est la meilleure idée.

Henriette s'humecte les lèvres, se racle la gorge et avale une grande quantité d'air.

— Voilà, j'étais toute jeunette, seize ans à peine, quand ma mère m'a conduite au château pour me louer à Mme de Grammont. C'était dans l'ancien temps, bien avant l'Empereur et tout ce qui a suivi. La baronne venait de prendre époux. Sans vouloir nuire aux autres, c'était la plus belle femme de Franche-Comté. Mignonne et avenante. On disait que son père avait l'oreille du roi et qu'elle était cousue d'or.

— Quel âge avait-elle ? s'enquiert Perruchon.
— Vingt-cinq ans.
— Et l'heureux mari ?
— Pas loin de quarante. Un homme tout en tige et la langue bien pendue.
— Étaient-ils heureux ? questionne Perruchon en tirant sur sa bouffarde.
— Comme tout un chacun après les noces : passablement roucoulants dans les débuts mais qui va vers le froid au fil des hivers.

Le notaire se penche en avant et tend l'oreille pour mieux décrypter les paroles imagées de la repasseuse.

— Vous voulez dire qu'entre le baron et Mathilde les choses se sont gâtées ?
— J'dis que, passé cinq ans, forcément, la raison s'appuie sur le bras des habitudes. Le baron rentrait tard. Il allait jouer entre amis au café des Deux Lions presque tous les soirs.
— Il délaissait sa femme ?
— Pas pour une autre. Non ! Pour les cartes. Il misait gros, la baronne s'en plaignait.
— Elle s'en plaignait et... ?
— ... et rien. Je n'étais pas pot et rôt avec elle mais je voyais bien qu'elle se languissait. En femme honnête qu'elle était, elle s'est tournée vers la calotte.
— La religion ?
— Oui. La messe chaque matin.

Henriette Taverniez lâche un soupir et se signe en mimant une affreuse grimace.

— Je devais l'accompagner à l'office. Qu'est-ce

que j'ai pu ingurgiter ! Tous ces trucs en latin, j'les savais par cœur. Maintenant, l'église, j'y mets plus les pieds.

Albert Perruchon décroise ses mains potelées de son ventre prospère et brasse l'air rempli de fumée.

— Bien. Résumions-nous : Mathilde de Grammont a trente ans. Elle est mariée depuis cinq ans à un homme qui lui préfère les cartes et la compagnie de ses amis. Alors, au fil des ans, par ennui et désœuvrement, la baronne se transforme en grenouille de bénitier.

— Vous l'avez dit, maître !

— Poursuivez, Henriette, je vous prie.

— C'est à l'église que ça s'est produit. Je peux même vous donner le jour et l'heure : le 25 août 1783 sur le coup de midi. Le jour de la Saint-Louis. Un tressaillement secoue la colonne vertébrale du notaire. Son front s'empourpre légèrement. Comme un chasseur qui s'efforce de ne pas effrayer sa proie, il retient dans le fond de sa gorge un cri d'impatience. D'une voix terriblement calme, il poursuit son interrogatoire.

— Que s'est-il produit le 25 août 1783, Henriette ?

— La baronne l'a vu pour la première fois.

— Marcello ?

La repasseuse roule des yeux de caméléon et en profite pour changer de couleur. Ses joues virent au blanc.

— Comment savez-vous son nom ? demande-t-elle, effarée.

Perruchon explique en quelques mots que le nom a été prononcé par la baronne à l'agonie. Bouleversé

200

par cette révélation, le visage d'Henriette se couvre de larmes. Elle soupire en reniflant.

— Mon Dieu, comme elle a dû l'aimer !

Le notaire remplit le verre d'Henriette et respecte le long silence qui s'installe dans la pièce jusqu'à ce que la vieille femme se ressaisisse.

— Comme d'habitude, dans l'église, j'étais assise à la gauche de la baronne. Dès le début de la messe, elle m'a semblé bizarre. Elle se retournait au moindre prétexte et ses mains tremblaient sur sa bible. Ça m'intriguait. Alors, j'ai laissé tomber discrètement une image pieuse et je me suis retournée pour la ramasser. C'est alors, en jetant un œil en coin, que je l'ai vu, assis trois rangs derrière nous. C'est alors, maître, que j'ai vu Marcello pour la première fois.

— Comment était-il ? demande le notaire en se surprenant à mettre dans sa question une pointe de jalousie.

— Sombre et lumineux.

— Sombre et lumineux ?

— Vingt ans. Grand, la taille bien prise dans une redingote sombre. Des cheveux d'encre flottaient sur son col. Son visage était blanc comme de la craie et, au milieu, comme deux braises, ses yeux noirs fixaient le Christ en croix. Il était beau comme un chevalier qui rentre du combat.

Perruchon agite en riant un index en direction d'Henriette comme s'il s'adressait à une petite fille.

— Vous n'auriez pas été amoureuse vous aussi ?

— Enfin, maître !

L'expression faussement effarouchée de la repasseuse se transforme en sourire complice.

— C'est peu de le dire ! J'étais... j'étais folle de lui ! Plus tard, j'ai connu mon Alfred !

Tous deux rient de bon cœur. Le notaire retrouve ses esprits et poursuit.

— Le coup de foudre est-il réciproque entre Marcello et Mathilde ?

— Le regard que ces deux-là échangent sur le parvis de l'église, à la sortie de la messe, ne permet pas d'en douter. Le jeune homme est comme possédé. Un diable au bûcher dans un visage d'ange ! Quant à la baronne, elle est comme touchée par la grâce.

— Quelle histoire ! commente le notaire au comble de l'excitation. Mais, dites-moi, qui est ce Marcello et d'où sort-il ?

— C'est un gentilhomme italien. D'après ce que j'en ai su plus tard, ses parents l'ont éloigné de Turin suite à un scandale.

— Un scandale ?

Henriette hésite, se mord les lèvres.

— Il aurait séduit là-bas, en Italie, une de ses très jeunes cousines.

— Bien, c'est entendu : notre Marcello est un redoutable Casanova ! jubile le notaire. Et ensuite ma bonne Henriette, dites-moi, dites-moi vite ce qu'il s'est passé !

— De retour à la maison, madame est comme folle. Elle tire de son armoire ses robes de jeune fille. Elle me prie de la coiffer avec des anglaises, de lui poser une mouche au coin des lèvres. Elle chante à travers la maison. Elle a rajeuni de dix ans ! Moi et les autres, les bonnes et les valets, on n'en croit pas nos yeux ni nos oreilles. La maison était une tombe, en une heure la baronne en a fait une volière !

— L'amour donne des ailes, ricane Perruchon. Le baron s'alarme-t-il de la transformation subite de sa femme ?

— Sans doute, mais il n'en laisse rien paraître. Il joue celui qui est sourd et aveugle. Il dit juste de temps à autre : « Vous êtes en beauté, ma chère ! » et, le soir, il va comme à son habitude au café battre les cartes.

— Et, une fois le baron sorti, Mathilde va...

— ... va pleurer dans le jardin. Elle se récite des poèmes sous la lune puis elle rentre transie dans la maison, regarde les horloges en soupirant et me demande de préparer sa robe blanche en dentelle pour la messe du lendemain.

— Car Marcello assiste lui aussi chaque jour à l'office ?

Henriette hausse les épaules.

— N'avez-vous jamais été amoureux de Mme Perruchon, maître ?

Décontenancé par la question, Albert rougit et reprend en bafouillant.

— Oui, oui, bien sûr... autrefois. Donc, nos tourtereaux se rencontrent chaque jour.

— Marcello gagne du terrain, précise la repasseuse. Dans l'église, il est maintenant assis sur un banc juste derrière la baronne, et leurs mains se frôlent.

— Leurs mains se frôlent ! Merveilleux ! glapit le notaire.

— Moi, j'en tremble d'effroi. J'ai... comment dire... l'impression que tout le monde les regarde : le curé, les paroissiens et même le Christ sur sa croix et le bon Dieu sur son nuage. Mais eux poursuivent leur manège comme s'ils étaient seuls. L'amour se lit dans leurs yeux comme dans un livre écrit en gros.

— Et puis ?

— Et puis, quelques jours plus tard, Marcello glisse à ma patronne un billet secret.

— Il donne à Mathilde un premier rendez-vous ?

— Oui. Dès lors, tout bascule !...

— Ah ! vous êtes ici ! Mais que faites-vous tous les deux à moitié plongés dans le noir ? s'écrie Béatrice Perruchon en refermant derrière elle la porte du bureau.

— Béatrice, je t'en prie. Henriette me raconte la... l'histoire de...

— Albert, je te rappelle que nous allons souper chez maître Grégoire. Les sept heures ont sonné. Il est grand temps de nous mettre en route.

— Maudit Grégoire ! J'avais oublié, gémit Perruchon. Peut-on décommander, lui faire savoir que je suis souffrant ?

— Impossible. Maître Grégoire a invité le général de La Roche qu'il veut te présenter.

Défait, frustré comme un enfant auquel on retire son jouet préféré, Perruchon abdique.

— Avez-vous l'intention de veiller tard, ma bonne Henriette ?

— Oh ! que non. Je vais de ce pas avaler ma soupe et me mettre sous la plume.

— Bon, mais vous êtes matinale il me semble ?

— Je me lève au chant du coq.

— Est-ce qu'à six heures vous aurez déjà la langue bien déliée ?

— Tout autant que ce soir.

Le notaire quitte le canapé à contrecœur. Henriette lui emboîte le pas.

— Alors, vivement demain ! Je suis quitte pour passer une nuit blanche ! maugrée Perruchon.

Le lendemain, à l'heure convenue, Henriette a repris sa place sur le canapé, dans le bureau du notaire. Devant elle, le petit verre d'alcool a été remplacé par un bol de café fumant.

— Où en étions-nous ? s'esclaffe Perruchon en se frottant les mains, bouillant d'impatience.

— Marcello de Campo glisse à madame la baronne un billet doux, reprend la repasseuse comme si elle avait passé la nuit à rassembler ses souvenirs pour n'omettre aucun détail.

— Oui, c'est ça : le premier rendez-vous ! Où a-t-il lieu ? Comment se déroule cette première rencontre ? Que se passe-t-il ?

— Les amoureux se retrouvent le soir même dans le jardin du domaine. Dissimulé dans l'ombre, Marcello guette le départ du baron puis il se glisse comme un voleur par la porte du fond que madame a laissée ouverte.

— Une tactique bien dangereuse ! remarque Perruchon. Le baron peut revenir sur ses pas. Pourquoi ne pas avoir choisi un endroit moins exposé, un terrain neutre ?

— Dame ! Parce que la baronne est connue en ville comme le loup blanc ! réplique Henriette, agacée par tant de naïveté. On l'aurait partout démasquée.

— Et chez Marcello ?

— Marcello réside à l'auberge du Carillon. Vous

connaissez le bouge ? Il est hors de question qu'il y emmène une dame.

— Vous avez raison, réfléchit le notaire. Et puis... le jardin des Grammont permet à la baronne, en cas de danger, d'opérer une retraite précipitée vers sa chambre.

Henriette sourit comme une maîtresse d'école qui enregistre les progrès d'un élève.

— Naturellement. D'autant que madame a l'habitude de fréquenter son jardin au beau milieu de la nuit depuis qu'elle fait chambre à part.

Le notaire frétille sur son siège.

— J'imagine la scène : les amoureux transis sous un pommier en fleur. Le clair de lune. Une brise nonchalante soulève la voilette de la baronne et Casanova, un genou en terre, roucoulant des vers de Virgile. Magnifique !

— Vous n'y êtes pas, maître. Vous n'y êtes pas du tout.

Perruchon reste la bouche grande ouverte et regarde la repasseuse.

— Comment ça, je n'y suis pas ?

— Ils labourent le sol. Ils roulent l'un sur l'autre comme des chiots en chaleur. Marcello lacère la robe de madame qui pousse des hurlements. Ils...

— Il suffit, Henriette. Disons qu'ils font l'amour. Ils font l'amour avec passion.

— On peut le dire. C'est une sauvageonne, une diablesse dépenaillée que j'accueille une heure plus tard au seuil de sa chambre. Madame est griffée, maculée de terre. Sa robe est en lambeaux, ses cheveux en bataille flottent sur ses épaules, pleines de marques et de suçons. Son regard fou, chaviré, se pose sur moi. Madame me prend dans ses bras et me dit : « Henriette, si vous saviez ! » puis elle me demande de la déshabiller et de rectifier sa mise.

— Quelle nuit ! conclut le notaire en tirant un mouchoir en batiste de sa poche pour s'éponger le front.

Albert Perruchon et Henriette Taverniez reprennent leur souffle et échangent un regard complice. La vieille femme étire ses grosses jambes, s'affaisse sur le canapé et reprend son récit d'une voix plus rauque.

— Semblable sarabande se joue dix nuits d'affilée. Madame vide son armoire. Toutes ses robes de jeune fille – une différente chaque soir – y passent. Déchirées, tailladées, mises en pièces sous les ardeurs de Marcello.

— Et le baron ? Ne me dites pas qu'il ne s'aperçoit de rien.

— Je sais aujourd'hui qu'il feint l'indifférence. Qu'en fait il calcule, il mûrit sa vengeance. Mais, sur le coup, il n'en montre rien. Toujours aimable avec madame. « Vous seriez-vous égratignée en bêchant vos rosiers ? » lui demande-t-il un matin lorsque la baronne tente de cacher sous le fard une marque rouge qu'elle a au coin de l'œil. Quel sale hypocrite !

— Parlez-moi de Mathilde ?

— Elle est transfigurée, la pauvresse. Elle passe du coq à l'âne si je puis dire... de l'amant au mari, des rires aux pleurs. Elle virevolte dans sa chambre comme une ensorcelée, chante comme un oiseau et tombe à genoux, presse sur son cœur le crucifix en argent que Marcello lui a offert...

— Ah, le crucifix, souligne Perruchon, pensif.

— Quoi donc ?

— Rien, poursuivez.

— Oui, elle tombe en prières et en pâmoison, se tord les mains, implore le ciel, demande au Christ-Roi de la laver de ses fautes et, en même temps, de retenir son amant auprès d'elle. Elle ne sait plus à quel saint se vouer. Un jour, elle me dit qu'elle veut fuir avec Marcello, un autre qu'elle ne veut plus en entendre parler, un troisième qu'elle a rêvé que monsieur rendait l'âme. Dès le début de sa passion, madame a commandé du plâtre et des matériaux pour faire édifier dans le fond du jardin un temple de l'amour. Un petit édifice qu'elle rebaptise son « pavillon de poésie » quand elle en parle à son mari. Perruchon secoue sa pipe dans le cendrier et fixe Mme Tavermiez avec gravité.

— Henriette, vous en conviendrez, le drame couve, il se rapproche. Il est là. Courage maintenant, videz votre sac ! Vous ne pouvez plus reculer, vous le savez bien.

— Je sais, maître. La onzième nuit, il pleut à seaux. Le vent gronde dans les cheminées, la terre est détrempée. Je croise monsieur le baron au pied du grand escalier, la cape jetée sur l'épaule, le chapeau sur l'œil. Sa figure est comme toujours mi-figue mi-raisin. Je ne sais jamais ce qu'il mijote, celui-là. Il s'enquiert de madame son épouse.

— « Madame fait tapisserie dans ses appartements », je lui dis. « Dites-lui, je vous prie, que je sors. Je serai de retour vers onze heures », dit le bonhomme sans raison puisque, ce soir encore, il ne changeait rien à ses habitudes.

— Et le baron part sous la pluie, abrège le notaire.

— Je file en cuisine préparer mes confitures,

continue Henriette. Une heure plus tard, vers neuf heures donc, j'entends la porte de l'entrée se refermer brutalement et un pas claquer dans le vestibule. Je reconnais le pas du baron. Je me précipite et je vois avec horreur que la lueur de sa lanterne tourne au coin du corridor.

— C'est-à-dire ?

— Qu'il ne se dirige pas vers sa chambre au premier étage mais bien vers la chambre de madame, au rez-de-chaussée.

— Madame, qui était, j'imagine, en galante compagnie puisque le jardin était... inutilisable à cause de l'orage.

— Vous l'avez dit. Le baron frappe un coup à la porte et entre sans attendre une réponse. Mon cœur se serre, je crains le pire.

— Que faites-vous ? questionne, haletant, le notaire.

— Je me dépêche, je cavale, je tire un peigne de mon tablier et j'entre chez madame comme si je venais tout naturellement préparer sa coiffure de nuit.

— Plus vite ! Plus vite ! Que voyez-vous ? supplie Perruchon à bout de patience.

— Madame est devant sa glace en négligé. Elle se pomponne les joues.

Quand il m'aperçoit, le baron blêmit. Je dirais même qu'il devient vert comme une feuille de mûrier.

— Pourquoi est-il à ce point contrarié de vous voir ?

— Je l'ignore encore mais l'homme est aux cent coups. Il arpente la chambre à grands pas et grogne dans sa barbe. Madame demande d'une voix sans

209

timbre : « Auriez-vous eu quelque désagrément aux cartes ou souffrez-vous ? » Le baron garde le silence puis il me fait face et me dit avec brusquerie : « Retirez-vous, Henriette. » J'hésite, je regarde madame, je sors à reculons. Je passe la porte mais la laisse entrouverte et je tends l'oreille.

— Et qu'entendez-vous, bon sang ?

— Le baron dit : « Madame, vous n'êtes pas seule. En entrant chez vous, j'ai entendu des bruits dans votre cabinet. J'ai pensé qu'Henriette s'y affairait. Puis je l'ai vue venir du couloir et entrer ici. » Madame regarde son époux d'un air angélique et répond : « Non, monsieur, je suis seule. »

— Quel est ce cabinet dont parle Grammont ?

— Une petite pièce close, dénuée de fenêtre, attenante à la chambre de madame où elle range son linge et fait sa toilette.

— C'est entendu. C'est donc dans ce cabinet que s'est réfugié l'amant, s'exclame le notaire.

Henriette poursuit sur sa lancée.

— Alors, le baron s'avance d'un pas décidé vers le cabinet. En deux bonds, la baronne le rejoint. Elle s'interpose, lui prend la main, l'arrête et lui dit d'une voix mélancolique, d'une tendre et d'une étrange douceur : « Si vous ne trouvez rien, sachez que tout sera fini entre nous ! »

— Magnifique ! Quelle audace ! Que réplique le mari ?

— Il est très calme lui aussi. Il dit : « Je n'irai pas, Mathilde. Dans l'un ou l'autre cas, nous serions séparés à jamais. »

— C'est juste, approuve Perruchon qui apprécie le raisonnement. Quelle tension ! Nous sommes au théâtre !

210

— Et le baron ajoute, bien droit devant sa femme : « Je connais la pureté de votre âme. Vous menez une vie sainte. Vous ne voudriez pas commettre un péché mortel aux dépens de votre salut. »

— Je commence à voir clair dans son jeu, souffle Perruchon, incapable de maîtriser le tremblement qui parcourt ses mains.

— Le baron réfléchit et s'empare du crucifix en argent que madame a laissé sur le bord de la cheminée.

— Le crucifix offert à Mathilde par Marcello.

— Oui... il tend l'objet vers les lèvres de la baronne et lui dit : « Jurez-moi devant Dieu qu'il n'y a personne dans le cabinet et je vous croirai. Je n'ouvrirai jamais cette porte. »

— Quel atroce dilemme ! Que fait la baronne ?

— Elle baise le crucifix et murmure quelque chose que je n'entends pas. « Plus fort ! » hurle le mari. Je fais un bond en arrière et me fige sur place. J'attends un peu puis je vais recoller mon oreille à la porte. Alors, j'entends madame bredouiller : « Je le jure. Je jure devant Dieu qu'il n'y a personne. »

— C'est un cauchemar que vous me narrez là, commente le notaire.

Comme perdue dans ses pensées, hypnotisée par ses propres souvenirs, Henriette ne semble pas remarquer qu'une larme glisse sur sa joue.

— M. de Grammont retrouve immédiatement sa contenance quand il s'intéresse au crucifix. « Bel objet, il fait. Artistiquement sculpté. — Je l'ai trouvé hier chez l'antiquaire », explique la baronne au bord de la syncope. Et puis, le baron tire le cordon de la clochette pour m'appeler. J'attends, je compte jusqu'à vingt, puis je fais mine de venir de l'office et je les rejoins dans la chambre. Madame est blafarde, plus pâle que sa nuisette. Monsieur n'est guère en meilleur état.

— Pourquoi le baron vous appelle-t-il? questionne Perruchon, intrigué par ce rebondissement. La repasseuse déglutit et se frotte les tempes. Le notaire tapote sa main pour l'encourager à poursuivre.

— Tout ce que vous allez dire restera entre nous, Henriette, vous le savez bien. Parlez sans crainte.

— Eh bien, voilà, le baron me dit : « Je sais que Lambert veut t'épouser et que seule la pauvreté vous empêche de vous mettre en ménage. Tu lui as dit que tu ne serais pas sa femme s'il ne trouvait le moyen de s'établir maître maçon. »

— C'était vrai, Henriette?

Mme Taverniez approuve d'un lent mouvement de tête résigné.

— Pour quelle raison Grammont vous tient-il ce langage?

— Un peu de patience s'il vous plaît, se plaint Henriette. Elle reprend : « Va chercher ton homme, me dit encore le baron. Dis-lui de venir ici avec sa truelle et ses outils. S'il fait ce que je lui demande, sa fortune dépassera ses désirs. Envoie-moi aussi Robillard avant de partir. »

— Qui est ce Robillard? demande le notaire.

— Le cocher de l'époque, l'homme de confiance du baron.

— Bien. Vous courez donc chez votre fiancé, le maçon, lui transmettre l'étrange et alléchante proposition de Grammont.

— J'y cours et je le ramène ventre à terre, vous

212

pensez bien. Avant de rejoindre mes patrons, je vois Robillard dans l'entrée. Dans toute cette confusion, je l'interroge. Il me dit : « Le baron m'a demandé d'enfermer tout le personnel, chacun dans sa chambre, et de ne le délivrer qu'au matin. »

— Le baron évince les témoins, raisonne Perruchon.

— J'entre avec Alfred dans la chambre de madame, enchaîne Henriette. Je trouve mes patrons installés au coin du feu, bavassant comme de vieux amis. Le baron quitte sa chaise et vient vers nous. Il s'approche de l'oreille de mon Alfred et lui dit tout de go à voix basse : « Il y a des briques et du plâtre dans la remise au fond du jardin. Ceux que tu as entreposés pour la construction du pavillon de madame. Va les chercher et mure la porte du cabinet. »

— Comment réagit Alfred ? questionne le notaire, sidéré par ce qu'il vient d'entendre.

— Comme si la foudre lui tombait sur le crâne ! Je lui avais dit en chemin que Marcello demeurait caché dans ce cabinet. Mon homme comprend que, s'il mure la porte, il assassine l'Italien.

— Et... ?

— Et le baron ajoute : « Le travail fait, tu coucheras ici cette nuit. A l'aube, tu auras un passeport pour aller en pays étranger, dans une ville que je t'indiquerai. Je te remettrai six mille francs pour ton voyage. Tu demeureras dix ans dans cette ville puis tu me rejoindras à Paris où je t'assurerai de six autres mille francs. A ce prix, tu devras garder le plus profond silence sur ce que tu as fait cette nuit. » Voilà ce que dit le baron à mon Alfred.

— C'est proprement monstrueux. Votre fiancé accepte-t-il ?

— Sur le coup, il ne pipe mot parce que ensuite le baron me cause à moi. « Henriette, il me dit, je te donnerai dix mille francs qui te seront comptés le jour de tes noces. Mais, pour vous marier, il faut se taire. Sinon, plus de dot. »

— Ma pauvre Henriette ! lâche Perruchon. Cet homme est le diable !

— On se regarde avec Alfred. On sait pas quoi dire. On sait pas quoi faire.

Mme Taverniez éclate en sanglots et libère ainsi la tension qui s'est accumulée en elle tout au long du récit.

— Comprenez-moi, maître, on était pauvres et on s'aimait. La chance nous tournait comme sur un coup de dés. On n'était pas des monstres !

Perruchon va s'asseoir auprès de la repasseuse et lui prend les mains affectueusement.

— Calmez-vous, calmez-vous, Henriette. Je ne vous juge pas.

La vieille femme gémit comme une bête blessée.

— Et puis, après tout... cet Italien avait séduit une femme mariée, une honnête chrétienne !

— Poursuivez, voulez-vous ? Alfred mure donc la porte du cabinet ?

— Oui, il le fait, pleurniche Henriette. Il le fait pendant que le baron se promène tranquillement de long en large. Il le fait pendant que madame contemple le feu dans la cheminée en pétrissant son crucifix.

— La baronne ne tente rien pour épargner la vie de son amant ?

— A un moment où je suis près d'elle, elle me

dit sans presque ouvrir la bouche : « Trois mille francs pour toi si Alfred laisse une ouverture ! »

— Le baron est à l'affût de vos faits et gestes, j'imagine.

— Rien ne lui échappe. Il surveille tout. Alfred et moi, on est comme chevaux sous le joug. Alors, le mur monte. Brique après brique, il s'élève. On dirait une tombe verticale qu'Alfred dresse dans la chambre. Et puis soudain... oh ! mon Dieu !

— Que se passe-t-il, Henriette ?

— On voit comme une ombre flotter au sommet du mur. Une figure d'homme, sombre et brune. Des cheveux noirs, un regard de feu.

— Marcello pris au piège comme un rat !

— Madame fait un petit signe de tête vers le fantôme comme si elle voulait dire « Espérez ! ». Le baron a surpris le manège, j'en suis sûre.

— C'est inouï, quelle invraisemblable situation !

— A quatre heures du matin, l'ouvrage est achevé. Le baron sonne Robillard. Il lui dit d'emmener mon Alfred à l'étage et de le mettre sous clé. Moi, je reste dans la chambre. Madame s'étend sur son lit, son crucifix dans les mains. Grammont s'assoupit sur sa chaise. A neuf heures, le baron s'ébroue et dit : « Je passe à la banque. » Il n'a pas franchi la porte que madame est sur pied. Elle court vers le mur, donne des coups, appelle. Elle s'agite en tous sens. Les outils d'Alfred traînent encore dans la chambre. « La pioche, la pioche », crie madame. Je m'en empare et la lui donne. Elle s'en saisit et frappe le mur de toutes ses forces à son sommet. Le plâtre est encore frais. Quelques briques se détachent. Madame prend son élan et frappe encore le mur et... Hé ! arrêtez, vous me faites mal !

Perruchon sursaute et s'aperçoit qu'il est en train de broyer les phalanges d'Henriette entre ses mains. Il desserre immédiatement son étreinte.

— Pardonnez-moi.

— Madame s'attaque au mur comme une forcenée, disais-je. Le haut du visage de Marcello apparaît dans la brèche. Tout à coup, la porte s'ouvre à toute volée et le baron surgit comme un diable. « Vous êtes bien impatiente d'accéder à votre cabinet. Désolé mais votre toilette attendra ! » dit le baron. La baronne s'évanouit. « Transportez-la sur son lit », fait le baron d'une voix froide. Il répare lui-même le mur. Il réajuste les briques et les recouvre de plâtre.

— Marcello est bel et bien emmuré vivant ! conclut Perruchon en frissonnant d'horreur.

— Vingt jours et vingt nuits ! Vingt jours et vingt nuits, c'est le temps que séjourne le baron dans la chambre de madame sans s'absenter plus qu'il ne le faut pour se rendre aux toilettes, gémit la repasseuse. Il reste là, face au mur, à lire sur sa chaise sans prononcer un traître mot. Madame repose sur son lit, le regard perdu. Je crois qu'elle prie. Matin, midi et soir, j'apporte les repas. Madame y touche à peine ; monsieur mange de bon appétit.

— Et l'emmuré ?

— Les premiers jours, on entend parfois des bruits en provenance du cabinet, comme des plaintes étouffées, des sanglots d'enfant. Je regarde madame. La honte et le remords me tordent les tripes. Madame bat des cils. Monsieur lève les yeux de son livre et dit à sa femme d'un air distrait : « Vous avez bien juré sur la croix qu'il n'y avait personne. »

Au bout de cinq jours, on n'entend plus de bruit.

216

— Passé vingt jours, le baron lève le siège, avez-vous dit ?

— Il s'est assuré... une marge de sécurité si j'ose dire. Il sait maintenant que si la baronne s'avisait de percer le mur, c'est un cadavre déjà mangé aux vers qu'elle aurait à presser dans ses bras.

— Achevez, Henriette, achevez votre histoire, soupire le notaire, bouleversé.

— Le baron a tout prévu donc la suite est rapide. Alfred et moi filons à Bruxelles, les poches pleines et l'âme noircie. Le baron coupe sa fortune en deux. Il en cède une moitié à sa femme et va à Paris brûler sa part.

La tête d'Henriette bascule dans ses mains calleuses, tout son corps vibre de douleur.

— Voilà, maître, le récit du désastre. Jamais Christ-Roi et tous ses saints ne pourront me pardonner. Ce que j'ai fait, un loup affamé ne l'aurait pas fait. Je suis une chienne malfaisante.

Perruchon carre la vieille femme dans ses bras et lui tapote le dos.

— Ma bonne Henriette. La nécessité est mauvaise conseillère. Vous étiez jeune, pauvre et amoureuse : trois bonnes raisons pour perdre la tête. S'il ne tient qu'à moi qui ne suis pas prêtre, je vous donne l'absolution. Mais, dites-moi...

— Oui, maître.

— Qu'avez-vous fait, Alfred et vous, à Bruxelles ?

— Nous avons payé nos crimes.

— C'est-à-dire ?

— Avec l'argent de notre forfait, Alfred s'est installé à son compte. Au début, tout marchait bien. Et puis, le sommeil l'a quitté. Il ne dormait plus. Il s'est mis à boire, à me délaisser ou à me battre comme plâtre. A passer sur moi la haine qu'il avait de lui-même. Nous ne pouvions plus nous regarder en face sans voir en l'autre la crapule.

— Ma pauvre Henriette.

— Je suis partie me louer domestique dans une auberge. L'ouvrage dégradant m'attirait. J'en redemandais. Rien n'était assez dur, rien n'était assez sale. J'ai usé ma vie à frotter, à éponger les vomissures, à racler les immondices. Vieille, on m'a jetée dehors. Alors, je suis rentrée à Besançon. Alfred était depuis longtemps enfermé parmi les fous et les idiots.

— Ma pauvre Henriette, s'apitoie Perruchon en refermant ses bras sur la vieille femme qui n'est plus que larmes et souffrance.

— Nous ne reparlerons plus jamais de cette terrible histoire, sachez-le. Cependant...

— Oui, maître ?

— Pour que je fasse tout à fait le tour de cette effrayante histoire, que rien ne demeure dans l'ombre, j'aimerais éclaircir un détail qui m'intrigue.

— Je vous écoute.

— Marcello meurt, emmuré vivant, c'est entendu. Mais comment a-t-il pu disparaître aussi soudainement sans que personne ne s'en inquiète ?

— Je l'ignore.

— Il logeait à l'auberge du Carillon, m'avez-vous dit.

— C'est exact.

— Y a-t-il eu enquête ? L'a-t-on cherché à travers la ville ?

— Je l'ignore, maître. Sitôt le crime consommé,

218

comme je vous l'ai dit, Alfred et moi, nous avons filé à Bruxelles.

— Pensez-vous qu'à l'auberge il y ait encore quelqu'un qui puisse me renseigner ?

Henriette blêmit et, apeurée, se dégage d'une secousse.

— Vous allez me donner à la police ?
— N'ayez aucune crainte et répondez-moi.
— La vieille Marcelle Parigi, la patronne du Carillon de l'époque, est à l'hospice du Sacré-Cœur.

— Écoutez-moi bien, Henriette, voilà ce que je vais faire. Par mesure de précaution, pour ne pas trop remuer cette affaire, je vais fabriquer un faux document.

— Un faux document ? bredouille la repasseuse, les yeux comme des soucoupes.

— Oui, une lettre de justice. Je la montrerai à Mme Parigi en lui disant qu'elle m'est parvenue d'Italie. Que des parents éloignés du sieur Marcello de Campo lui lèguent une fortune. Je feindrai celui qui le cherche pour lui remettre son bien.

Henriette secoue la tête, incrédule.

— Mais tout ça est si vieux, maître. Pensez donc, quarante ans sont passés depuis le drame !

— Nous verrons bien.

Albert Perruchon se rend à l'hospice du Sacré-Cœur et se fait présenter à une vieille femme grabataire. Il expose sa requête et exhibe le faux qu'il a fabriqué avec le plus grand soin. En dépit de son grand âge et des maux dont elle est percluse, Marcelle Parigi a l'œil vif et comprend vite.

— Ah ! l'Italien ! bien sûr que je m'en souviens. Si beau, si discret et la bible sur le cœur.

— Auriez-vous conservé, que sais-je ? une adresse, une indication qui me permettrait de le retrouver ? demande Perruchon avec le sentiment de se montrer infiniment rusé.

Le malheureux jeune homme est mort depuis belle lurette, glapit l'infirme sans hésiter.

— Comment êtes-vous au courant... ?

Le notaire se reprend aussitôt, conscient de sa bévue.

— Heu ! je veux dire...

— Mort mais pas enterré, poursuit Marcelle. Il s'est noyé dans un étang. Noyé volontairement. Suicidé si vous préférez. On n'a jamais retrouvé son corps.

— Comment ça noyé ? questionne Perruchon, interloqué.

— Que je vous raconte l'histoire : le gentilhomme résidait à l'auberge, nous sommes bien d'accord ?

— C'est entendu.

— Il avait pour habitude de se baigner au couchant dans un étang, aux confins de la ville. Un de mes valets l'avait surpris un soir. Un jour, Marcello disparaît. Feu mon mari et moi on laisse passer deux jours. Toujours pas là. Alors, ni une ni deux, on entre dans sa chambre. Et là, qu'est-ce qu'on trouve sur un coin de la commode, Jésus, Marie, Joseph ?

— Qu'est-ce qu'on trouve ? répète bêtement le notaire.

— Sept mille francs en pièces d'or italiennes et puis des diamants dans une petite boîte cachetée.

— Une fortune !

— C'est pas tout. Y avait aussi un mot écrit de sa main. Le gentilhomme disait noir sur blanc que,

220

s'il ne revenait pas, l'argent et les diamants étaient pour nous. A condition de faire donner chaque jour une messe pendant trois ans pour l'évasion et le salut de son âme.

— Et, naturellement, Marcello n'est jamais revenu.

— Ne vous inquiétez pas, grogne la mégère, tout est en ordre. On a tout apporté à la police : les pièces, les diamants et la lettre. On n'a rien caché, on n'a rien volé. On était d'honnêtes aubergistes. La police a confisqué le magot pendant un an. L'Italien n'étant pas réapparu, la police a conclu au suicide et nous a cédé le trésor...

— Marcello avait donc tout prévu ! soupire le notaire.

— ... trésor que feu mon salopard de mari est allé claquer à Belfort avec une jeunesse, raille la malade en grinçant des dents. Je vous ai tout dit. Maintenant, laissez-moi tranquille.

Albert Perruchon rentre chez lui comme si une charge pesait sur ses épaules. Porté par une force mystérieuse, il se détourne de son chemin et se dirige vers le domaine de Grammont. Parvenu au pied du mur qui clôt le jardin, il l'escalade en prenant appui sur une souche. Assis à califourchon sur le parapet, il contemple avec une infinie tristesse le parc et le verger laissés à l'abandon et, plus loin, la silhouette sombre de la maison aux volets clos. Toute une météo de sentiments défile sur le visage du notaire : des orages, des coups de vent, des averses de neige et des cieux d'azur.

— Quel destin ! murmure-t-il pour lui-même. Emmuré vivant à vingt ans ! Quelle fin tragique !

221

Et puis, comme un trait de lumière, un sourire éclaire ses yeux.

— Quel amour splendide il a vécu !

Perruchon sort sa montre de gousset de son gilet.

— Sept heures ! L'heure de la soupe ! Allons-y, Albert. Béatrice et Henriette nous attendent pour dîner [1] !

---

1. Ce récit est librement adapté d'un fait divers qui avait fourni à Eugène Scribe et à Germain Delavigne l'argument de leur opéra comique *Le Maçon*. Stendhal l'évoque également à travers une anecdote dans *De l'amour*, et Balzac s'en inspire à son tour dans un texte court, *La Grande Bretèche*, publié en 1832.

« GAGNEZ LA MAISON DE VOS RÊVES ! »

Bouche fendue à la limite de la douleur, Larry, Kim, Betty et Jim Walsh exhibent leurs dents blanches. Comme s'ils assuraient la promotion d'une marque de dentifrice, ils sourient à s'en décrocher les mâchoires. Deux caméras de la télévision locale, braquées sur eux, enregistrent l'événement et le répercutent en direct dans soixante-quinze mille foyers.

— Tiens le coup, Larry !

Ployant sous un énorme bouquet de fleurs qui lui déborde des mains, Kim s'est approchée discrètement de l'oreille de son mari.

— Ne craque pas surtout ! Pas maintenant.

Face à eux, attifés d'uniformes vaguement mexicains, des musiciens amateurs martyrisent une rengaine populaire. Pour faire bonne mesure, Jim et Betty, les enfants, esquissent un petit pas de danse sur le perron de la maison. Succès garanti : rires et applaudissements.

— Ils sont parfaits, commente Larry à voix basse.

— Prenons-en de la graine, approuve la jeune femme en souriant de plus belle.

L'animateur récupère le micro qu'il s'était coincé

entre les dents pour battre des mains et, se retournant vers l'une des caméras, il conclut son reportage avec enthousiasme. La fête inaugurale, organisée par la chaîne B.T.V.W., s'achève sur une apothéose de spots publicitaires à la gloire d'un promoteur immobilier. Les projecteurs s'éteignent. Les techniciens enroulent des câbles qui traînent dans le jardin et démontent l'antenne satellite. La fraîcheur de la nuit tombe sur la vallée comme une gaze de givre. Larry et Kim Walsh remercient le présentateur et saluent la foule qui se disperse. Lorsque le dernier curieux a tourné au coin de la rue, ils poussent leurs enfants devant eux et s'engouffrent dans leur maison neuve. Kim expédie les fleurs sur une table basse, défait ses chaussures et s'effondre, exténuée, sur le canapé du salon.

— Je m'interroge déjà : ai-je bien l'étoffe d'une héroïne ? Suis-je taillée pour une vie de star ?

A ces mots, comme s'il était monté sur ressort, Larry se précipite. Il effectue une pirouette clownesque qu'il conclut par une glissade, immobilisant son visage à quelques centimètres du regard bleu marine de son épouse. Puis, durant une fraction de seconde, et avant de se redresser, il pose furtivement un doigt sur ses lèvres.

— Taisez-vous, voyons, docteur Walsh ! Vos réflexions n'intéressent personne...

La remontrance, pourtant anodine, a l'effet d'une douche glacée. Kim fronce les sourcils et s'adresse une petite gifle sur la joue comme pour se punir d'une étourderie.

— Tu as raison. Où avais-je la tête ?

Elle se ressaisit, bondit sur ses pieds, claque dans ses mains.

224

— Allez au lit, les enfants, il est tard ! lance-t-elle d'une voix sonore.

Une heure plus tard, alors que la maison baigne dans l'obscurité et le silence, Kim saute dans le grand lit où l'attend son mari. Larry l'accueille en pliant le journal qu'il feuilletait distraitement.

— Je suis vannée, soupire la jeune femme en se penchant vers sa lampe de chevet pour éteindre.

— Demain est un nouveau jour ! confirme Larry en l'imitant.

— Bonne nuit, docteur Walsh !

— Bonne nuit, docteur Walsh ! répond Kim en tirant le drap sur ses épaules dénudées.

Elle se blottit amoureusement dans les bras de Larry. Soudain, tous les muscles de son corps se contractent : un petit bouton rouge et lumineux vient de traverser son champ de vision. Un voyant lumineux, fixé dans le haut de la cloison, clignote dans les ténèbres, danse devant ses yeux écarquillés. Un bruit, suivi d'un second envahissent brusquement sa conscience. Le premier bruit est le battement saccadé de son cœur. Le second ressemble au léger ronronnement d'un moteur de caméra. De la caméra miniature à infrarouge qui est installée sur le mur, face au lit, et qui maintenant zoome lentement dans leur direction...

— Hum ! Hum ! bougonne Luis Evangelista en penchant instinctivement sa tête déplumée vers l'écran géant de son ordinateur. Mignonne la gamine !

Dans le fond de son garage capharnaüm, bourré d'électronique, le retraité appuie sur la touche « enregistrement » d'un magnétoscope numérique.

— Voyons un peu !

Sur l'écran, baignant dans une lumière verte, l'image mal définie d'un lit se rapproche. Elle grossit, devient floue et se stabilise sur ce qui ressemble à deux têtes collées l'une à l'autre.

— Une première nuit dans une maison neuve, ça mérite bien un petit câlin...

Evangelista porte à ses lèvres un gobelet en polystyrène et en jette le contenu dans le fond de sa gorge. Il fait rouler ses épaules comme s'il était en train d'attraper froid, repose le gobelet près d'une bouteille de bourbon solidement entamée.

— Soyez pas timides, mes agneaux !

Les deux têtes, rivées l'une à l'autre, ne bougent plus. Seules les taches vertes et noires de la vidéo sautillent maintenant sur l'écran. Soudain, un faible chuintement grésille dans les haut-parleurs. A la vitesse de l'éclair, le vieil homme actionne une série de boutons pour amplifier le signal, pousse les curseurs d'une console, sélectionne des filtres et coupe les fréquences les plus graves. Après plusieurs réglages, le chuchotement devient presque audible. Evangelista tend l'oreille sans lâcher l'écran des yeux.

— Prémices ? Prémices avant l'action... ?

La voix étouffée et cotonneuse de Kim se répand dans le garage.

— Moi... moi aussi... je... t'aime... tout... tout ira... bien.

Comme pour évacuer un excès de tension, le retraité se renverse dans son fauteuil à bascule.

— Nous y voilà !

Evangelista remplit une fois encore son gobelet et patiente. Comme un vieux fauve aguerri guette sa

226

proie. Mais, au bout de quelques minutes, la voix de la femme s'éteint, remplacée par le souffle calme et régulier de sa respiration. Sur l'écran, les points noirs et verts s'agitent en tous sens comme si, au cœur de la nuit, ils traduisaient frénétiquement une image de cauchemar.

Peu avant sept heures, le lendemain matin, Kim Walsh réveille ses enfants et se rend en pyjama dans la cuisine rutilante pour confectionner le petit déjeuner. Au même moment, Larry se rase dans l'une des deux salles de bains. Tandis que la lame d'acier du rasoir glisse sur ses joues, il contemple son visage presque à la dérobée car le voyant rouge d'une caméra vient de s'allumer au-dessus de la glace. Beau joueur, Larry se fend d'un sourire.

— Salut tout le monde ! Belle journée pour mourir ! Je blague. Il faudra vous y faire...

La glace lui renvoie l'image d'un homme de vingt-six ans, aux yeux gris-bleu et au menton légèrement proéminent. Sa peau tannée, constellée de taches de rousseur, apparaît par bandes après chaque passage du rasoir. Avant de s'asperger le visage d'eau fraîche, Larry marque une pause, se met de la mousse à raser sur le nez et s'adresse directement à la caméra miniature.

— Programme du jour : fac de médecine. Matinée : pathologie de la pancréatite ; après-midi : travaux pratiques, notions de médecine légale. L'art de la découpe et de la préparation des macchabées, si vous préférez. Appétissant, non ?

La voix de Kim interrompt son soliloque.

— Tu viens, Larry, le thé et les toasts sont prêts !

Une demi-heure plus tard, les enfants, harnachés

227

pour l'école, bondissent hors de la maison et courent vers le garage chercher leurs vélos. Les parents suivent, un sac à dos plein de livres jeté sur l'épaule. Kim se retourne et contemple la grande maison dont les peintures extérieures sont à peine sèches. Construite en bois, dotée d'un étage et d'une véranda qui ouvre à l'ouest, c'est une opulente bâtisse de style colonial. Une superbe demeure qui semble surgie d'un magazine de décoration.

— Pince-moi, je rêve, cette maison est à nous ?
— Elle le sera dans 364 jours exactement, docteur Walsh, répond Larry, perplexe.
— OK, enchaîne Kim comme si elle n'avait pas entendu. On file à l'école puis à la fac. Peut-on se retrouver à midi à la cafétéria pour déjeuner ensemble ?
— D'accord.
— Mettons au point quelque chose. Je ne sais pas encore quoi, mais c'est indispensable.

Et Kim ajoute, avant d'enfourcher sa bicyclette :
— Tu sais, ce matin quand j'ai pris ma douche...
— Oui ?
— Avec la caméra, j'ai failli me trouver mal.

Ce ne sont pas deux ou trois, ni même cinq ou six caméras qui truffent la belle maison neuve de la famille Walsh. Il y en a vingt-quatre ! Oui, vingt-quatre caméras et cinquante-neuf micros. A l'exception des toilettes, toutes les pièces en sont équipées. Caméras et micros sont reliés par fibres optiques à une régie de la chaîne B.T.V.W. de Boulder, Colorado. Depuis l'inauguration de la maison et le début des transmissions, trois réalisateurs et des techniciens se relaient jour et nuit devant un pupitre de mixage. Leur mission : sélectionner les meilleures images parmi les vingt-quatre qu'offrent les écrans placés devant eux. Les séquences les plus significatives sont instantanément archivées sur des magnétoscopes et, une fois montées, elles alimentent une émission quotidienne d'une demi-heure, diffusée par la chaîne avant le journal du soir. A l'intention des spectateurs les plus assidus, un site Internet propose également en continu, vingt-quatre heures sur vingt-quatre, d'autres images, captées elles aussi dans la maison.

Pour garantir le succès de son opération baptisée « Watch the Walsh », « Regardez les Walsh », B.TV.W. n'a pas lésiné sur les moyens. En empruntant notamment aux grands casinos de Las Vegas l'équipement de télésurveillance le plus sophistiqué : caméras ultrasensibles téléguidées à distance, capables de balayer toute la surface d'une pièce dans ses ultimes recoins et d'effectuer à la demande les gros plans les plus indiscrets. La batterie de micros directionnels est, elle, en mesure d'enregistrer les vibrations les plus infimes, le souffle de voix le plus imperceptible.

Largement subventionné par le plus important promoteur immobilier du Colorado, cet incroyable dispositif est conçu pour fonctionner pendant un an. Pour filmer pendant 365 jours sans discontinuer et sous tous les angles la vie quotidienne de la famille Walsh. Passé ce délai, si les conditions stipulées par contrat ont été bien remplies, la maison, le jardin attenant, le mobilier, l'électroménager, la hi-fi et tous les éléments de décoration appartiendront à Larry et à Kim Walsh en toute propriété.

Un pactole, une manne, un cadeau royal de 300 000 dollars !

Après avoir déposé les enfants devant leur école, Larry et Kim filent à vélo à l'université. Sitôt franchie la porte monumentale du campus, ils ralentissent leur allure. Des étudiants, qui traînent sur les pelouses, se regroupent spontanément sur leur passage et les applaudissent. Des sifflets fusent. Des cris. Des encouragements.

— « Watch the Walsh ! »

— Bien joué, Larry, le coup de la mousse à raser !

— Vous nous inviterez dans votre palace pour pendre la crémaillère ?

Kim pédale, bien droite sur sa bicyclette. Le vent frais des montagnes ébouriffe ses cheveux bruns et bouclés. Ses yeux bleu marine pétillent. Elle se surprend même à adresser de petits signes de sympathie à la cantonade.

Le couple se sépare sur le parking et chacun se précipite vers un amphithéâtre. Quand Larry entre en trombe dans sa salle de cours, le professeur commence son exposé. Il s'interrompt à la vue du garçon essoufflé.

— Asseyez-vous, monsieur Walsh.

Larry se faufile entre deux rangées d'étudiants et s'assoit prestement. Le professeur ne l'a pas quitté des yeux.

— Reprenez vos esprits, monsieur Walsh et parlez-moi... je ne sais pas... du serment d'Hippocrate par exemple ! Vous savez bien, ce code d'honneur que s'engage à respecter tout médecin digne de ce nom.

230

Larry, les joues en feu, se tourne de droite à gauche vers ses camarades comme s'il cherchait une bouée à laquelle s'accrocher. Mais tous éclatent de rire et se poussent du coude. Larry bafouille lamentablement.

— Oui, oui... le serment d'Hippo... d'Hippocrate...

— ... dit textuellement ceci, monsieur Walsh, reprend le professeur. Je cite : « Je ne me laisserai pas influencer par la soif du gain ou la recherche de la gloire. Admis dans l'intimité des personnes, je tairai les secrets qui me seront confiés. Reçu à l'intérieur des maisons, je respecterai les secrets des foyers et ma conduite ne servira pas à corrompre les mœurs... » Dois-je poursuivre, monsieur Walsh ?

Tandis que les rires se fracassent dans l'amphithéâtre, la voix de Larry émerge difficilement du tréfonds de sa honte.

— Non... non, monsieur.

Le professeur se rembrunit.

— Vos notes sont excellentes. Sauf accident, vous décrocherez votre doctorat à la fin de l'année. Vous aurez alors à prêter serment solennellement. Ne l'oubliez pas, monsieur Walsh !

Trois heures plus tard, retirés dans un coin de la cafétéria de l'université, Larry et Kim sont en grande discussion. A les voir tous deux gesticulant, on jurerait un couple d'amoureux qui se querelle pour une broutille.

Pas étonnant que les producteurs de B.TV.W. n'aient pas hésité à sélectionner la famille Walsh parmi plus de deux mille candidatures ! Les Walsh ont, en effet, tout pour séduire sponsors et programmateurs : étudiants en médecine, beaux et intelligents, avec deux jeunes enfants qui débordent d'énergie. A eux quatre, ils offrent l'image la plus médiatique qui soit : celle de la sympathique et méritante famille américaine ! Un rêve de scénariste ! Une famille de rêve ! Une de celles dont peuvent rapidement s'enticher midinettes et ménagères ! Les spécialistes du marketing de B.T.V.W. ne s'y sont pas trompés ! D'autant que l'histoire du couple est presque trop belle : Kim et Larry se sont rencontrés sur les bancs de l'école primaire. Amoureux en culottes courtes, ils décident aussitôt de ne jamais se quitter. A dix-sept ans, en dernière année de collège, Kim est enceinte. Les familles se fâchent. Kim est chassée de chez elle. Plus compréhensifs, les parents de Larry recueillent la jeune fille mais intiment l'ordre à leur fils d'abandonner ses études. De chercher un travail quel qu'il soit et d'assumer ses nouvelles responsabilités. A la stupeur des parents, Larry et Kim refusent. Ils ont décidé tous deux de devenir médecins et rien ne pourrait les détourner de leur vocation. Quoi qu'il leur en coûte. Fureur des parents. Le couple, à peine sorti de l'adolescence, se retrouve à la rue. Avec pour tout bien et bagages deux valises en carton et un couffin au fond duquel gazouille leur fille, Betty. Ils se marient, quittent Denver pour Boulder et s'inscrivent à l'université. Ils contractent non sans difficulté deux emprunts de 100 000 dollars auprès d'une banque spécialisée : de quoi financer leurs sept années d'études. Une fortune qu'ils s'engagent à rembourser dès qu'ils auront obtenu leur diplôme et qu'ils commenceront à exercer. Un an plus tard, Jim vient au monde à la plus grande joie de ses parents et de sa jeune sœur qui, pour l'occasion, fait ses premiers pas.

232

Dès lors, entre cours et petits boulots, entre vie étudiante et vie de famille, l'existence des Walsh est comme tendue sur un fil toujours prêt à se rompre. Entassés tous les quatre dans un appartement du bâtiment des étudiants mariés, ils ne quittent le campus que pour explorer sans fin la montagne environnante. Que pour se rassasier d'air pur et de liberté.

Et puis un matin, leur existence austère et fragile bascule. Larry lit dans le *Boulder Weekly* l'étonnante petite annonce publiée par la B.TV.W. :

Gagnez la maison de vos rêves !
valeur : 300 000 $
Cherchons famille pour émission TV
Conditions de participation très particulières.
Nous contacter...

Un mois après leur installation dans la maison neuve, les Walsh sont devenus des stars. En drainant 45 % de l'audience locale, « Watch the Walsh » enterre les émissions de toutes les stations concurrentes et le site Internet est souvent saturé. Les responsables de la B.TV.W. n'ont jamais obtenu pareil succès avec un programme régional. Le promoteur immobilier, qui sponsorise l'opération, se frotte les mains : la « maison Walsh » s'arrache, les commandes affluent, le chiffre d'affaires grimpe en flèche. Fort de ce triomphe, et pour bien enraciner le phénomène, la B.TV.W. placarde sur les murs de Boulder des affiches géantes. Elles représentent la famille Walsh au grand complet, posant devant la maison du bonheur. La presse et la radio s'emparent de l'événement. Elles publient et diffusent à tour de bras échos et interviews. Larry et Kim se prêtent au jeu. Mais ont-ils le choix ? Le contrat qu'ils ont signé les a transformés en marionnettes.

Excepté l'installation dans la nouvelle maison, le confort et les facilités qu'elle leur apporte, les Walsh ne modifient en rien leur mode de vie. Le soir, la famille se réunit dans le salon et regarde des documentaires animaliers à la télévision. Tout est paisible. Tom, le chien, dort au pied des enfants. Blottis sur le divan, épaule contre épaule, Kim et Larry font mine de s'intéresser aux programmes. Seul détail insolite : ils ont tous les deux, posé sur leurs genoux, un bloc de papier et ils gardent un stylo à portée de la main. En aucune manière la quiétude de la pièce ne leur fait oublier que, fichées dans les murs, cinq caméras miniatures captent leurs expressions et qu'autant de micros transmettent leur moindre souffle. Phénomènes de foire, poissons exotiques enfermés derrière la vitre d'un aquarium, les Walsh sont sous la haute surveillance de cent mille regards. De cent mille paires d'oreilles tendues vers eux. De cent mille curiosités à l'affût.

En peu de gestes, Kim prend son stylo et griffonne sur son bloc :

— *Comique ?*

Larry lit le message et, avec la même économie de moyens, il écrit à son tour :

— *Terrifiant !*

Le petit jeu se poursuit à l'abri des micros et des caméras.

— *Absurde ?*

— *Comédie.*

C'est au tour de Kim.

— *Des regrets ?*

234

Cette fois, Larry esquisse un dessin rapide et le glisse discrètement vers sa femme.

🏠 ⇒ $$$

Kim éclate d'un rire sonore qui fait sursauter les enfants et réveille le chien.

— Qu'est-ce qui vous prend ? s'inquiète Betty en se tournant vers ses parents.

— Qu'est-ce qui leur prend ? s'interroge Juan Evangelista dans le fond de son garage, à l'autre bout de la ville. Sur l'écran de son ordinateur branché sur Internet, un événement vient enfin de se produire. Les Walsh semblent brusquement émerger de leur torpeur. Le réalisateur de la B.TV.W., vigilant lui aussi, télécommande instantanément une caméra pour saisir Kim en gros plan. La jeune femme rit toujours. A gorge déployée. Son bonheur est contagieux. Le fou rire gagne les autres membres de la famille et le chien s'ébroue en aboyant.

— Y a un truc qui m'échappe, suppute Evangelista en tripotant des boutons pour améliorer la qualité des images.

Le retraité solitaire ne s'y trompe pas. Le ravissement qui secoue la famille retombe comme une mayonnaise fatiguée. Bientôt, chacun se réinstalle et le chien se rendort.

— Fausse alerte ! glapit le voyeur, déçu.

Kim, rencognée dans le divan, garde les bras croisés sous la poitrine. Moins pour se tenir droite face à son public invisible que pour ne pas se disloquer.

Dans la cafétéria de l'université, Larry et Kim Walsh ont défini une stratégie : donner le change, contenter sponsors et producteurs, offrir à tous une image propre et aseptisée de la famille américaine. Préserver malgré tout leur intimité en ne donnant à voir et à entendre aux spectateurs que ce qu'ils auront décidé de leur offrir. Et rien de plus. Ainsi, lorsqu'ils ont une confidence à échanger, c'est à l'extérieur, hors de la maison, qu'ils s'épanchent. Si l'urgence de communiquer est telle ou qu'ils ne souhaitent pas sortir, ils s'enferment un instant dans les toilettes, à l'abri des espions électroniques.

Au début, leur plan fonctionne sans incident. Leur popularité reste intacte. Leur portrait décore toujours les rues de la ville. Ils distribuent encore des autographes, dédicacent des photos, accordent des interviews. Après six ans de silence, la mère de Kim lui téléphone pour proposer une réconciliation.

— Je suis fière de toi, ma chérie !

Kim raccroche, agacée. Décidément, les mères ne comprennent jamais rien !

A l'université, constatant que Larry fait bon usage de sa célébrité, ses professeurs abandonnent leurs menaces de sanctions.

Les semaines s'écoulent. Mais lorsqu'ils traversent Boulder à bicyclette, Larry et Kim voient des nuages chargés de neige s'amonceler au-dessus des sommets des Flatirons.

Au bout de quelques mois, le public se lasse. Les rats de laboratoire qu'il observe chaque soir manquent de tonus. La famille Walsh échappe à son contrôle. Elle devient lointaine, insaisissable. Même sublimée, elle n'offre plus le pouvoir magique de l'identification. Les courbes d'audience chutent. Les recettes publicitaires fondent. Qui aurait maintenant envie d'acquérir la « maison Walsh » ? Une maison dans laquelle il ne se passe jamais rien.

Les producteurs de B.TV.W. convoquent le couple d'urgence.

John Ratcliff, le directeur des programmes, accueille Kim et Larry dans son bureau où règne un désordre indescriptible.

— Bienvenue les héros ! lance-t-il d'une voix trop forte en leur désignant des fauteuils.

Ils ont à peine le temps de s'y asseoir que Ratcliff pivote déjà vers un graphique posé sur un chevalet. Le graphique ressemble au dessin d'une montagne coupée en deux : une ligne brisée qui dégringole jusqu'au vertige.

— Les derniers chiffres... on court au désastre, les enfants ! On fonce droit dans le mur ! S'il vous vient l'audace d'éternuer trois fois de suite et de créer ainsi un événement, on peut espérer revenir à 15 % ! C'est bien simple : vous êtes derrière la « Rubrique des livres » !

Comme si ses paroles réveillaient sa colère, le directeur cogne le plateau de son bureau.

— Réveillez-vous, bon sang !

La rage de Ratcliff irradie dans la pièce. Kim s'est figée comme si une main glacée lui broyait les viscères. Le directeur se radoucit. Il s'adresse maintenant à eux comme à des demeurés.

— Vous connaissez « Big Brother », ce jeu télévisé hollandais où on enferme des cobayes dans une maison ? Tous les quinze jours, les téléspectateurs votent pour expulser un candidat.

Larry opine du chef.

— J'en... j'en ai entendu vaguement parler...
— Très bien, poursuit Ratcliff. Et connaissez-vous « Destination Mir », le jeu de NBC ?
Kim secoue la tête.
— Voilà, vous avez quinze candidats réunis près de Moscou, à la Cité des Étoiles. Là, c'est autre chose ! Ce sont des officiels russes qui éliminent les candidats après des séries d'épreuves que je qualifierais de... sérieuses...
Le couple, pétrifié, échange un regard de détresse. Ratcliff ne leur laisse pas une seconde de répit.
— Et... « Les Enchaînés » ? Ah « Les Enchaînés » ! braille le directeur. Imaginez une femme enchaînée à quatre hommes pendant six jours et six nuits. Sous le regard des caméras, naturellement ! Aguichant, non ?
Kim plonge en chute libre mais la voix de Ratcliff la ramène à la surface comme si elle la tirait par les cheveux.
— Qu'en dites-vous, madame Walsh ?
Kim n'a plus une goutte de sang dans les veines. Elle gémit.
— Que... que les candidats ont dû accepter les conditions.
— Vous avez raison ! hurle Ratcliff, à nouveau fou de rage. Et pour vous, les conditions quelles sont-elles ? Quelles sont-elles pour vous permettre de gagner une maison de 300 000 dollars ? Je pose la question.
— ...
— Que vous viviez normalement en famille dans la maison que nous vous offrons. NOR-MA-LE-MENT, vous m'entendez ? A quoi riment vos simagrées, vos

238

messes basses, votre comportement de sainte-nitouche ? A faire fuir le peu de public qui nous reste !

— Normalement ? interroge Kim.

Ratcliff se dresse comme un diable. Il pointe un doigt menaçant en direction du couple.

— Oui, NOR-MAL-LE-MENT ! Est-ce que dans ce pays les femmes prennent leur douche en maillot de bain et s'habillent dans les toilettes, madame Walsh ?

Comme au sortir d'une folle partie d'auto-tamponneuses, Larry et Kim quittent le siège de la B.TV.W. la tête chavirée et les nerfs à vif.

Kim fulmine.

— De quel droit Ratcliff nous jette-t-il en pâture aux voyeurs de la ville ?

Larry agite une feuille de papier bleu sous le nez de sa femme. Une lettre dûment estampillée par un bataillon d'avocats et de juristes.

— Le droit du plus fort. Nous sommes devenus ses prisonniers, que tu le veuilles ou non.

Kim se penche sur le document que le directeur de la télévision leur a remis avant de les éconduire. Les termes juridiques qui émaillent la lettre, menaçants et glacés, dansent devant ses yeux. La jeune femme se raccroche, vacillante, au bras de son mari.

— Tu... tu as lu jusqu'au bout ?

Larry ne répond pas. Un maquis de chiffres, d'additions et de pourcentages assiège son cerveau, enflamme sa tête comme une pluie acide.

— Nos bourses d'études à rembourser..., bredouille-t-il, naufragé.

— 200 000 dollars.

— Et maintenant ça !

La lettre de mise en demeure tremble entre ses

mains. Les lignes se brouillent, se gondolent, se transforment en langues de feu.

« ... *si, sous huitaine... conformément à nos accords... remontée significative de l'audience... perdrez la jouissance de la maison... expulsion... réparation... préjudices et dommages... abus de confiance... tribunal de Boulder... un million de dollars.* »

Anéantis sur le bord du trottoir, Larry et Kim perdent pied. C'est un vertige, un puits sans fond, une syncope glacée. Une stupeur qui consume sur place le présent et l'avenir.

— Ruinés, gémit Larry. Nous sommes ruinés à vie.

— Il nous faudra vingt-cinq, trente ans pour payer nos dettes, calcule Kim dans un hoquet.

Les termes de la lettre sont clairs : si les Walsh ne modifient pas radicalement leur comportement, s'ils persistent à refuser au public ce qu'il attend d'eux, non seulement ils n'obtiendront pas la maison mais ils devront lourdement dédommager la chaîne.

Une terreur animale s'empare de Larry.

— Nous sommes piégés. Fuyons, abandonnons, laissons tout tomber. Sauvons-nous au Canada avec les enfants !

Kim hurle dans la montagne. Elle cogne le tronc des arbres. Elle lance des pierres et se casse des ongles. Elle pleure, se recroqueville dans sa peur, comme une enfant perdue. Elle jure, maudit, invective le ciel et la terre. Elle gifle Larry qui l'embrasse et lui demande de le frapper encore. Puis, ils se battent comme des chiffonniers pris de folie. Ils se rouent de coups : un doberman lâché contre un pitbull. Ils roulent l'un sur l'autre et l'écho de leurs

240

hurlements sauvages pétrifie un groupe de promeneurs qui appelle la police sur un téléphone portable. Alors, ils dégringolent des pentes. Ils se cachent sous des rochers, grincent des dents, vident leur cœur. En fin d'après-midi, le corps couvert de bleus, le visage gris de terre et de larmes, Kim observe longuement la double balafre laissée au-dessus de sa tête par les réacteurs d'un jet. Elle sourit tristement à travers sa noyade puis regarde son mari bien droit dans les yeux.
— Larry ?
— Oui.
Kim marque un long temps d'arrêt, serre les poings et dit très paisiblement :
— Watch the Walsh !

Ce soir-là, la luxueuse maison de Kim et Larry Walsh est tout entière plongée dans l'obscurité. Les enfants sont couchés depuis longtemps. A 22 heures précises, un solo de saxophone claque dans les ténèbres, vibre et rebondit sur les cloisons du salon. Une plainte langoureuse. Une cascade de basses. Quelques lumières, rouges et tamisées, s'allument çà et là tandis qu'une voix de crooner se répand comme un sirop. Tapi dans l'ombre, recroquevillé dans le fond d'un fauteuil, Larry chante en play-back sur la musique un standard de Sinatra. Un projecteur illumine brusquement le centre de la pièce. Comme dans un night-club, des décharges de lumières syncopées, stroboscopiques, zèbrent l'espace sur le rythme du jazz. Avec une démarche chaloupée, Kim pénètre dans la lumière. Une robe fourreau en lamé moule son corps, épouse ses mouvements lents et sensuels. Une perruque blond platine, coiffée au carré, la rend méconnaissable. Pendant une dizaine de minutes, la jeune femme danse. Envoûtée et envoûtante, elle coule ses gestes, balance les hanches, dessine des arabesques gracieuses, tourne lentement sur elle-même face à la batterie des caméras. Et puis, du bout des doigts, elle fait soudain sauter les bretelles de sa robe qui glisse à ses pieds. Dans l'orage des lumières trépidantes, Kim apparaît en sous-vêtements coquins. La voix de Larry s'étrangle un peu. Le soutien-gorge vole à travers la pièce et le spectacle magique se poursuit. À 22 h 30, le faisceau du projecteur se réfécit sur le visage extatique de la danseuse et les cinq micros répartis dans le salon captent les dernières vibrations de la musique.

Luis Evangelista s'éponge le front devant l'écran vide de son ordinateur. L'alcool et l'adrénaline convulsent encore les muscles de son visage émacié. Il tapote son clavier et compose l'adresse e-mail de « Watch the Walsh ». Quand le coutumeent familier des ordinateurs qui s'accouplent le tire de sa rêverie, il écrit.

« Kim, merci pour le cadeau d'anniversaire que tu m'as offert ce soir. Quelle surprise ! C'est le plus beau de ma vie ! Mais comment savais-tu que c'était mon anniversaire ? Tu as dû faire ta petite enquête, farceuse... »

Les effets du strip-tease sont foudroyants. Et pas seulement dans l'obscurité trouble du garage de Luis Evangelista. L'événement, incroyable et scandaleux, se répand dans la ville comme une traînée de poudre. Bientôt, on ne parle plus à Boulder que de Kim Walsh, nouvelle héroïne de la télévision et futur médecin. Spectateurs et internautes se passent le mot, échangent commentaires et appréciations. Les rares enregistrements vidéo de la soirée circulent sous le manteau. La presse locale publie en première page la photo de Kim, dansant nue dans son salon. Une chaîne de télévision nationale achète à prix d'or à B.TV.W. un extrait du spectacle et organise un débat qui réunit prêtres et sociologues sur le thème « morale et vie privée ». Après six mois d'existence et comme au sortir d'une longue hibernation, « Watch the Walsh » focalise à nouveau l'attention du public et des annonceurs. L'audience grimpe comme la température d'un thermomètre plongé dans un volcan. Quelques jours plus tard, un assistant de John Ratcliff apporte au couple caviar et champagne et, comble de sollicitude, une panoplie complète de sous-vêtements érotiques tout droit sortie d'un sex-shop. Kim s'en amuse et se débarrasse de la lingerie dans la poubelle.

Quel grain de folie s'est emparé des Walsh ? Chaque jour qui passe apporte son lot de surprises. C'est dès lors un festival d'incongruités, de scènes drôles ou pathétiques – dont il devient impossible aux spectateurs d'imaginer l'issue, de déceler quelle est, dans ces pantomimes, la part d'authenticité et de supercherie. C'est un spectacle qui rendrait jaloux un scénariste de reality-shows ! Car Larry et Kim alternent les situations avec un art consommé de la mise en scène. Chaque sketch, puisqu'il s'agit bien de cela, est minutieusement préparé. Un soir par exemple, ils jouent la dispute. Après avoir acheté pour quelques sous un lot de vieilles assiettes dans une vente de charité, ils se retrouvent dans leur cuisine pour préparer le dîner. Un désaccord absurde survient aussitôt : convient-il d'accommoder le rôti de porc avec des brocolis ou des tomates à l'ail ? Les deux cuisiniers campent sur leur position et ne veulent pas en démordre. Le ton monte. Aucun ne cède. Une assiette vole, frôle le visage de Larry et se fracasse contre le mur. Feignant la colère, Larry réplique. Bientôt toute la vaisselle traverse les airs. Dans un concert d'insultes, la cuisine se fait champ de bataille. Plats et assiettes explosent à travers la pièce, se volatilisent dans un fracas de guerre civile. Quand le service est réduit en miettes, que les munitions sont épuisées, que le sol est couvert de débris, le couple, penaud, se réconcilie et emmène les enfants dîner dans un fast-food.

Cent mille téléspectateurs médusés ont assisté en direct à la péripétie. Les uns ont ri aux éclats en encourageant à distance les belligérants comme s'ils assistaient à une comédie burlesque ; les autres ont retenu leur souffle. Tous ont assisté jusqu'au bout au programme sans toucher à leur télécommande, sans changer de chaîne. Même durant les pauses publicitaires.

Au fil des jours, le phénomène « Watch the Walsh » prend encore de l'ampleur jusqu'à diviser l'opinion publique. Supporters et adversaires de l'émission s'opposent farouchement à travers sondages et débats. Les Filles de la Révolution américaine, la puissante ligue de vertu féministe, portent plainte auprès du tribunal pour outrage aux bonnes mœurs et incitation à la débauche. La ligue exige l'arrêt immédiat de ce qu'elle nomme « la pantalonnade diabolique des possédés de Boulder ». John

244

Ratcliff apprécie. Un soir, débordant d'enthousiasme, il téléphone à Kim.

— Bravo ! Le public en veut et en redemande. Vous êtes formidables tous les deux. Chaque soirée est un événement.

— ...

— Allô, Kim, je ne vous entends plus !

— C'est sans doute parce que je ne dis rien.

— C'est cette histoire des Filles de la Révolution qui vous contrarie ?

— Entre autres choses.

— Ne vous inquiétez pas, j'ai déjà engagé une armée d'avocats. C'est une occasion magnifique. Vous resterez collés sous les projecteurs comme des papillons.

— Mais... le procès ? questionne Kim d'une voix blanche.

— Aucune importance. Gagné ou perdu, c'est tout bénéfice pour nous.

— A la fac, nos profs sont furieux et les enfants ont été renvoyés de leur école.

— Excellent, s'égosille Ratcliff avant de raccrocher.

La pression monte encore et devient insupportable. Détenus dans leur cage dorée, bêtes de foire livrées aux passions de la ville par caméras interposées, Larry et Kim sont allés trop loin. La peur de perdre la maison, l'angoisse de se retrouver à la rue criblés de dettes, le désir de jouer et de prendre public et producteurs à contrepied les ont entraînés dans un excès de zèle dont ils n'ont pas contrôlé les conséquences.

— Cette maison est pleine de trous, pleurniche la jeune femme, découragée.

— Que veux-tu dire ?
— Qu'elle est devenue comme un courant d'air, un lieu improbable. Qu'elle s'est vidée de toute substance. Je n'en veux plus. Elle me fait horreur.
— Dans six mois ce cauchemar sera derrière nous, encourage Larry.

Alors, pour maintenir son équilibre psychologique, le couple abandonne la villa un soir ou deux par semaine et va se réfugier chez des amis. En son absence, Jenny, une étudiante en première année de médecine, assure la garde des enfants. Naturellement, avec ou sans les parents, les transmissions télévisées se poursuivent au quotidien. Mais les amateurs de sensationnel en sont pour leurs frais. Jenny prépare le repas des enfants, supervise leur toilette et les met au lit. Puis, sagement attablée dans la salle à manger, elle révise ses cours en silence.

— Passionnant ! gémit le réalisateur en contemplant d'un œil morne les écrans qui tapissent la régie de la B.T.V.W.
— Passionnant en effet ! renchérit un technicien en simulant un ronflement.
— Attends !

Brusquement en alerte, le réalisateur s'est redressé. Sur les écrans de contrôle, la baby-sitter vient de sursauter.

— Il se passe quelque chose. Pousse le son, je resserre sur elle.

Le technicien colle un casque sur ses oreilles et actionne des curseurs.

Un fracas, un bris de verre. Le son se répercute dans le studio. Jenny bondit de son siège et fait un pas dans la pièce. Son regard est aimanté vers la

246

porte d'entrée. Elle s'est immobilisée. Le réalisateur interroge le technicien d'un mouvement de tête.

— Sais pas. On va bien voir...

Et ils voient. Ils voient la silhouette fluette d'un homme se démultiplier sur les écrans. D'une allure incertaine, l'homme titube vers l'étudiante. Son visage est dissimulé sous un passe-montagne et un tournevis prolonge sa main droite.

— Merde ! hurle le réalisateur.

Une décharge électrique le traverse de la tête aux pieds. Un tressaillement d'angoisse et d'excitation.

— Appelez les flics, appelez Ratcliff, braille-t-il à la cantonade.

Tendu sur ses manettes, il pianote à toute vitesse : une vue large de la salle à manger, un gros plan de Jenny terrifiée, un gros plan de l'inconnu dont les yeux de charbon brillent à travers les ouvertures de la cagoule.

L'homme se rapproche, le tournevis tendu au-dessus de sa tête. La baby-sitter s'est statufiée. Elle jette des regards affolés en direction des caméras comme si elle cherchait à se placer sous leur protection magique. Elle fait un geste qui embrasse la pièce et trouve la force de bredouiller.

— Ne bougez pas, on nous regarde. Y a des caméras partout. Toute la ville nous voit...

— Je sais, ma jolie, je sais, grince l'agresseur. Où est Kim ?

— Sortie chez des amis.

— La police est prévenue. Les flics sont en route, rugit un technicien dans la régie.

— Il faut absolument que la fille gagne du temps, grogne le réalisateur, hypnotisé par les images.

— Sortie chez des amis, répète l'inconnu en parodiant la voix fêlée de la jeune fille. Ben voyons ! Et pendant que madame prend du bon temps, qu'est-ce qu'on fait, nous ?

L'agresseur est maintenant face à Jenny, à sa portée. Le tournevis griffe l'air sauvagement et s'abat sur la table où il reste planté.

— Qu'est-ce qu'on fait quand Kim prend du bon temps et qu'on est tout seul chez soi, tu peux me le dire ?

L'homme vacille. L'étudiante hésite. Des idées tourbillonnent dans sa tête. D'un seul coup, son bras se détend comme un ressort. Deux doigts de sa main, pointés en fourche, s'enfoncent dans la cagoule comme une paire de ciseaux. Atteint aux yeux, l'homme pousse un hurlement et fait un bond en arrière.

— Baisse le son, tu satures, ordonne le réalisateur, enfiévré.

— Ça y est, les flics débarquent, constate le technicien, le regard collé sur les écrans.

— On envoie une équipe mobile sur place avec un car de direct, lance le réalisateur qui, dans son excitation, ne s'est pas aperçu que John Ratcliff s'est glissé à ses côtés et qu'un sourire épanoui éclaire ses traits.

Deux policiers, revolver au poing, viennent de surgir dans la salle à manger de la villa des Walsh. L'un maintient l'homme en joue en criant tandis que l'autre le plaque au sol, lui plante un genou dans les côtes, lui tord les bras dans le dos et lui passe les menottes. Puis il arrache le passe-montagne et découvre le visage osseux et blafard d'un vieillard.

— Ton nom, salopard ?

— Juan... Juan Evangelista, hoquette l'homme.

248

Cette agression, diffusée en direct, crée un événement médiatique relayé à travers tout le pays et donne lieu à des débats houleux. Au nom de la compétition forcenée à laquelle elles se livrent, les chaînes de télévision peuvent-elles prendre le risque de provoquer et de filmer un meurtre en temps réel ? C'est l'une des questions qui alimente la controverse. Exposés en première ligne, Larry et Kim sont invités à participer à d'innombrables tables rondes. Leur témoignage, inlassablement répété, leur procure une sympathie populaire qui s'étend bien au-delà du Colorado. Des associations de citoyens les incitent à se retourner contre la B.TV.W., à attaquer l'entreprise en justice pour que les programmes tels que « Watch the Walsh » soient interdits pour dangerosité. Larry et Kim déclinent ces offres mais proposent à John Ratcliff un arrangement.

— Trop c'est trop. La vie de nos enfants est menacée. Nous arrêtons nos pitreries jusqu'à l'échéance du contrat.

— Fort bien et...

— ... nous les remplaçons par de simples discussions d'intérêt général qui, naturellement, se dérouleront dans la maison.

Ratcliff ouvre des yeux de hibou.

— D'intérêt général ?

— Nous réunirons trois fois par semaine des parents d'élèves, des chômeurs, des jeunes, des homosexuels, des délinquants, des drogués, des handicapés...

— N'en jetez plus, j'ai compris. Toute la misère du monde débarque sur ma chaîne. Il n'en est pas question. Je refuse.

— Rien ne nous interdit de le faire. Des avocats ont épluché le contrat. Nous avons la liberté d'inviter dans la maison qui bon nous semble et de parler entre nous de ce qui nous intéresse.

Vaincu, le directeur abdique.

— Finissons-en. Vos prestations sont terminées. La maison est à vous. J'ai tiré de ce jeu plus que je ne pouvais en attendre. Faites vos adieux au public et disparaissez !

La soirée de clôture de « Watch the Walsh » rassemble un florilège des séquences les plus significatives de l'émission : le strip-tease de Kim, la scène de ménage dans la cuisine, la révolte des enfants et, bien sûr, l'agression de la baby-sitter. Consternés, Larry et Kim commentent les images au fur et à mesure de leur diffusion. Dans la meilleure tradition américaine, le programme s'achève par un feu d'artifice tiré au-dessus de la maison. Fanfare et majorettes prennent le relais des écrans publicitaires. Les Walsh sortent épuisés et honteux de leur prestation. John Ratcliff est ravi.

Le lendemain, la maison est dépouillée de son appareillage électronique. Caméras et micros sont retirés des murs et plafonds. Tout semble être rentré dans l'ordre mais le cœur n'y est pas.

— La maison est à nous... valeur : 300 000 dollars, rappelle Larry en affectant la joie.

— Quelle maison ? s'interroge Kim avec amertume. Cette boîte où on nous a enfermés comme des rats de laboratoire ? Avec ou sans caméra, je m'y sens traquée. Pour moi, les murs sont toujours transparents comme si la ville et le pays continuaient de nous épier. Nous n'y serons jamais heureux. Même

250

les enfants réfléchissent encore avant de parler comme si la terre entière les écoutait.

Au mois de juin, les Walsh décrochent leur diplôme de docteur en médecine et mettent aussitôt la maison en vente. Les offres affluent. A villa célèbre prix élevé, mais les Walsh refusent de spéculer. Alors, pour départager les futurs acquéreurs, ils organisent un tirage au sort. L'argent en poche, ils s'envolent pour New York et achètent un loft dans un quartier populaire. Un grand espace sans cloison, ouvert sur le fleuve Hudson.

Peu à peu l'épisode « Watch the Walsh » se réduit pour eux à un souvenir parmi les autres. Ni bon ni mauvais. Une tranche de vie. Une chance ou une erreur de jeunesse.

Un soir, alors qu'ils contemplent la neige qui tourbillonne derrière les baies vitrées, les Walsh s'interrogent.

— Dis-moi, Kim ?
— Oui.
— La maison de Boulder...
— Oui.
— Elle n'avait pas de nom. Nous ne l'avions jamais baptisée.
— C'est vrai. Je n'y avais pas pensé.
— Curieux, non ?
— Étrange, en effet.

UNE MAISON DE STAR

— Je suis morte de fatigue, je vais me coucher.

Mme Schletz se lève de table et salue d'un geste hasardeux sa fille et son gendre.

— Bonne nuit à vous deux !

Joe lui renvoie aussitôt la politesse.

— Bonne nuit, Gertrude. Rendez-vous demain matin sur la terrasse pour le petit déjeuner.

— Laisse-moi t'accompagner jusqu'à ta chambre, propose Elke en effleurant le coude de sa mère pour la guider à travers un dédale de couloirs et d'escaliers.

La chambre ne dépareille pas du reste de la maison. Trop vaste, meublée avec clinquant, elle semble tout droit sortie d'un film d'Hollywood.

Elke s'attarde sur le seuil et regarde avec inquiétude le lit à baldaquin qui trône au milieu de la pièce. L'ombre d'un souvenir récent et désagréable lui traverse l'esprit.

— Si tu as besoin de quelque chose cette nuit, n'hésite pas à me réveiller.

— En dehors de ce bon lit, de quoi aurais-je besoin ?

— Enfin... si tu te réveilles... je ne sais pas, un cauchemar...

Gertrude agite une main lasse comme pour disperser un essaim de moustiques.

— Tu sais bien que je dors toujours comme un enfant !

— Tu oublies le décalage horaire.

Elke tend à sa mère deux cachets roses.

— Prends un somnifère ! On ne sait jamais !

Mme Schletz sourit et bâillant et repousse la main de sa fille.

— J'ai renoncé à ce poison il y a longtemps !

— Maman, j'insiste.

Gertrude change légèrement de ton. Un début d'agacement.

— Elke, tout va bien une fois pour toutes. Laisse-moi maintenant s'il te plaît.

La jeune femme se résigne.

— Bonne nuit.

— Bonne nuit, ma chérie.

Tandis qu'Elke quitte la chambre, un petit frisson glacé lui picote l'échine. Ses doigts se crispent sur les somnifères. Elle murmure pour elle-même.

— Pourvu que tout se passe bien !

Gertrude Schletz s'endort immédiatement mais, au cœur de la nuit, comme sa fille le redoutait, ses rêves se transforment en cauchemars. Dans l'un d'eux, elle se trouve toujours dans l'avion qui, quelques heures plus tôt, la transportait de New York à Los Angeles. L'avion vole à très basse altitude. En collant son visage contre le hublot, elle voit défiler des villes, cernées par des banlieues interminables. L'avion perd encore de la hauteur. Il frôle mainte-

254

nant les toits des pavillons. Des grappes d'enfants jouent sur des pelouses. Ils courent et lui adressent des signes joyeux. Derrière sa vitre, Gertrude leur répond. Soudain, le plancher vibre sous ses pieds comme si le pilote actionnait le train d'atterrissage. Mais non. Gertrude voit surgir avec étonnement, dans son champ de vision, des portes métalliques. Elles s'écartent lentement des flancs de l'appareil.

— On dirait qu'on ouvre les soutes !

Gertrude réalise brusquement qu'elle ne se trouve pas assise dans un banal avion de ligne. Elle est seule dans un bombardier prêt à lâcher ses bombes.

Des colonnes de flammes, des tourbillons de ténèbres, zébrés de cendres et de feu, confirment son inquiétude. En effet, dans un déluge de déflagrations, le bombardier se déleste de sa mortelle cargaison. Une pluie de bombes s'abat sur les pelouses où jouent des dizaines d'enfants !

Gertrude se réveille en sursaut, le visage baigné de sueur.

— Quel rêve atroce !

Elle boit un verre d'eau et se rendort.

Quelques heures plus tard, une autre image, non moins effrayante, se grave sur ses rétines. Mais cette fois, Gertrude ne rêve plus. Elle en est absolument certaine. La vision qui la paralyse à nouveau appartient cette fois au monde de la réalité. Ce qu'elle voit existe. Et ce qu'elle voit, c'est un homme. Il se tient debout au pied de son lit, le regard fixé sur elle. Un sourire ironique flotte sur ses lèvres minces. Au centre de son visage, comme au cœur d'une cible laiteuse, ses yeux pétillent de haine. Gertrude se redresse d'un bond, prête à hurler. A cet instant, la silhouette s'évanouit. Elle disparaît dans l'obscurité de la chambre.

Haletante, Gertrude allume sa lampe de chevet. Rien. La pièce est vide, silencieuse. Elle se lève. La porte est bien fermée à double tour. Avec précaution, elle va inspecter la salle de bains attenante. Rien non plus. Alors elle retraverse la chambre et examine le jardin à travers les fenêtres comme si elle espérait apercevoir l'ombre d'un rôdeur qui s'enfuyait. Comme si elle voulait se persuader une fois encore qu'elle n'a pas rêvé.

Mais le jardin est lui aussi désert. Alors, Mme Schletz se recouche. Elle garde sa lampe allumée, et patiente en tremblant jusqu'aux premières heures de la matinée.

— Maman, tu as une tête à faire peur !

Elke met une main devant sa bouche comme pour s'excuser. Trop tard. D'une démarche légèrement vacillante, Mme Schletz vient prendre place à la table du petit déjeuner. Son visage est blafard, creusé par sa nuit d'insomnie. Dans ses yeux, on voit encore comme des traces de panique mal effacées.

— Je te demande pardon. Ta nuit a dû être terrible !

— On peut le dire, en effet.

Et Mme Schletz, renfrognée, raconte à sa fille et à son gendre sa nuit d'enfer.

— Tu aurais dû prendre un somnifère comme je te l'avais conseillé. Tu as mal supporté le décalage horaire, voilà tout !

— Il ne s'agit pas de cela, tranche la femme, agacée.

Elle avale une tasse de café et se tasse dans son fauteuil.

Joe a écouté lui aussi attentivement le récit de sa belle-mère. Il intervient.

— A propos de cet horrible cauchemar, de cet avion qui bombardait des enfants à basse altitude...

— Oui ?

— Depuis quelques mois les journaux télévisés sont remplis de reportages sur la guerre du Vietnam, plus terrifiants les uns que les autres. Chaque jour, nous sommes saturés d'images de bombardement. Ces images ont dû vous obséder et provoquer votre cauchemar.

— C'est possible en effet.

Joe continue son raisonnement.

— Parlons maintenant de cet homme qui se tenait soi-disant au pied de votre lit, dans la chambre.

— C'est très différent. J'en ai encore la chair de poule.

— C'est sans doute un autre rêve qui s'est enchaîné au premier dans votre inconscient. Vous avez cru vous réveiller entre les deux cauchemars. En fait, vous dormiez toujours.

Mme Schletz balaie l'argument avec force. Elle blêmit. Elle semble revivre la scène.

— Non, Joe. Absolument pas. A ce moment-là, je ne rêvais pas puisque je ne dormais pas. J'étais parfaitement éveillée et l'homme qui me dévisageait était aussi réel que vous et moi.

Elke reprend l'interrogatoire d'une voix mal assurée. Comme si elle cherchait avant tout à se convaincre elle-même.

— Tu conviendras pourtant que tout ça ne tient pas debout. Comment un homme parviendrait-il à s'introduire dans la maison, comment pourrait-il pénétrer dans ta chambre fermée à clé et disparaître ensuite comme un écran de fumée ?

— C'est bien ça qui me trouble, avoue Gertrude en disparaissant presque au fond de son siège. Tu penses bien que j'y ai réfléchi toute la nuit. Il n'y a aucune explication logique et pourtant je suis convaincue d'avoir vu cet homme. J'en mettrais ma main au feu.

Face au désarroi de sa belle-mère, encore terrorisée par la vision nocturne, Joe éprouve de la compassion. Après quelques hésitations, il se décide à lui confier le secret qu'il partage avec sa femme.

— Écoutez, Gertrude, je ne sais pas s'il existe la moindre relation entre ce qui vous est arrivé cette nuit et un fait étrange, survenu dans la maison la semaine dernière, mais...

Soulagée que Joe aborde ce sujet, Elke lui coupe la parole.

— Voilà, j'étais au salon avec Edith Dahlfeld, une journaliste allemande qui était venue m'interviewer. À la fin de l'entretien, alors que je servais le café, Edith m'a demandé de lui présenter Joe. Elle voulait nous photographier ensemble pour son journal. Je lui ai dit que Joe n'était pas à la maison, qu'il était parti lui-même en reportage à San Francisco. « Mais alors, qui est le monsieur que j'ai croisé tout à l'heure en entrant ? » m'a demandé la journaliste. Gertrude est comme suspendue aux lèvres de sa fille et, en remuant un morceau de sucre, sa petite cuillère tremblote dans sa tasse.

— « Quel monsieur ? ai-je demandé. Nous sommes seules toutes les deux à la maison. » Mais

258

la journaliste était formelle, poursuit Elke. Elle m'a affirmé qu'elle avait vu un homme dans le vestibule. Un homme de forte stature, vêtu d'un pantalon noir et d'une chemise blanche. Devant mon embarras, elle a même ajouté des détails sur sa physionomie. L'homme avait un visage massif, peu avenant.

— Et ensuite ? bredouille Gertrude.

— Rien. Nous nous sommes levées pour aller vérifier que nous étions bien seules. J'ai même grimpé rapidement à l'étage pour jeter un coup d'œil dans les chambres. Naturellement, il n'y avait personne.

— Et qu'en as-tu conclu ? demande Gertrude dont le visage a viré au gris.

— Que la journaliste avait eu une hallucination. Pourtant...

— Pourtant ?

— Il s'agissait d'une femme parfaitement équilibrée. Je ne peux pas la soupçonner de mystification ou de visions délirantes. Je dois t'avouer que cet incident m'a perturbée pendant quelques jours.

Elke désigne son mari.

— J'ai même téléphoné à Joe le soir même pour lui raconter l'histoire.

— A mon retour, nous avons passé en revue toutes les hypothèses, confirme Joe. Rien de positif n'est sorti de nos réflexions. Nous avons classé l'incident dans la catégorie des faits inexplicables, devant lesquels on hausse les épaules et qu'on se dépêche d'oublier.

— L'homme qui m'a rendu visite la nuit dernière n'était pas le même que celui de ta journaliste, laisse tomber Gertrude d'une voix blanche. Le « mien » était maigre comme un spectre.

259

En se mariant à Hollywood six mois plus tôt, en juillet 1964, Elke Sommer et Joe Hyams avaient eu le privilège de voir leur photo trôner à la première page de tous les quotidiens de la ville. Y compris, bien qu'en taille plus réduite, dans les colonnes du *Los Angeles Times*.

« Une starlette épouse un athlète », « Mariage entre le cinéma et les arts martiaux », « La force et la beauté » : tels avaient été quelques-uns des titres élogieux qui avaient accompagné les clichés.

Il est vrai que le jeune couple ne manquait pas d'atouts.

Née à Berlin vingt-quatre ans plus tôt, émigrée aux États-Unis avec ses parents à l'âge de cinq ans, Elke est une blonde sculpturale que ses admirateurs comparent déjà à Brigitte Bardot. Vedette d'une demi-douzaine de films policiers et agréablement érotiques, elle est à l'époque pressentie par Blake Edwards pour donner la réplique à Peter Sellers dans *La Panthère rose*. Quant à son heureux époux, Joe Hyams, champion de karaté amateur, il est écrivain et journaliste, correspondant pour la Californie du très respectable *Saturday Evening Post* de Philadelphie.

Quelques semaines avant le mariage, le couple, jeune, beau, riche et célèbre — ce genre de couple que les Américains idolâtrent —, avait signé dans une agence immobilière l'acte de propriété d'une superbe villa. Une résidence de douze pièces, nichée au cœur de Beverly Hills, le quartier le plus cher et le plus distingué d'Hollywood.

La maison, acquise pour deux cent cinquante mille dollars, est construite en bois dans le style colonial. C'est une grande bâtisse un peu tarabiscotée, entourée d'un grand jardin. Joe et Elke s'y plaisent immédiatement. Ils apportent quelques aménagements, modernisent les salles de bains et s'emploient à décorer l'intérieur avec un luxe extravagant à l'élégance néanmoins douteuse. Leur chambre est, par exemple, entièrement rose, surchargée de fanfreluches. Mais puisque l'avenir leur appartient, ils estiment que leur maison doit ressembler à une demeure de stars !

Aussitôt après le retour à New York de Gertrude Schletz, la vie du couple reprend son rythme frénétique : castings, bouts d'essai, séances de photos pour Elke ; interviews et reportages à travers la Californie pour Joe. Le souvenir des apparitions des deux mystérieux personnages se dissout rapidement dans leur mémoire. Jusqu'à ce qu'une nuit des bruits étranges, qui semblent provenir du rez-de-chaussée, tirent Elke de son sommeil.

— Tu entends ? s'inquiète-t-elle à voix basse en secouant son mari.

Joe s'ébroue de mauvaise humeur.

— Écoute. On dirait des raclements de chaises, insiste Elke.

Joe s'accoude au bord du lit et tend l'oreille de mauvaise grâce en direction du plancher. Sa femme a raison. Le bruit provient bien de la salle à manger. Il ressemble effectivement à celui que produiraient des chaises que des convives tireraient en quittant la table.

— Qu'est-ce que ça peut être ? questionne machinalement Elke en remontant le drap sur ses épaules.

— Des cambrioleurs. Je vais aller voir, décide Joe en s'extrayant du lit.

Bien que ceinture noire de karaté et capable de se défendre, il glisse la main dans un tiroir de sa table de chevet et s'empare par prudence d'un pistolet automatique.

— Referme la porte à clé derrière moi et n'ouvre à personne, ordonne-t-il à sa femme en se dirigeant vers l'escalier.

Enfermée dans la chambre, blottie au creux du lit, Elke épie le moindre bruit en provenance du rez-de-chaussée. Elle s'attend à chaque instant à entendre monter le fracas d'un combat, pire encore, le claquement d'une détonation. Mais alors que le temps passe et que rien ne se produit, l'attente se transforme rapidement en angoisse.

— Qu'est-ce qu'il fait, bon sang ? Et si les cambrioleurs l'avaient assommé ? Et s'ils l'avaient égorgé ?

Le silence écrase sa gorge comme une masse de plomb. De la sueur perle à ses tempes et lui coule dans les yeux. Son cœur s'affole au rythme de son imagination qui s'emballe irrémédiablement.

— Ils l'ont assassiné. A présent, ils sont dans l'escalier. Ils montent les marches. Dans une seconde, ils vont défoncer la porte. Me violer, me torturer avant de me tuer...

Elke décroche le téléphone qui est posé près du lit. Elle compose d'une main spasmodique le numéro de la police. Trop tard. Des coups martèlent la porte de la chambre. A l'autre bout du fil, Elke entend maintenant la voix calme d'une standardiste.

— Vous avez demandé la police de Los Angeles, j'écoute...

— Ouvre, c'est moi ! hurle Joe derrière la porte.

Elke raccroche le combiné et va ouvrir à son mari.

Joe prend sa femme dans ses bras et lui frotte affectueusement le dos. Il essuie la sueur qui ruisselle sur son front.

— Calme-toi. Il n'y a rien en bas. Pas un meuble déplacé et la porte d'entrée est toujours verrouillée.

— Joe, je suis désolée. Mais dis-moi, confirme-moi que je ne suis pas folle, que tu as bien entendu toi aussi des bruits ! Dis-moi que je n'ai pas rêvé !

— Je te confirme que tu n'as pas rêvé. Ou alors nous avons rêvé ensemble, au même moment, les yeux et les oreilles grands ouverts.

Le lendemain matin, Joe inspecte les abords de la maison. Il veut en avoir le cœur net. Durant la nuit, un violent orage a ramolli la terre. C'est une chance. Si quelqu'un s'est approché de la villa, les empreintes de ses pas seront imprimées, bien visibles dans le sol. Il n'y a rien. A part les traces d'un chat qui a traversé le jardin.

Sans aucune logique, sans que Joe et Elke ne parviennent à trouver le moindre début d'explication, le phénomène se répète à plusieurs reprises durant les semaines suivantes. Les deux premières fois, Joe va encore prudemment inspecter la salle à manger, armé de son pistolet. N'y constatant aucune présence étrangère, aucun indice, il finit par se lasser et reste au lit. Bien sûr, ces bruits étranges, sans origine, mettent les nerfs d'Elke à vif.

— Je n'en peux plus. Prévenons la police.

— Pour lui dire quoi ? Qu'un fantôme s'amuse dans notre salle à manger au jeu des chaises tournantes ? Nous serons ridicules et la presse en fera des gorges chaudes.

— Si nous avons affaire à un maniaque, la présence de la police le dissuadera de continuer.

— Un maniaque qui ne laisse pas d'empreintes, qui passe à travers les murs et les portes fermées et qui a le don de se volatiliser ? La police ne nous prendra jamais au sérieux. Elle nous accusera plutôt de forcer sur le LSD...

— Que faire ?

— Attendre que les choses rentrent dans l'ordre. Il ne peut s'agir que d'un phénomène naturel.

— Le fantôme va-t-il frapper cette nuit ?

C'est par cette question rituelle que la comédienne a maintenant coutume d'éteindre chaque soir sa lampe de chevet.

Peu après les fêtes de Noël, Elke quitte avec soulagement Los Angeles pour se rendre en Yougoslavie où le tournage d'un nouveau film la retient six semaines.

Joe reste seul dans la maison. Il est impatient de savoir si en l'absence de son épouse les bruits vont ou non continuer de perturber ses nuits.

— C'est peut-être Elke qui attire le fantôme. Elle aurait des admirateurs même dans l'au-delà ! plaisante-t-il.

Mais avec ou sans Elke, le vacarme nocturne se poursuit. Un matin, alors qu'une fois encore, pendant la nuit, un bruit de raclement de chaises l'a réveillé, Joe retrouve les fenêtres du salon grandes ouvertes. Sans davantage d'explication. Alors, profitant de l'éloignement de sa femme, il décide d'employer de grands moyens. Il met la maison sous surveillance. Pour ce faire, il acquiert trois micros émetteurs miniatures et trois récepteurs en modulation de fréquence, connectés à des magnétophones. Avec cet équipement, le plus sophistiqué qu'il puisse se procurer à l'époque, il est capable de capter et d'enregistrer des sons à distance. Même de faible intensité.

Joe dissimule ses trois micros aux endroits qui lui paraissent stratégiques : un au bout de l'allée qui mène à la maison afin de déceler toute intrusion, le second près de la porte d'entrée et le troisième dans la salle à manger. Pour compléter son dispositif, il marque discrètement à la craie l'emplacement des pieds des chaises sur le plancher de la salle à manger.

— Cette fois, s'il s'agit d'un mystificateur, d'un plaisantin de mauvais goût, j'en aurai le cœur net. Les magnétophones n'ont pas d'état d'âme. Si les bruits sont bien réels, je les retrouverai tels quels sur les bandes.

Dans le silence de sa chambre, Joe Hyams se prépare à affronter une nouvelle nuit. Bien décidé à ne pas fermer l'œil, il s'est muni d'un thermos de café noir et d'une provision de cigarettes.

A quatre heures du matin, le bruit caractéristique et désormais familier l'arrache à sa somnolence. Prévoyant, il ne s'est pas déshabillé et a conservé son arme à portée de main. Le bruit continue. Un concert de raclements sinistres. Sur la pointe des pieds, tendu, aux aguets, Joe descend les marches de l'escalier. Parvenu au rez-de-chaussée, il se glisse sans bruit dans la salle à manger, dont il a pris soin de laisser la porte entrebâillée. Il pousse l'interrupteur. La lumière jaillit et inonde la pièce. Il braque son arme.

— On ne bouge pas !

Le canon du pistolet pointe le vide. Personne. Joe pivote sur lui-même et tire violemment sur la poignée de la porte.

— Sors de là !

Le vide. Joe se détend, respire un grand coup et verrouille le cran de sûreté de son automatique. Puis, il explose d'un rire saccadé.

— Quel pitre je fais ! Si mon rédacteur en chef me voyait !

Après s'être rapidement calmé, il inspecte les marques au sol qui indiquaient l'emplacement des pieds des chaises. Elles n'ont pas bougé d'un millimètre. Chaque meuble se trouve exactement à l'endroit où il était la veille. Et pourtant, une fois encore, Joe est convaincu que le fracas qu'il a entendu n'était pas le fruit de son imagination.

— Rien n'est joué. Examinons les bandes magnétiques.

Il remet les compteurs des magnétophones à zéro et, un casque sur les oreilles, écoute attentivement le contenu de la première bande, celle sur laquelle sont enregistrées les allées et venues dans le jardin. En dehors des bruits habituels de la nuit, elle ne contient aucun indice révélateur. Aucune preuve d'une quelconque intrusion dans la maison. Même constatation avec le second enregistrement, celui obtenu grâce au micro caché dans l'entrée.

Joe rembobine la troisième et dernière bande. Il hésite un instant avant d'enfoncer la touche « lecture ».

— A quoi bon ? Pourquoi entendrais-je un bruit suspect dans la salle à manger ? Il faudrait que quelqu'un ait pu s'y introduire. Or, personne n'a pénétré

266

dans le jardin ni est entré dans la maison. J'en ai maintenant la certitude. Enfin, au point où j'en suis !

Il appuie sur la touche. La bande se dévide. Découragé, les yeux gonflés de sommeil, Joe concentre, sur d'interminables minutes de silence, le peu d'énergie que lui a laissé sa nuit de veille. Soudain, un bruissement... Il sursaute, retrouve en un instant toute sa vigilance.

— Qu'est-ce que c'est que ça ?

Instinctivement, il plaque plus fort les écouteurs de son casque sur ses oreilles. Pas de doute : un grincement est toujours audible sur la bande. Et puis, d'un coup, il s'amplifie, gonfle et se transforme en tapage.

— Ce n'est pas croyable !

Le raclement est bien celui, si caractéristique, des chaises déplacées.

Soudain, un cri lui déchire les tympans : « On ne bouge pas ! »

C'est sa propre voix, bien sûr, qui a été enregistrée lorsque, quelques heures plus tôt, il entrait dans la salle à manger, pistolet au poing. Cela n'a rien d'extraordinaire. Par contre, ce qui est réellement extraordinaire c'est que le bruit de raclement cesse brusquement à cet instant précis.

— « Sors de là ! »

Le reste de l'enregistrement restitue la suite des événements sonores jusqu'à l'arrêt du magnétophone.

Abasourdi par ce qu'il vient d'entendre, Joe passe et repasse la bande. Il écoute cinq, dix fois, le même passage.

— C'est proprement inexplicable. Le bruit s'arrête quand j'allume la lumière de la salle à manger.

Mais d'où provient ce bruit et pourquoi stoppe-t-il net quand j'entre ?

Joe ne trouve aucune réponse à ces deux questions lancinantes.

Tout au long des mois suivants, le phénomène persiste et, à plusieurs reprises, des amis du couple croient apercevoir, au coin d'un couloir, la silhouette de l'homme à la forte carrure, celui qu'avait déjà croisé la journaliste allemande. Quelques-uns s'en étonnent et en rient mais la plupart, apeurés, ne remettent plus les pieds dans la villa. Une rumeur commence à circuler dans Hollywood : la maison des Hyams est hantée.

— Ne devrions-nous pas vendre ce repaire de fantômes et nous installer ailleurs ? suggère Elke de plus en plus fréquemment.

— Pas avant d'avoir compris, lui répond invariablement son mari qui n'est pas homme à céder aux menaces. Même si elles demeurent pour l'instant inoffensives et qu'elles émanent d'un spectre bien incertain.

D'ailleurs Joe a une idée en tête. Au printemps, il fait appel à une équipe spécialisée dans la destruction des insectes xylophages, ces parasites qui rongent le bois sans que l'on puisse, la plupart du temps, déceler leur présence. Munis du plan de la maison, les techniciens en explorent chaque recoin, des fondations aux combles. Ils inspectent plafonds et planchers, charpente et cloisons. Ils sondent fentes et interstices susceptibles d'héberger le moindre insecte nuisible. En fait, à défaut de régler la question, ils dégradent la décoration, répandent partout des produits toxiques qui empoisonnent l'atmosphère et finissent, avant d'abandonner, par présenter à Joe une facture astronomique. La maison est saine. Nul insecte grignoteur n'est à l'origine du bruit infernal.

Elke fait, quant à elle, l'acquisition d'un chien dressé pour la chasse. Peine perdue. L'animal adopte des comportements bizarres qui ajoutent encore à la confusion. Il aboie quand ses maîtres regardent en direction de la salle à manger vide, se couche sans raison sous la table en jappant, cavale dans les couloirs, longe les murs, queue basse et oreilles rabattues.

Alors, contre mauvaise fortune bon cœur, Joe Hyams requiert l'aide de la section locale de la Société américaine de recherches psychiques, une association de médiums californiens qui travaille en collaboration avec des chercheurs et des universitaires.

Un premier groupe se rend dans la maison et se fait enfermer quelques heures dans la salle à manger. Assis autour de la table, les spirites s'imprègnent du lieu et, chacun à sa manière, s'évertue à établir une communication avec l'au-delà, avec le fantôme de Beverly Hills.

Pour rendre compte de leurs résultats, ils défilent ensuite, les uns après les autres, dans le salon où les attendent Joe et Elke.

La première médium est une femme âgée, couverte de bijoux clinquants et bon marché.

— Il s'agit d'un Européen. Un homme qui a échoué à Los Angeles au début du siècle, où il a accumulé les dettes et les ennuis, et qui n'a jamais pu rentrer dans son pays.

— Si c'était le cas, que devrions-nous faire ? questionne Elke.

La femme réfléchit, tripote ses fausses perles et donne son avis d'une voix chevrotante.

— Démonter toutes les chaises de la salle à manger. Prendre les pieds des chaises, les transporter avec vous en Europe et déposer un pied dans chaque pays.

— Un pied de chaise dans chaque pays ? insiste Elke qui croit avoir mal compris.

La femme continue le plus naturellement du monde.

— C'est le seul moyen. Nous ignorons de quel pays cet Européen était originaire. Comme son esprit est resté prisonnier de la maison et qu'il se manifeste à travers les chaises, vous lui permettriez ainsi de rentrer chez lui et de vous laisser définitivement tranquilles.

— Mais il y a plus de vingt pays en Europe ! s'exclame Elke, qui imagine déjà cette expédition avec horreur.

— À vous de décider.

Trois autres médiums se succèdent, porteurs de conseils tout aussi extravagants et farfelus. Après chaque entrevue, Elke et Joe échangent des regards dans lesquels se mêlent découragement et amusement.

Les propos du quatrième médium sont d'une tout autre nature. Avant de parler, il dévisage le couple comme s'il s'étonnait qu'il soit encore en vie.

— Votre homme est une bête gorgée de haine. Un monstre. Un ivrogne capable des pires barbaries. Un jour, il passera à l'action...

— Que voulez-vous dire ? demande Elke en frémissant.

— Il vous massacrera sans aucune pitié !

— A quoi ressemble-t-il dans votre... vision ?

— Très maigre. Blanc comme un linge. Grimaçant.

Le regard d'Elke s'est exorbité.

— C'est celui qu'a vu maman !

Joe se lève et reconduit fermement l'homme avant de revenir réconforter sa femme.

— Oublie les divagations de cet illuminé ! En nous prêtant à ce jeu, nous avons pris le risque d'attirer aussi les psychopathes ! Finissons-en. Il en reste deux.

Le médium suivant est un homme qui ressemble davantage à un avocat qu'à un voyant extralucide. Il donne sa version.

— Votre fantôme est le spectre d'un médecin. Il est mort à quarante-cinq ans avant d'avoir achevé une tâche importante avec celui qui occupe aujourd'hui cette maison.

L'information touche Joe de plein fouet, comme une décharge électrique. Il se raidit. Des images pénibles défilent dans sa tête. En effet, il y a cinq ans, il avait commencé d'écrire un livre avec un ami médecin qui avait succombé à cet âge d'un arrêt cardiaque.

Le médium s'est tu.

— La description pourrait correspondre à quelqu'un que j'ai bien connu, dit Joe, déstabilisé.

— Et pourquoi le fantôme de ce médecin nous harcèle-t-il depuis un an ? interroge Elke.

— Pour que votre mari ne l'oublie pas. Pour qu'il poursuive seul ce qu'il a entrepris autrefois avec lui.

En quelques mots, Joe raconte au médium l'histoire de son ami.

— Je devrais donc reprendre le livre et le finir, c'est bien ça ?

— C'est le seul moyen de vous débarrasser du spectre.

— Mais je suis incapable de finir ce livre seul, se lamente Joe. Les informations venaient de Jack et j'ai détruit mes archives.

— Dans ce cas...

A cet instant, Joe et Elke sont persuadés d'être enfin en possession de la clé de l'énigme. Bien que l'explication soit paranormale et sans remède. Mais la dernière médium remet tout en question.

C'est une femme boulotte. D'énormes lunettes carrées sont posées en équilibre sur son nez minuscule.

— J'ai vu dans la salle à manger une jeune fille blonde, pâle et fragile. Elle est morte à vingt ans, emportée par une affection pulmonaire. La maison qu'elle habitait a été détruite par un incendie.

C'est au tour d'Elke d'être brusquement bouleversée. Elle crie.

— Marlène !

— Quoi Marlène ? demande Joe.

— Mon amie Marlène. Elle était d'origine allemande elle aussi, pâle et blonde. Elle est morte de la tuberculose à vingt-deux ans.

— Voyons chérie, c'est une pure coïncidence !

— Sauf que je me souviens très bien que la maison de ses parents a brûlé juste après sa mort.

Entre les deux versions, l'ami médecin et la jeune fille tuberculeuse, entre les deux fantômes, l'un et

272

l'autre plausibles, lequel choisir ? En décider plonge Elke dans un abîme de perplexité et de détresse.

— Pour Marlène, je veux dire pour la jeune fille, que dois-je faire pour la délivrer ?

— Prier pour elle, dit la spirite sans hésitation.

— Vous m'y aideriez ?

— J'essaierai.

Rendez-vous est pris avec la médium le lendemain pour une séance d'exorcisme. La cérémonie est brève et banale. Assise à un bout de la table, entourée de bougies, la médium apostrophe le fantôme.

— Par Jésus-Christ, Marlène, je t'ordonne de quitter sur-le-champ cette maison. Laisse en paix les braves gens qui l'habitent et cesse de troubler leur foyer !

Le début de la nuit est prometteur. La maison est calme. Aucun bruit suspect. Elke et Joe font mine de dormir, soucieux de ne pas s'angoisser mutuellement. Mais ils gardent un œil ouvert. En alerte. L'incantation a-t-elle réussi ? La spirite est-elle parvenue à chasser le fantôme de Marlène ? Cette nuit, qui s'annonce tranquille, va-t-elle marquer la fin de leur cauchemar ?

Les heures passent. Ils somnolent, se réveillent aux aguets. Toujours rien. Et puis, alors qu'ils se croient sauvés, un vacarme épouvantable secoue la salle à manger. Les parois tremblent, le plancher vibre comme au début d'un tremblement de terre. Jamais le fracas n'a été aussi violent.

Elke éclate en sanglots.

— Nous ne nous en débarrasserons jamais !

Une nouvelle année s'écoule. Au cinéma, le succès croissant d'Elke l'entraîne vers des tournages longs et lointains. Chaque fois qu'elle part, elle semble soulagée de quitter la maison. Joe s'en inquiète.

— Ce maudit fantôme va finir par briser notre couple !

Peu à peu il se résout à l'idée de vendre la villa. Le 13 mars 1967, un nouvel événement précipite sa décision.

Cette nuit-là, le violent coup frappé, qui les tire en sursaut de leur sommeil, ne provient pas du rez-de-chaussée. Il ébranle directement la porte de leur chambre à coucher. Exaspéré, Joe bondit, pistolet au poing. Il ouvre la porte à toute volée, prêt à faire feu. Il est accueilli par un rire sardonique qui semble venir de l'épaisse fumée qui envahit la cage de l'escalier. Joe se précipite vers Elke qui le regarde, affolée.

— Lève-toi. Y a le feu dans la maison !

Elke bondit du lit, jette une veste sur ses épaules.

— L'escalier est en flammes, essayons de sauter par une fenêtre de derrière ! hurle Joe en attrapant Elke par la main.

Heureusement la pente du toit est faible et atteint presque le sol. Ils se laissent glisser et retombent sur leurs pieds dans le jardin. Quelques minutes plus tard, les sirènes des voitures de pompiers envahissent la rue. L'incendie est rapidement maîtrisé. Une enquête est ouverte. Elle conclut que le feu a pris dans la salle à manger et qu'il s'est propagé dans l'escalier à une vitesse vertigineuse. Si le couple n'avait pas été réveillé par le coup frappé à la porte de leur chambre, il n'aurait vraisemblablement pas eu le temps de s'échapper et aurait péri dans les flammes.

— C'était une question de minutes, confirme un pompier.

Par contre, l'origine du sinistre reste inexpliquée.

Une fois les dommages causés par l'incendie réparés, la maison est mise en vente. Elle n'attire guère la convoitise. La rumeur a fait bon train. Qui souhaiterait s'encombrer d'un fantôme ? Un agent immobilier finit par l'acquérir pour un prix bien inférieur à ce qu'elle vaut. Il n'est pas pressé de la revendre.

— Dans un an ou deux, tout le monde aura oublié cette histoire et j'en tirerai une formidable plus-value, s'est-il réjoui.

Quant à Elke et Joe, ils vont s'installer à Malibu, au bord de l'océan, dans un immeuble de luxe.

— Fini les maisons !

Quelques mois plus tard, Joe donne à son journal un long récit dans lequel il raconte par le menu ses démêlés avec les fantômes. Son article enthousiasme les lecteurs qui l'inondent de courrier : lettres de réconfort et de sympathie mais aussi nombreux témoignages sur d'autres cas étrangement similaires.

Elke poursuit sa brillante carrière de comédienne. Elle compte aujourd'hui quarante-sept films à son palmarès. Parmi cette liste impressionnante, quelques titres sonnent avec une curieuse ironie : *Un coup dans la nuit*, *La maison de l'exorciste*, *Laissé pour mort*, *Nuit de cauchemar à Berkeley Square* ou encore *Les chasseurs de trésor* !... autant de films, pas toujours des chefs-d'œuvre, mais dans lesquels Elke était sans aucun doute très convaincante !

UNE VILLA EN VIAGER

Pour s'agenouiller, la vieille religieuse décompose lentement son mouvement. Elle plie les genoux, se penche en avant, puis prend appui sur le sol. Elle redresse ensuite le torse en grimaçant. En dépit de toutes ces précautions, mille petites douleurs endormies se réveillent dans son corps fourbu. Des larmes perlent aussitôt à ses paupières.

— Mon Dieu, je Vous en prie, donnez-moi la force.

Sœur Cécile ouvre le livre qui ne la quitte jamais. Elle l'ouvre machinalement. Peu lui importe que les lignes dansent devant ses yeux et qu'une myriade d'étoiles lui picotent le cerveau. Elle connaît par cœur depuis l'enfance la prière de saint François d'Assise.

Seigneur, faites de moi un instrument de Votre paix.
Là où est la haine, que je mette l'amour...

Une odeur rance flotte dans la pièce minuscule. Un matelas nu et taché, posé à même le sol, bute contre les murs. Un peu de lumière trouble tombe d'une lucarne et éclaire la coiffe de la religieuse en prière.

Là où est l'offense, que je mette le pardon ;
Là où est la discorde, que je mette l'union...

Soudain, des pas claquent dans le couloir. La porte du réduit s'ouvre à toute volée. Le visage de l'homme qui se tient maintenant sur le seuil, une gamelle à la main, est noyé dans l'ombre. Sœur Cécile poursuit sa litanie comme si elle était seule.

Là où est le désespoir, que je mette l'espérance...

Le visiteur pose méchamment l'écuelle sur le sol. La religieuse ne réagit toujours pas, alors l'homme vocifère.

— Soupe de légumes, le banquet du soir ! Vous n'aurez rien d'autre jusqu'à demain. Profitez-en, la sœur, et bonne nuit !

La porte se referme sur un tour de clé. Les pas s'éloignent. Épuisée, la religieuse s'affale en geignant sur son grabat. Son regard dégoûté erre sur la gamelle où des carottes naviguent dans de l'eau tiède.

— Qu'ai-je fait de mal ? s'interroge-t-elle, désarmée, en scrutant les murs vides de sa cellule. Qu'ai-je fait pour être enfermée là ?

Prostrée sur son matelas, reléguée dans une soupente de son grenier, emprisonnée à l'intérieur de sa propre maison, Sœur Cécile cède peu à peu au sommeil. Avant de sombrer dans des rêves brouillés de cauchemars, une dernière vision lui traverse l'esprit.

Deux mois plus tôt, après une vie bien remplie de directrice d'école et vingt ans de pieuse réclusion dans un couvent, Marie Van Beuren, mieux connue sous le nom de Sœur Cécile, goûte enfin sa première journée de retraite. Pour fêter l'événement, elle a invité sa petite-nièce, Alexandra, à venir passer la journée en sa compagnie. Les deux femmes sont confortablement installées dans le jardin des « Mésanges », la maison de la religieuse, construite près de Bruxelles.

— Sauras-tu te débrouiller seule ? Tu n'as plus l'habitude, tante Marie, s'inquiète Alexandra.

— A quatre-vingt-onze ans, il me semble que je suis une grande fille maintenant ! plaisante la religieuse.

Alexandra rit de bon cœur en tapotant la main parcheminée de sa tante.

— Ne t'inquiète pas, je suis heureuse d'être là, gazouille encore la religieuse.

— Et puis, tu sais, cette maison a toute une histoire. Mon père l'a construite de ses mains en 1930. De mineur de fond, il s'était hissé au rang de contremaître. Cette promotion ne faisait pas de nous des bourgeois. Pour autant mon père avait tenu à ce que nous quittions le coron. C'est pierre par pierre, sou par sou qu'il a édifié cette villa. Douze ans d'efforts et de privations !

— Et c'est ici que tu as passé ton enfance.

— Oui, je suis très attachée à cette maison.

Sœur Cécile regarde sa petite-nièce intensément.

— Et pourtant...

— Pourtant ?

— Voilà, j'ai beaucoup réfléchi. Ma pension de retraitée est symbolique et je ne veux en aucune manière être à ta charge. Tu es tout ce que j'ai de plus cher.

Alexandra s'alarme.

— Que veux-tu dire, tante Marie ?

Une expression de gêne colore le visage de la vieille dominicaine. Elle se tasse un peu sous sa coiffe à l'ancienne, laisse passer un long silence emprunté et s'explique enfin.

— Tu es ma seule héritière. Pourtant... ne m'as-tu pas souvent dit que cette maison ne t'intéressait pas ? Que tu préférais vivre à Bruxelles ? Une hôtesse de l'air n'habite pas à la campagne !

— Oui, c'est vrai.

— Alors je me suis dit que si je mettais la maison... en viager, je serais à l'abri des imprévus. Je percevrais un capital et une petite rente mensuelle. J'allégerais ton fardeau.

Alexandra se fâche.

— Tante Marie, la seule chose qui compte, et tu le sais bien, c'est que ta retraite soit la plus paisible et la plus heureuse possible.

— Donc ?

— Donc ton idée est excellente ! s'exclame Alexandra en riant.

Des larmes se frayent un chemin à travers le visage creusé de la bonne sœur. Elle murmure dans un sanglot.

— Mais ma petite, en mettant « les Mésanges » en viager, je te déshérite !

Alexandra rit toujours et, spontanément, embrasse la vieille femme.

Au terme de cette conversation, Sœur Cécile et Alexandra conviennent de vendre la maison en viager. Elles cherchent sans tarder un acquéreur. Elles

280

font paraître une petite annonce dans la presse locale et, quelques jours plus tard, un couple se présente. Il s'agit de Marcel et Amélie Brucker, des forains âgés d'une quarantaine d'années. Les deux parties se mettent rapidement d'accord. Avant de conclure, Alexandra propose aux futurs acquéreurs de visiter une nouvelle fois la maison, une coquette bâtisse en brique, entourée d'un grand jardin.

— Voici, je vous montre à nouveau les trois pièces du rez-de-chaussée : la cuisine, un petit salon et la grande salle à manger, énumère la jeune femme.

Marcel Brucker, rondouillard et musculeux, jauge l'espace comme un maquignon toise une bête de boucherie. D'un œil glacé, professionnel. Mal à l'aise, Alexandra cherche à détendre l'atmosphère. Pendant quelques minutes, elle joue les guides de musée.

— Vous aurez naturellement remarqué que le mobilier est d'époque. D'époque arts déco, je veux dire.

Le forain hausse imperceptiblement les épaules. Sa femme fait mine d'apprécier.

— Votre tante possède de bien jolies choses.

— Passons maintenant à l'étage, propose Alexandra en s'engageant vivement dans l'escalier.

— Ici, deux belles chambres à coucher donnant plein sud.

— Sans salle de bains ni confort ! commente Brucker entre ses dents en furetant dans les coins.

— Vous devrez un jour envisager des travaux, c'est certain, dit Alexandra sans dissimuler son agacement.

— De gros travaux ! De très gros frais !

Irritée par la remarque, l'hôtesse de l'air abrège la visite.

— Et puis là-haut, vous vous en souvenez, le grenier avec la soupente. La charpente et la toiture sont saines, je vous le garantis. Donc, pas de travaux à prévoir de ce côté-là, monsieur Brucker.

L'homme grogne un commentaire sans doute désobligeant et pivote sur ses talons.

— Ça suffit ! Descendons nous occuper des papiers, j'en ai assez vu.

De retour dans le salon, Alexandra résume au couple les termes de la transaction.

— Nous avons dit 300 000 francs de bouquet... une somme à verser à la signature, et 2 500 francs de rente viagère mensuelle. Sommes-nous bien d'accord ?

Le forain arrache les documents des mains d'Alexandra plus qu'il ne s'en saisit. Il parcourt le contrat en hochant la tête comme s'il essayait de contenir une violente colère.

— Bon, ça va. Je suis d'accord. On signe demain chez le notaire.

Avant de se lever de sa chaise pour prendre congé, Brucker remonte ses manches de chemise dans un geste machinal. Tout aussi naturellement, le regard de la jeune femme se pose sur les avant-bras du forain. Ils sont couverts de tatouages. Alexandra étouffe un cri.

— Oh ! mon Dieu !

Des figures stylisées de diables, cornus et grimaçants, semblent soudain prendre vie au milieu des muscles épais qui se contractent. Instinctivement, Alexandra se retourne aussitôt vers sa parente, assise à l'écart. Fort heureusement, perdue dans ses pen-

282

sées, la vieille religieuse n'a pas entrevu les représentations diaboliques qu'exhibe, gravées dans sa chair, celui qui vient à l'instant d'acheter sa maison.

Libérée de ses préoccupations financières, heureuse de jouir de sa retraite, Sœur Cécile s'adonne paisiblement aux trois passions qui rythment maintenant ses journées : la messe du matin et la lecture assidue de la vie de saint François d'Assise ; la fabrication des confitures et le bien-être de Ti-Mousse, la chatte que lui a offerte la supérieure du couvent. Dès qu'Alexandra fait escale à Bruxelles et qu'elle y séjourne quelques jours, elle rend visite à sa grand-tante.

— Quoi de neuf, tante Marie ?

— A quatre-vingt-onze ans, l'avenir m'appartient ! répond la dominicaine sur un ton enjoué.

— As-tu des nouvelles des Brucker ?

— Non, pourquoi ? Devrais-je en avoir ?

— T'ont-ils bien versé ta première mensualité comme convenu ? interroge Alexandra qui, pour ne pas contrarier la religieuse, a pris soin de lui dissimuler l'impression désastreuse qu'a produite sur elle la personnalité du forain.

— Ah oui, tout va bien. Le chèque est déjà à la banque.

Rassurée, l'hôtesse de l'air vérifie que tout est en ordre dans la maison, fait des courses, aide à quelques tâches ménagères et s'en retourne dans la capitale attraper un avion.

Une semaine plus tard, tôt le matin en rentrant de la messe, Sœur Cécile constate avec étonnement qu'une grosse caravane est garée devant chez elle. Alors qu'elle s'interroge sur sa présence et pousse la grille d'entrée, un homme bondit hors du véhicule en stationnement. Malgré sa vue basse, la religieuse l'identifie immédiatement : le visage boucané, le poil dru et noir, les moustaches envahissantes, le menton en galoche, c'est Marcel Brucker qui marche vers elle d'un pas décidé.

— B'jour la sœur !

La religieuse salue d'un petit coup de cornette car, caprice ou habitude, elle porte toujours l'habit monastique. L'homme paraît agité.

— J'ai quelque chose à vous demander.

— ...

— Voilà, j'ai un problème. Je cherche un endroit pour parquer ma caravane. Nous autres, les forains, on nous chasse de partout.

La religieuse reste muette, alors Brucker se retourne comme s'il prenait sa caravane à témoin.

— J'ai ma femme et mes trois gosses là-dedans !

Sœur Cécile regarde l'homme sans comprendre. Il poursuit dans un souffle.

— Vous avez un grand terrain autour de la maison. J'ai pensé que vous pourriez peut-être nous accueillir. Qu'on pourrait y garer la caravane. Vous voyez ce que je veux dire... un droit d'hospitalité comme ça se fait dans les églises...

Et il ajoute avec un sourire carnassier :

— D'autant que cette maison... c'est aussi un peu la mienne maintenant.

Prise au dépourvu, intimidée et légèrement apeurée, Sœur Cécile ne sait que répondre. Son regard passe rapidement de l'homme à la caravane. Elle hésite. L'homme en profite et insiste.

— Vous ne pouvez pas refuser, la sœur. Ça ne

284

serait d'ailleurs pas très charitable de la part d'une bonne chrétienne !

— Combien... combien de temps comptez-vous rester ?

— Le temps qu'il faudra !

Brucker se reprend aussitôt.

— Je veux dire quelques semaines. Après, nous reprenons nos tournées avec le manège.

Le forain porte deux doigts à ses lèvres et siffle. Un long sifflement strident et vulgaire. Comme s'ils attendaient ce signal, Amélie Brucker, les cheveux en bataille, suivie de trois adolescents mal réveillés surgissent de la roulotte. Deux garçons et une fille, âgés de onze à dix-huit ans.

— Vous ne laisseriez pas ma petite famille errer sur les routes ? Hein, la sœur ?

— C'est bon, concède la religieuse à contrecœur. Installez-vous à l'entrée, juste derrière le mur, près des fraisiers.

— J'étais sûr que vous seriez d'accord, jubile Brucker sans retenue. En signe de victoire, il dresse un pouce arrogant en direction des siens.

Durant les jours qui suivent, les forains sont discrets et silencieux. Ils ne quittent leur caravane que pour se rendre au village. Lorsqu'ils croisent la religieuse dans son jardin, ils la saluent, s'enquièrent de sa santé, échangent quelques mots sur les caprices de la météo. Mise en confiance, Sœur Cécile finit par oublier leur présence.

Un après-midi, armée d'un panier et d'une paire de gants, la bonne sœur récolte, à l'autre bout du terrain, les fruits rouges dont elle raffole. Soudain, une ombre se profile derrière un bosquet et fond sur elle. La religieuse sursaute et, sous le coup de l'émotion, lâche son panier. Brucker se précipite.

— Un p'tit coup de main, la sœur ?

— Mon Dieu, vous m'avez fait peur.

— Pas de panique voyons, je suis votre ami.

Profitant de son effet de surprise, l'homme aide à la cueillette en étourdissant la malheureuse sous un flot de paroles. Lorsque le panier déborde de fruits, Sœur Cécile regagne la maison d'un pas traînant. Quel n'est pas alors son étonnement de constater qu'Amélie, l'épouse de Marcel, l'attend, assise sur les marches du perron. L'apercevant, la femme se redresse et affiche un sourire engageant.

— Ma sœur, vous confectionnez, paraît-il, les meilleures confitures de la région. Quel est votre secret ?

Et elle ajoute, narquoise :

— Il faut transmettre ces choses pendant qu'il est encore temps.

— Je n'ai pas de secret. J'y mets, je crois, un peu d'amour, c'est tout, réplique naïvement la religieuse.

— Je suis impatiente de voir ça !

Sans davantage se formaliser, Amélie Brucker emboîte le pas de la vieille femme et s'engouffre à sa suite dans la cuisine.

Dès lors, insidieusement, la famille Brucker empiète sur le territoire de la bonne sœur et rogne sa liberté. Sous les prétextes les plus futiles, Amélie va et vient dans la maison. Elle feint de glaner un conseil et propose en retour de se charger de menues corvées. Peu à peu, elle ne lâche plus la religieuse d'une semelle. Sœur Cécile souhaiterait naturellement s'affranchir de celle qui épie sans relâche ses faits et gestes, qui intervient à tout propos. Mais comment rabrouer quelqu'un qui semble aussi dévoué ?

— Laissez, laissez, je me débrouille très bien toute seule, répète la bonne sœur à longueur de journée en fuyant les assauts incessants de son encombrante voisine.

Espérant parfois se montrer plus dissuasive, elle ajoute encore :

— Ne vous en faites pas, ma petite-nièce sera ici dans quelques jours. Elle m'aidera.

Mais Alexandra, affectée sur les vols d'Extrême-Orient, est retenue à l'autre bout du monde pour trois semaines.

Les enfants se sont, eux aussi, enhardis. Ils caracolent maintenant à travers tout le jardin, poussent des cris en se disputant un ballon. Ils saccagent parfois, par inadvertance sans doute, un parterre de fleurs. La religieuse n'ose pas davantage intervenir. Comment pourrait-elle priver les adolescents de leurs innocentes distractions ? Ce serait cruel et tout à fait contraire aux principes dont elle est pétrie. Alors, résignée, elle laisse le bruit et l'agitation envahir son espace privé.

Cette stratégie sournoise, à laquelle se livrent les membres de sa famille et qui consiste à usurper progressivement le territoire de la religieuse, ne s'accorde pas au tempérament violent et impulsif de Marcel Brucker. L'homme est fait d'un bloc. A la psychologie, il préfère l'action. C'est ainsi qu'il se présente un matin dans la cuisine sans prévenir, sa caisse à outils à la main.

— J'viens changer l'évier, annonce-t-il d'emblée en écartant la vieille femme.

Sœur Cécile contemple le forain, éberluée.

— Mais... mais je n'ai rien demandé.

— Allons, pas de ça entre nous, la sœur. Votre vieux truc tombe en ruine. J'ai trouvé un évier presque neuf à la casse. Échange standard !

Cette fois, c'en est trop. La religieuse s'interpose avec vigueur.

— N'y touchez pas. Je vous interdis. C'est mon père qui autrefois...

L'homme la repousse d'un coup d'épaule rageur. La bonne sœur perd l'équilibre, vacille et, pour ne pas chuter, se raccroche in extremis à la table de la cuisine. Sa cornette vole à travers la pièce. Brucker déballe ses outils et, tandis que Sœur Cécile reprend péniblement son souffle, il assène :

— Autant commencer les travaux dès aujourd'hui. J'préfère prendre de l'avance, si vous voyez c'que je veux dire ?

Une expression d'horreur et d'incrédulité se fige dans le regard embué de la vieille femme. A cet instant, elle est incapable de choisir entre ce qui, chez cet homme, l'effraye le plus : ses propos malveillants ou les tatouages démoniaques qui courent sur ses bras et qu'elle découvre pour la première fois.

Traquée par les uns, terrorisée par les autres, Sœur Cécile guette avec impatience la tombée du jour. Lorsque la nuit la délivre enfin de ses envahisseurs, lorsque la famille Brucker consent à abandonner provisoirement la villa pour regagner sa caravane, la religieuse se replie dans le silence de sa chambre et prie de longues heures au pied de son lit. Abîmée dans ses pensées, elle interroge le Créateur.

— Pourquoi ces gens sont-ils aussi méchants avec moi ? Est-ce une épreuve que Vous m'envoyez ? Si c'est le cas, alors donnez-moi la force de la supporter !

De courage et d'abnégation, Sœur Cécile en a bien besoin quand, après une semaine de harcèlement, Marcel Brucker fait à nouveau irruption dans la maison. A peine entré, il vocifère.

— On est à l'étroit nous autres dans la caravane, vous pourriez pas nous faire un peu de place ? La maison entière pour vous toute seule alors qu'une pauvre famille campe dans votre jardin ! Vous avez pas honte ?

La bonne sœur courbe l'échine. Les poumons comprimés dans leur cage, asphyxiée et humiliée, elle se contente de bredouiller des excuses. Alors, sans hésiter, le forain remue le couteau dans la plaie.

— C'est l'égoïsme qu'on vous a appris au couvent ? Allez, prêtez-nous une chambre du haut, soyez généreuse, Dieu vous le rendra !

La religieuse laisse retomber ses bras le long du corps et rentre la tête dans les épaules en signe de défaite. Un geste d'extrême lassitude qui laisse à Brucker le champ libre. Il bondit sur l'occasion. Sans donner à la propriétaire des lieux le temps de se ressaisir, la famille investit immédiatement l'une des deux chambres à coucher. Aussitôt, la maison se transforme en champ de bataille. Amélie prend possession de la cuisine. Elle en chasse progressivement la bonne sœur qui ne s'y aventure plus qu'en catimini pour se confectionner à la hâte un frugal repas. Les adolescents cavalent dans les escaliers, bousculent la chatte et font hurler la radio. Marcel poursuit sans la moindre pudeur ses travaux de rénovation comme si déjà la maison lui appartenait. Coups de marteau et vrombissement de perceuse secouent les murs du matin au soir. Abrutie par le bruit, étourdie par l'incessant va-et-vient, la religieuse erre, désorientée, d'une pièce à l'autre. Où qu'elle aille, on lui fait comprendre qu'elle est indésirable, qu'elle dérange. Alors, pour fuir la promiscuité de la famille, elle abandonne volontairement sa chambre et va se réfugier dans le salon, au rez-de-chaussée. C'est le dernier endroit à avoir encore échappé à l'invasion. Le couple, qui n'attendait que cela, s'approprie instantanément la pièce vacante, laissant l'autre chambre à la disposition des enfants. Recluse dans le salon avec pour seuls compagnons sa chatte et son livre de prières, Sœur Cécile implore de l'aide.

— Alexandra, quand vas-tu venir me délivrer de ces barbares ?

La question devient lancinante. Un matin, ses suppliques semblent s'exaucer : le téléphone sonne enfin. Une sonnerie un peu grelottante mais chargée d'espoir.

— Alexandra !

La religieuse s'élance pour répondre, tête baissée sous sa cornette. Elle n'a pas fait trois pas qu'elle se heurte à un mur de muscles. Marcel Brucker se dresse devant elle et bloque le passage. Surpris dans ses travaux, il tient à la main une pince coupante.

— Doucement, la sœur ! grogne-t-il entre ses dents.

Sœur Cécile tente de se faufiler.

— Laissez-moi passer ! Le téléphone sonne, je vais répondre !

Une quatrième... une cinquième sonnerie... Le forain, faisant barrage de son corps, ne bouge toujours pas. Son outil, devenu soudain menaçant, passe d'une main dans l'autre. La religieuse trépigne d'angoisse et d'impuissance.

— Je vous en prie, laissez-moi, ça va raccrocher !

Une sixième sonnerie. Une idée traverse brusquement le cerveau de Brucker. Il change d'avis, empoigne la religieuse sous un bras et la pousse sans pitié vers le téléphone. Puis, il l'immobilise d'un coup à un mètre de l'appareil.

— Écoutez-moi maintenant. J'vais prendre l'écouteur...

Une septième sonnerie. Des larmes de dépit jaillissent des yeux de la bonne sœur. L'homme se penche à son oreille.

— ... vous direz que tout va bien. Vous direz que vous n'avez besoin de rien. Mouchez-vous !

Une huitième sonnerie. Tandis que Sœur Cécile tire un mouchoir de sa manche, Brucker laisse lourdement tomber sa pince sur le guéridon où est posé le téléphone.

— Vous allez répondre calmement, sinon...

La bonne sœur décroche l'appareil en tremblant.

— Allô ! Allô !

— Tante Marie, c'est moi, Alexandra ! Où étais-tu passée ? J'allais raccrocher...

— J'étais...

Rivé à l'écouteur, Brucker balance son outil devant les yeux exorbités de la religieuse.

— ... j'étais au fond du jardin... mes confitures, tu sais bien !

Alexandra explique qu'elle est à Bruxelles pour la journée. Elle ne pourra pas lui rendre visite car, demain, elle s'envole à nouveau pour l'Inde et le Japon. La conversation s'achève par des souhaits et des recommandations. Sœur Cécile repose le combiné et s'effondre en larmes. Sans hésiter, Brucker s'empare à son tour du téléphone et, d'un coup de pince coléreux, sectionne le fil qui relie l'appareil au réseau.

— C'est en dérangement maintenant !

Il ricane.

— Ça veut dire qu'vous serez plus dérangée. Et moi non plus !

La religieuse regagne le salon, secouée de sanglots. Brucker l'interpelle.

— Attendez, puisque j'vous tiens, j'ai un papier à vous faire signer.

Le forain sort de sa poche une quittance toute froissée. C'est le reçu de la seconde mensualité de la rente viagère.

— Je ne vois pas le chèque qui va avec ? interroge Sœur Cécile timidement à travers ses larmes.

— Signez d'abord, j'ai besoin de ce papier. L'argent viendra plus tard. Y a pas urgence. Vous vivez de rien, moi, j'ai une famille à nourrir !

Comme une automate, la bonne sœur griffonne son nom.

Désormais, l'homme aux tatouages fait régner la terreur dans la maison. Pour supporter les vexations, pour tenter d'apprivoiser sa peur, la dominicaine se réfugie plus que jamais dans la méditation. Persuadée que son calvaire est une épreuve divine, qu'elle vit sur terre son purgatoire, elle se résigne avec courage. Pourtant, rien ne lui est épargné. Brucker subtilise ses plus beaux objets et les brade aux brocantes des environs pour quelques sous.

— Remerciez-moi, j'vous allège de vos vieilleries ! grimace-t-il quand la religieuse a l'audace de

292

s'étonner de la disparition d'une lampe ancienne ou d'un vase de valeur.

Quand le facteur se présente, le forain intercepte le courrier et explique au préposé, pour justifier sa présence dans la villa, qu'il est un cousin de passage. Qu'il est venu prendre soin de sa parente.

Et puis, comme si sa cruauté l'amusait et se transformait en jeu, il rationne les confitures de Sœur Cécile.

— N'aurez droit qu'à un pot par semaine. La gourmandise est un vilain défaut !

Au fil des jours, comme si plus rien ne pouvait l'arrêter, la malveillance de Brucker se transforme en sadisme. La chatte de la captive est maltraitée sous ses yeux. Puis, c'est la religieuse elle-même qui devient la cible de sa folie. Il la frappe au moindre prétexte avec tout ce qui lui tombe sous la main. Un jour, Sœur Cécile se retrouve la tête en sang. Ses cris alertent Amélie qui accourt aussitôt. Elle constate le désastre.

— Tu es devenu complètement fou, Marcel.
— Cette vieille peau a eu c'qu'elle méritait.
— Mais...

Amélie regarde son mari comme si elle découvrait un étranger.

— ... tu aurais pu la tuer !

Hagarde, effondrée sur une chaise, la religieuse se tient le front et tente de stopper l'hémorragie.

— Ça a l'air grave, constate la femme, partagée entre peur et pitié. Il faut l'emmener d'urgence à l'hôpital.

— Et tu diras quoi aux toubibs ? raille le forain.
— Je sais pas... qu'elle a eu un malaise... qu'elle est tombée et qu'elle s'est blessée.

A bout de forces, ayant perdu beaucoup de sang, la religieuse s'évanouit. Amélie est prise de panique.

— Reste là si tu veux. Moi, je ne la laisse pas dans cet état. Je file à l'hôpital.

La frayeur de sa femme gagne Brucker.

— D'accord, allons-y ensemble, concède-t-il enfin. Mais surtout, laisse-moi faire !

Soutenant la malheureuse, le couple se présente au service des urgences de l'hôpital le plus proche. Brucker explique laconiquement au médecin de garde que Sœur Cécile est une voisine qu'il a découverte chez elle, inanimée. L'interne examine la blessure et conclut, rassurant :

— Rien de grave, heureusement. Quelques points de suture devraient suffire à arranger ça. Je vais quand même, par sécurité, lui faire passer une radio. Sœur Cécile retrouve lentement ses esprits. Le médecin l'interroge.

— Que vous est-il arrivé, ma sœur ?

Brucker s'interpose. Il pose une main sur le bras de la religieuse comme pour la réconforter. En fait, il resserre son étreinte et reprend la question du médecin à son avantage.

— Vous avez eu un malaise, c'est bien ça ?

— Sans doute, sans doute... je ne me souviens plus, murmure la bonne sœur, comme hypnotisée par le regard dur de son tortionnaire.

En auscultant à son tour la blessée, une infirmière constate des meurtrissures sur tout le corps.

— Mais cette femme est couverte de bleus !

Comme elle n'a aucune raison de suspecter les forains, elle leur conseille d'avertir l'aide sociale pour que la sœur puisse bénéficier à l'avenir d'une garde-malade.

— Je m'en occupe, rassure Brucker qui ne recule devant rien.

— Elle est trop âgée pour rester seule chez elle ! conclut l'infirmière sans soupçonner l'ironie cruelle de son propos.

C'est Amélie Brucker qui décide, de retour à la maison, d'enfermer la religieuse dans la soupente du grenier. Davantage par souci de sécurité que pour lui infliger une punition supplémentaire. Redoutant en effet que cette farce odieuse ne finisse par mal tourner, elle préfère tenir Sœur Cécile hors de portée des brutalités de son mari.

— Le bon Dieu me punit, se répète quant à elle la prisonnière, mortifiée dans son cachot. Je n'aurais jamais dû mettre la maison en viager. Je n'aurais jamais dû déshériter Alexandra ! Je n'ai pensé qu'à moi dans cette affaire !

Deux semaines de détention s'écoulent dans des conditions inhumaines et puis, avec l'arrivée des beaux jours, les forains doivent prendre la route avec leur manège. Pas question bien sûr d'abandonner la religieuse dans la maison. Elle trouverait rapidement le moyen d'alerter les voisins qui préviendraient sa petite-nièce qui, elle-même, se précipiterait à la gendarmerie pour porter plainte. C'est beaucoup trop dangereux ! Brucker trouve la solution : cacher la religieuse dans le fond de la caravane et l'emmener avec eux de foire en foire.

Et c'est ainsi que Sœur Cécile se retrouve séquestrée dans une nouvelle prison. Ambulante et surpeuplée. Pour tout espace vital, Brucker lui assigne une chaise branlante dans la caravane.

— Vous ne bougerez pas d'ici sans mon autorisation, ordonne-t-il.

Percluse de douleurs et d'escarres, dénutrie, malade, la religieuse supporte son calvaire avec un stupéfiant courage. Où puise-t-elle la force d'endurer une telle épreuve ? Comment peut-elle survivre à cette barbarie ? Tant de dignité et de résignation bouleverse Amélie Brucker qui finit par se prendre de pitié pour sa captive.

— Regarde, Marcel, comme elle est calme. On dirait une sainte !

Le martyre de sainte Cécile se prolonge encore durant une interminable semaine avant qu'Alexandra, inquiète de constater que la ligne téléphonique de sa grand-tante est toujours occupée, décide, dès qu'elle en a la possibilité, de faire un saut jusqu'à la maison. Des traces de pneus dans le jardin la mettent en alerte. Puis, c'est le cœur battant qu'elle pénètre en trombe dans la villa avec son double de clés. Ce qu'elle découvre alors est proprement sidérant. Tout est sens dessus dessous comme après un cambriolage. Des objets les plus hétéroclites jonchent le sol. Jouets cassés, outils et détritus traînent dans toutes les pièces. Ti-Mousse, la chatte, miaule affamée dans un coin de la cuisine. Par contre, aucun signe de vie de tante Cécile. Elle a mystérieusement disparu. Alexandra grimpe au grenier. Le matelas gît abandonné dans la soupente. Alors, devant ce spectacle de désolation, un éclair de lucidité, un flash terrible et foudroyant, lui traverse l'esprit : les tatouages sataniques, qui décorent les bras du forain, dansent devant ses yeux comme un nid de serpents.

— Ah ! le salaud, j'aurais dû m'en douter !

Alexandra dégringole les escaliers et se précipite à la gendarmerie.

296

LA MAISON NOMADE

Sans davantage se préoccuper des rafales de vent qui leur cinglent le visage, Serge et Valérie poursuivent leur promenade acrobatique sur les amas de granite. Ils se sont déplacés tout exprès de Blois pour assister, dans ce coin perdu du Finistère, aux grandes marées. Main dans la main pour s'entraider, le couple escalade une falaise abrupte.

— Accroche-toi, tu y es presque, hurle Serge dans la bourrasque.

S'agrippant à une touffe de genêt, Valérie se porte à hauteur du garçon, dont elle a fait la connaissance quelques semaines plus tôt.

A cet instant précis, le jeune homme semble apercevoir, derrière l'escarpement, une tache rouge et pointue. La tache vibre dans le ciel plombé. Une sorte de clocheton. Tout d'abord il n'y prête pas attention. Mais la vision fugitive s'imprime dans son cerveau. Elle s'y installe. Après un temps d'arrêt, il poursuit sa progression. La tache apparaît et disparaît par intermittence derrière les rochers. Serge tire son amie avec brusquerie. Valérie s'étonne et s'offusque de cette soudaine rudesse.

— Qu'est-ce qui te prend ? Doucement, tu me fais mal !

Sans se soucier des protestations de sa compagne, trop impatient d'atteindre le sommet de la corniche pour revoir l'image du clocheton, Serge termine presque en courant son escalade. Parvenu sur la crête, son regard balaie l'horizon. Tandis qu'il observe attentivement ce qu'il cherchait, un trouble juvénile, intense, incontrôlable s'empare de lui. Son cœur s'affole. Une décharge d'angoisse électrise son cerveau. Comme hypnotisé, il regarde fixement en contrebas. Un regard presque dément. Valérie le rejoint et s'inquiète immédiatement de son étrange attitude.

— Qu'est-ce que tu regardes comme ça ?

Serge ne répond pas.

— C'est... c'est cette maison qui te fascine ? demande-t-elle en reprenant son souffle. Qu'est-ce que tu lui trouves ? Elle a l'air plutôt délabrée.

Serge n'entend pas. Dans ce paysage grandiose et désolé, la foudre vient de le frapper. La villa, datant probablement du début du siècle, est flanquée d'une tour d'angle, elle-même surmontée d'un clocheton recouvert de tuiles vernissées. Une maison massive de deux étages construite en brique et en granite. Valérie tire son ami par la manche de son caban.

— Tu comptes admirer cette maison toute la matinée ?

Serge émerge de sa contemplation.

— Excuse-moi.

Il est livide, bouleversé. Ce ne sont pas uniquement les coups de vent glacés venus de l'océan qui secouent ses membres.

— Mais enfin, que t'arrive-t-il ? s'alarme Valérie.

— Regarde cette maison, là devant nous. Comment te dire... c'est celle que j'ai toujours rêvé de posséder. Je l'ai enfin trouvée. C'est exactement celle que je veux.

Puis il ajoute avec une extraordinaire gravité :

— C'est celle que j'aurai quoi qu'il arrive !

En prononçant cette phrase, Serge Vibrac scelle avec lui-même, sans mesurer encore toute la portée de sa décision, un pacte insensé. Un pacte qui va peser sur toute son existence.

Serge et Valérie dévalent la dune et s'approchent de la villa. Elle est en effet en piètre état. La façade nord qui ouvre sur la mer est plâtrée de sel. Des volets battent sinistrement.

— C'est le palais de la Belle au Bois Dormant ! constate Valérie.

— Oui. Inoccupé... abandonné... donc disponible, remarque Serge à son tour.

Il pousse machinalement une porte qui cède sans résistance. L'intérieur de la villa, vidé de tous ses meubles, n'accueille plus que des courants d'air. Le couple fait quelques pas dans le hall. Valérie se dirige vers un escalier en pierre qui conduit à l'étage. Serge la retient.

— Non, n'y va pas. Ça pourrait être dangereux. Retournons plutôt à l'extérieur. Je veux encore voir la maison dans son ensemble.

Une fois dehors, une joie exubérante et violente s'empare du jeune homme. Il sautille sur place, fait des bonds, éclate de rire sans raison. Valérie est éberluée.

— Je ne t'ai jamais vu comme ça ! On dirait un gosse. Tu te sens bien au moins ?

— Je n'ai jamais été plus heureux qu'aujourd'hui ! Je t'assure que...

La voix de Serge s'étrangle brusquement dans sa gorge. Un couinement. Un râle de pur désespoir.

— Oh non, pas ça !

Planté devant un panneau métallique, dressé en bordure d'une allée qui relie la maison à la route départementale, Serge semble se décomposer. Intriguée, Valérie le rejoint et lit à son tour les mots peints sur la pancarte.

Villa du Ressac
Entreprise Yann Le Garvec & Fils :
Autorisation de démolition n° 257888

Des noms d'autres entreprises, des adresses, des numéros de téléphone, des références de permis de construire complètent les informations.

Instinctivement la jeune femme glisse un bras autour des épaules de son compagnon. Son désir fou et fulgurant de posséder un jour cette étrange maison est balayé d'un seul coup. La villa, la ruine branlante que Serge contemple maintenant avec stupéfaction, est vouée à la destruction. Irrémédiablement. C'est ce que stipule sans la moindre ambiguïté le panneau. Il est dit que sur l'emplacement de la villa s'élèvera dans quelques mois un aquarium municipal. Le rêve magnifique de Serge n'aura vécu que quelques minutes.

— Je suis vraiment désolée pour toi, murmure Valérie qui mesure toute la déception du garçon.

Le visage de Serge se durcit. Ses traits se figent. Sa tristesse se transforme en énergie, en détermination. Se change en force vive.

302

— Qu'importe, je n'en resterai pas là !
— Que veux-tu dire ?
— Que je n'abandonne pas !
— Mais tu es fou ! La maison va être détruite d'ici peu. C'est écrit noir sur blanc. Oublions-la et cherchons-en une autre !
— Non. C'est celle-là que je veux et pas une autre. J'ai un plan. Oui, je suis sans doute fou, je te l'accorde. Complètement fou.

Deux heures plus tard, après avoir passé quelques coups de téléphone, le couple rencontre le responsable de l'entreprise de démolition.
— Monsieur Vibrac, soyez raisonnable à la fin !
A bout d'arguments, Yann Le Garrec fait la moue et se carre dans son fauteuil.
Assis en face de lui, Serge poursuit son argumentation.
— Je ne serai pas le premier à démonter une maison pierre par pierre pour aller la reconstruire ailleurs. Les riches Américains font ça depuis longtemps. Certains transportent même de l'autre côté de l'Atlantique des châteaux écossais !
— D'après ce que j'ai cru comprendre, vous n'êtes ni riche ni américain, monsieur Vibrac.
— Vous avez raison mais je suis ingénieur, diplômé de l'École centrale.
— Je ne vois pas le rapport, gémit l'entrepreneur qui perd patience.
— Je saurai comment m'y prendre. Je me sens capable de mettre au point une méthode rapide et efficace. Je suis sûr d'y arriver. Je ne vous demande que deux choses : vendez-moi cette maison et laissez-moi la démonter.

Sans prévenir, Le Garrec déploie sa carrure de catcheur au-dessus du bureau et abat son énorme poing sur la table. Valérie sursaute et se ratatine sur sa chaise. Serge, lui, n'a pas bougé.

— Ça suffit Vibrac, je n'écouterai pas davantage vos divagations. Mon temps est précieux. J'ai du travail par-dessus la tête.

— Écoutez-moi, reprend Serge calmement. Établissons un contrat. Je m'engage à démonter la Villa du Ressac pierre par pierre et à évacuer tous les matériaux dans les meilleurs délais. Si je prends du retard, je vous verserai une astreinte. A vous d'en fixer le montant.

— Vous êtes plus têtu qu'une mule mais j'aime les hommes comme vous, concède Le Garrec avec une pointe d'admiration. Alors, voilà mes conditions. A prendre ou à laisser : 100 000 francs pour la ruine. Quatre mois pour m'en débarrasser et 1000 francs d'astreinte par jour en cas de retard.

A cet instant, Valérie est une funambule qui danse sur une corde au-dessus d'un vide sans fond. Quant à Serge, une vague de chaleur bienfaisante lui picote le creux du dos. Il n'hésite pas.

— C'est entendu. Je signe.

— Ce n'est pas tout, grogne Le Garrec, qui affecte maintenant la mauvaise humeur. J'ai un engagement vis-à-vis de la municipalité. Un calendrier à respecter. Passé un mois de retard, j'envoie mes bulldozers. Je rase tout. Alors, vous signez toujours ?

— Je signe toujours.

— Téléphonez-moi après-demain. Je vous dirai si j'ai obtenu l'accord de la mairie.

La réponse est positive. En acceptant ce contrat

304

peu banal, Serge Vibrac n'a aucune idée du temps, de l'énergie ni de l'argent qu'il va devoir consacrer pour mener à bien cette aventure. Sait-il au moins si la réalisation de ce projet fou est techniquement et humainement possible ? Se doute-t-il enfin qu'au-delà du désir absolu de posséder cette maison et aucune autre, c'est sa vie tout entière qu'il hypothèque à cet instant ?

Alors, pourquoi Serge Vibrac décide-t-il sans réfléchir de se lancer dans cette entreprise ? Pourquoi fonce-t-il tête baissée dans ce qui ressemble plus à un piège qu'à une affaire immobilière ? C'est dans les replis les plus mystérieux de sa conscience que la réponse se trouve enfouie. Dans ses chagrins d'enfant, dans ses blessures secrètes, dans ses souvenirs les plus lointains. Dans des événements très anciens qui se sont gravés comme malgré lui dans sa mémoire.

Tout commence en 1950. Désiré et choyé, premier enfant d'un couple de la haute bourgeoisie, Serge est un bébé calme et heureux. Un soir d'hiver, ses parents se rendent à une soirée mondaine. Ils confient l'enfant, âgé de cinq mois, à la vigilance d'une gouvernante. La fête à laquelle ils assistent, somptueuse et arrosée, bat son plein jusqu'à l'aube. Au matin, Jeanne, la mère de Serge, une ravissante jeune femme à peine sortie de l'adolescence, prend le volant de son cabriolet. Charles, son mari, n'insiste pas. Il déteste conduire. Le couple regagne son domicile sous une pluie battante. Que se passe-t-il ensuite ? Jeanne commet-elle une imprudence ? Est-elle une conductrice insuffisamment expérimentée pour piloter une voiture rapide ? La route est-elle glissante ? A moins qu'elle n'ait, au cours de la soirée, apprécié un cocktail de trop ?

A la sortie d'un virage la voiture fait une embardée, quitte la route et percute un arbre de plein fouet. Charles est tué sur le coup. Jeanne est indemne. Seul son corps est indemne devrait-on dire plutôt. Car le choc consécutif à l'accident provoque chez la jeune femme une blessure psychique, un traumatisme dont elle ne guérit pas. Chaque jour, le visage de l'homme qu'elle aimait avec passion ne cesse de la hanter. La culpabilité qui la torture sans répit se réactive chaque fois qu'elle se penche sur le berceau de son fils. Elle revoit dans chacun des traits du nourrisson ceux de l'homme qu'elle s'accuse d'avoir tué. En alimentant ses remords comme un reproche vivant, la présence du petit Serge lui devient vite insupportable. Alors, imperceptiblement, Jeanne s'en éloigne. Elle le chasse de sa vie, l'abandonnant d'abord à une nourrice, l'envoyant ensuite à la campagne dans une pension huppée. Plus tard et tout au long d'une enfance qui n'en finit pas, Serge est ballotté d'institutions religieuses en collèges privés. Son adolescence est un chaos de solitude et de chagrin. Il ne revoit sa mère que de loin en loin. Les rendez-vous ont lieu généralement dans les bars feutrés d'hôtels de luxe. Jeanne est devenue pour le jeune garçon une étrangère, belle et distante. Une femme meurtrie qui collectionne les hommes et les manteaux de fourrure.

Après chaque entrevue avec sa mère, Serge reprend le chemin de la pension pour une nouvelle année d'enfermement, triste à pleurer. A vouloir trop le protéger, sa mère le prive de liberté, le coupe de tout contact extérieur. Le caractère de Serge s'assombrit dangereusement. Seuls ses brillants résultats scolaires lui épargnent dépression et mélancolie, le sauve du suicide.

Et puis un été, tout bascule. Pour la première fois, sa mère l'autorise à quitter le collège pendant un mois, à briser ses chaînes. A l'âge de douze ans, il découvre la vie, les joies simples et authentiques. Un immense bonheur inonde son cœur d'enfant.

— J'ai passé l'été avec mes grands-parents paternels. Ils m'avaient invité dans leur grande villa du Cotentin, raconte Serge à son amie. Une maison qui donnait sur la mer et que je trouvais magnifique. Cette maison est immédiatement devenue pour moi le symbole de la liberté.

Serge poursuit sur le mode de la confidence.

— Ma grand-mère était une pâtissière et une jardinière hors pair. Des gâteaux succulents, des bouquets superbes apparaissaient sous ses doigts comme par magie. Chacun de ses gestes engendrait des merveilles. Elle était la bonté même. Quant à mon grand-père, il partageait avec moi tous ses secrets. Accrochés côte à côte à la barre de son dériveur, nous affrontions les tempêtes. Armé d'un antique microscope et d'une lunette astronomique, mon grand-père m'a fait découvrir le vaste monde qui m'entourait. J'ai appris grâce à lui que les yeux d'une mouche, formidablement grossis, sont aussi beaux et mystérieux que les étoiles dans le ciel. J'ai passé un mois exaltant. Ce séjour magnifique m'a donné la force de vivre jusqu'à la fin de mes études.

Valérie boit les paroles de son compagnon. Soudain, une vision lumineuse traverse son cerveau.

— Et... cette maison du Cotentin, celle dans laquelle tu as passé ce mois de bonheur... ? hasarde-t-elle.

— Devine !
— La réplique de celle que tu viens d'acheter !
— Tu as tout compris. Sa sœur jumelle. Mêmes proportions, mêmes matériaux. Même atmosphère surtout. La tour d'angle et le clocheton à l'identique. En découvrant cette maison ici, en Bretagne, j'ai cru avoir affaire à une hallucination tant elle ressemble à celle de mes souvenirs.
— Tu as revécu en un éclair l'été de tes douze ans. Les seuls jours heureux de ton enfance.
— Oui, car après cet été magique, ma mère a refusé que je revoie mes grands-parents. Elle craignait sans doute que je m'attache trop à eux. À moins qu'une sombre histoire de famille, une dispute... J'ai regagné définitivement mes prisons dorées, mes collèges de luxe.
Une ombre de tristesse passe sur le visage de la jeune femme. Elle est contrariée, tendue. Elle hésite puis demande.
— Es-tu bien certain de désirer suffisamment cette maison pour mener à bien ton projet ? À moins que tu ne désires avant tout régler tes comptes avec ton passé ?
Serge sourit mais une légère rougeur colore son front.
— Ce que je sais, c'est que j'irai jusqu'au bout de mon rêve.
— Je t'aiderai. Je t'aiderai de toutes mes forces. Mais n'oublie jamais que tu joues gros, murmure Valérie. Dans tous les sens du terme.

Le compte à rebours se déclenche le 1ᵉʳ mars 1975. Serge et Valérie disposent de quatre mois pour démonter entièrement la maison et faire place nette.

308

La tâche est pharaonique. Serge, ingénieur de formation, mobilise toutes ses connaissances pour organiser les travaux avec méthode. Il s'est tout d'abord longuement documenté sur les techniques existantes. Il les a étudiées puis simplifiées et améliorées pour les rendre compatibles avec ses maigres ressources. Naturellement, tous ses amis et ceux de Valérie sont cordialement invités à participer bénévolement à l'entreprise. Des toiles de tente sont dressées à proximité de la villa pour héberger les volontaires. Durant les week-ends, le chantier se transforme en ruche bourdonnante où chacun s'active dans la bonne humeur. Conquise par l'enthousiasme de la petite troupe et l'audace de son projet, la population du village, d'abord incrédule et narquoise, apporte son appui. Les pompiers prêtent parfois leur grande échelle pour accéder à la toiture. Des retraités numérotent les pierres des façades selon un plan préétabli. Le samedi, les enfants du collège voisin transportent les matériaux légers. Certains jours fériés, Yann Le Garrec met aussi à la disposition des jeunes démolisseurs quelques engins de son entreprise. Avec une grue et un tracteur le rendement s'accélère comme par magie. Alors, le moral de la bande remonte en flèche. Pourtant, au bout d'un mois, les travaux piétinent toujours.

— D'accord, la toiture et la charpente sont par terre, maugrée Valérie. Mais il reste tant à faire. Nous n'y arriverons pas ! Nous ne serons jamais prêts dans les délais !

Serge s'est transformé en général. Une formidable tension l'anime. Comme sur un champ de bataille, il supervise les opérations, résolvant au fur et à mesure mille difficultés imprévues. Il conseille les uns, encourage les autres, blâme ses camarades expéditifs qui démolissent plus qu'ils ne démontent.

— Nous viendrons à bout de la Villa du Ressac mais elle se défend bien ! plaisante-t-il pour dissimuler aux autres l'inquiétude qui le ronge.

A la fin du mois d'avril, la villa ressemble à une ruine vaguement médiévale. L'ardeur au travail redouble. Des échafaudages montent à l'assaut des façades. Une noria de brouettes achemine briques et pierres, dûment répertoriées, dans un coin de la propriété. Elles sont ensuite entassées sur des camions et transportées dans un entrepôt.

Durant toute cette période, la vie de Serge et de Valérie est entièrement monopolisée par la déconstruction de la maison. Le respect des délais les obsède. Un dimanche soir, alors qu'ils sont seuls sur le chantier, Valérie trouve le moment favorable pour parler librement à son compagnon. Il est temps estime-t-elle, après six mois de vie commune, de se confier, de lui révéler son propre et terrible secret.

— C'est vraiment pas facile mais on avance ! lance-t-elle, faussement joyeuse, pour amorcer la conversation.

— Grâce à toi et aux copains ! répond Serge mécaniquement.

— T'inquiète pas, on aura fini en juin ! poursuit la jeune femme sur le même ton détaché.

— Oui, sauf imprévu.

— Le Garrec retrouvera son terrain bien propre et nous... deux ou trois tonnes de poutres, de pierres et de matériaux rangées au chaud dans un hangar !

Serge, intrigué, se retourne vers Valérie.

— Dis-moi, où veux-tu en venir ?

Valérie reprend le cours de son raisonnement comme si de rien n'était.

— Tu n'as toujours pas la moindre idée de l'endroit où nous allons reconstruire la villa ?

— Non. Rien pour l'instant. On a le temps de chercher. En fait, le lieu m'importe peu. Du moment que c'est au bord de la mer, dans un décor qui ressemble à celui de mes souvenirs.

— Justement, j'ai peut-être une idée...

— Explique-toi.

— C'est une longue histoire.

Valérie dévoile alors pour la première fois à l'homme qui partage maintenant sa vie le secret qui la hante depuis des années.

— Pendant toute mon enfance, j'ai été le souffre-douleur de mes quatre frères aînés.

Serge dévisage son amie.

— Tu ne m'en as jamais parlé.

— J'attendais le moment propice. Je crois qu'il est venu. Maintenant, écoute-moi bien. Après une brillante carrière de médecin militaire, qui l'a fait bourlinguer dans le monde entier, mon père avait contracté en Afrique une maladie tropicale, chronique et contagieuse. Cette maladie a mis prématurément fin à ses activités. Il était cloué au lit à longueur de journée. Il mangeait à part. Ma mère lavait son linge séparément. Je n'étais autorisée à le voir qu'à de rares occasions. Bref, il vivait en reclus dans sa propre maison comme un pestiféré. J'avais une dizaine d'années et mes frères profitaient de la situation pour me mener la vie dure.

— Continue, souffle Serge, bouleversé.

— Mon père n'ignorait rien de ce qui se passait sous son toit. Il savait que mes frères me martyrisaient au moindre prétexte. Comme j'étais sa préférée, il en souffrait amèrement. J'étais malheureuse et sa maladie l'empêchait d'intervenir.

Valérie écrase une larme qui roule sur sa joue.

— Durant l'été qui a précédé son décès, mon père a bénéficié d'un court répit. Sa santé s'est brusquement améliorée. J'étais folle de joie. Je le croyais guéri. Il a pu quitter son lit quelques jours. Nous sommes alors partis tous les deux vers une destination mystérieuse que je ne devais pas révéler à mes frères.

Serge regarde son amie, de plus en plus éberlué.

— Où êtes-vous allés ?

— Pas très loin. Au bord de la mer, dans un village de Charente.

— Que s'est-il passé ensuite ? questionne Serge impatient d'en savoir plus.

Valérie éclate de rire à travers ses larmes.

— D'abord, pour éviter de me contaminer, mon père a exigé que je porte un masque de chirurgien ! Tu imagines une gamine masquée de treize ans et un homme à barbe blanche, maigre comme un clou, arpentant les plages. Quel couple !

— Et ensuite ?

— Mon père m'a montré une vaste étendue de dunes. Un espace vide battu par les flots. Je le revois encore agiter sa canne en tremblant au-dessus du sable. Alors, il m'a dit : « Ma petite fille, tout ceci est à toi. Cette terre m'appartient et je te la donne. Tes frères n'y ont pas droit. »

Valérie continue.

— Au début j'ai cru qu'il plaisantait. Puis, j'ai

pensé qu'au contraire il délirait. J'étais paniquée. Je m'attendais à le voir tomber, en proie à une nouvelle crise. Mais il était très calme, très lucide. Il a tiré un papier de sa poche. C'était son testament. Il me l'a fait lire. Mon père me léguait le terrain qui s'étendait devant nous jusqu'à la mer. Après m'avoir lu ses dernières volontés, il m'a dit avec beaucoup de solennité : « Je ne te demande qu'une chose, ma petite chérie : fais de ce terrain quelque chose de grand. Fais ce que tu voudras. Mais que ce soit *grand*. » Je me souviens de ce mot *grand* qu'il a répété à plusieurs reprises comme pour bien me l'enfoncer dans la tête, dit Valérie avant d'achever son récit. Ensuite, nous sommes rentrés à Blois. Un mois plus tard, je pleurais sur sa tombe et mes frères redoublaient de méchanceté à mon égard.

Serge regarde son amie. Un long silence passe puis il bredouille.

— Et... et c'est sur ce terrain que tu voudrais...

— ... que nous reconstruisions la Villa du Ressac. Oui. C'est une tâche immense, démesurée. Mon père aurait approuvé un tel projet. Parce qu'il est *grand*.

Après avoir ainsi échangé tour à tour leur plus intime secret, Serge et Valérie décident de se marier. Incontestablement, les deux jeunes gens se plaisent. Mais, au-delà du mariage, ils sont maintenant associés à un projet commun. Certes, leurs motivations sont différentes mais leurs rêves s'accordent à la perfection, se complètent, s'équilibrent comme des béquilles. Ils sont soudés, indissociables, totalement dépendants. Si l'un faisait défection, il entraînerait l'autre dans sa perte. Ils sont condamnés à réussir ou à échouer ensemble. Mieux qu'un acte de mariage, ils ont signé un pacte. Ils ont sacrifié leur âme à la nostalgie de l'enfance. Dès lors, l'avenir du couple est tendu vers un but unique : reconstruire la maison de Serge sur le terrain de Valérie.

Comme dopés par leur union, ils déploient une telle énergie qu'ils parviennent, au prix de mille sacrifices, à respecter leur contrat. Quatre mois après le début des travaux, la Villa du Ressac est entièrement et correctement démontée. Pour autant le plus dur reste à faire : la reconstruire à l'identique à trois cents kilomètres de son lieu d'origine. L'édifier pierre par pierre, la rebâtir telle qu'elle était en Bretagne. Restituer la copie la plus conforme possible de la maison des grands-parents, de la maison des jours heureux.

Serge et Valérie ont investi toutes leurs économies dans les travaux de démolition. L'argent leur manque. Contraint et forcé, Serge accepte un emploi d'ingénieur dans une entreprise. Valérie, infirmière à l'hôpital, ne ménage pas ses efforts. Elle s'épuise en heures supplémentaires. Pour limiter leurs dépenses au maximum, ils louent une chambre minuscule et se privent de tout. Cette vie austère, pénible et sans relief, n'affecte pas leur enthousiasme. Pas encore. Après un an d'allers-retours incessants entre leur domicile et le terrain de Charente, ils achèvent les fondations de la nouvelle maison. Leur motivation semble intacte.

— Tu verras, au printemps prochain, nous commencerons à élever les premiers murs, prédit Serge avec optimisme.

Mais le printemps passe et le chantier n'avance guère. La méthode de construction imaginée par Serge s'avère beaucoup plus compliquée que prévue.

Les difficultés techniques s'accumulent à tel point que le couple doit bientôt faire appel à un architecte spécialisé. Après un examen approfondi de la situation, ce dernier est catégorique.

— Abandonnez cette folie ! Vous allez vous ruiner et y laisser votre santé.

Serge s'entête.

— C'est hors de question !

— Je ne vois pourtant qu'une seule solution pour régler le problème : repartir de zéro, insiste l'architecte. Construire une maison neuve avec des matériaux modernes.

Serge se rebiffe et ironise.

— Imaginons un instant que j'accepte, elle ressemblera à quoi votre maison neuve ? A toutes celles du littoral, bâties sur le même modèle ?

— Absolument pas, proteste l'architecte. Elle ressemblera à celle que vous avez achetée en Bretagne, je vous le garantis. J'en ferai une réplique parfaite. Une fois finie, vous verrez peu de différence avec l'originale.

Serge est inflexible.

— Impossible. Cette maison doit avoir une âme. Elle doit être chargée de passé comme l'était celle de mon grand-père.

— Cette maison vous perdra, monsieur Vibrac, prévient l'architecte. A moins que votre épouse ne vous ouvre les yeux pendant qu'il est encore temps ?

Contre toute attente, Valérie prend sans hésiter fait et cause pour son mari.

— Je suis d'accord avec Serge. Restons-en là !

La jeune femme n'a pas oublié la promesse faite autrefois à son père : ériger sur le terrain qu'il lui a légué quelque chose de *grand*. Quelque chose qui nécessite de sa part un engagement exceptionnel. Or, quel exploit y aurait-il à confier à un tiers la construction d'une maison ? Aucun. Si elle acceptait la proposition de l'architecte, la seule pourtant raisonnable, elle aurait l'impression de trahir son engagement.

Une fois l'architecte congédié, Serge et Valérie reprennent seuls leurs travaux de titans. Le cœur n'y est plus mais chacun cache à l'autre son découragement. Et les années passent, monotones et harassantes. Chaque jour de liberté est consacré à la maison. Les week-ends et les vacances n'y suffisent pas. Dès qu'ils en ont la possibilité, l'un et l'autre prennent des congés sans solde pour accélérer la construction. Leurs amis les plus fidèles n'apparaissent plus sur le chantier que par intermittence. Les voisins se moquent de leur acharnement qui confine à l'idée fixe. Ils n'ont pas tort. Car c'est bien d'une idée fixe qu'il s'agit. D'une obsession qui donne à Serge et à Valérie l'énergie et la volonté d'aller jusqu'au bout de leur rêve. Au terme de dix ans d'efforts, les murs de la villa sont en place. C'est alors qu'insidieusement les premiers signes de mésentente se manifestent au sein du couple. Des disputes bénignes éclatent pour un rien et dégénèrent rapidement en violentes querelles, chacun reprochant à l'autre de l'avoir entraîné dans une aventure sans fin, dans un cercle vicieux.

— Si je ne t'avais pas rencontré, je n'en serais pas là ! hurle Valérie exaspérée. Ta stupide maison a transformé ma vie en enfer ! A cause d'elle, je n'ai pas eu d'enfant, je n'ai pas vécu ! Tu as gâché mes meilleures années !

— Rien ne t'oblige à continuer ! C'est toi et ton

316

sale terrain les responsables de tout. Ce terrain sur lequel il *faut* construire une *grande* chose, réplique Serge avec une logique ou une mauvaise foi qui n'ont d'égales que celles de sa compagne.

— Arrête. Rends-moi mon terrain, reprends tes vieilles pierres et transporte-les au diable si tu n'es pas content !

Puis, invariablement, à bout de forces, de nerfs et d'arguments, Valérie s'effondre en sanglots. Et, invariablement, Serge se précipite vers elle pour la consoler.

— Je n'en pense pas un mot, tu le sais bien, pleurniche-t-il, malheureux.

— Moi non plus, excuse-moi ! Je suis au bout du rouleau.

Chaque dispute creuse une brèche, approfondit une blessure. Il devient évident que le couple ne reste uni que pour tenir jusqu'au bout sa promesse mutuelle. Fût-ce au prix de sa destruction.

Dix nouvelles années de cauchemar sont nécessaires à Serge et à Valérie pour achever la toiture de la Villa du Ressac et terminer les aménagements intérieurs. Dix années d'efforts, de joie et de découragement. Cent fois ils sont sur le point de tout abandonner, d'envoyer paître marteaux et truelles. Mais cent fois ils parviennent à surmonter leur lassitude. Lorsque l'un est submergé de doute et d'amertume, l'autre trouve le mot de réconfort, le geste juste pour lui transmettre la force de continuer. Une solidarité, qui ressemble plus à de l'entraide qu'à de l'amour, lie les deux forçats condamnés à leurs travaux forcés. Les querelles ne cessent pas pour autant. Explosives et chargées de rancune. Ils s'y habituent comme ils se sont peu à peu résignés à voir se ternir leur jeunesse.

Enfin, au printemps de 1995, après vingt ans de restauration, la maison est terminée. Au début, ils refusent d'y croire. Ils tournent en rond dans les pièces fraîchement peintes. Ils cirent une nouvelle fois un coin de parquet, rafistolent sans raison, lavent l'entrée à grande eau alors qu'ils s'en sont chargés la veille. Un matin, Serge prend sa femme dans ses bras et lui glisse à l'oreille.

— Stop, on arrête. C'est fini !

Valérie se dégage.

— Ne dis pas ça, il doit bien rester quelque chose à faire !

— Assieds-toi maintenant. C'est fini ! Répète Serge d'une voix lasse. Lui aussi a brusquement la tête qui lui tourne.

Le couple erre dans la maison, hébété comme un duo d'ivrognes. Il inspecte en silence chaque pan de mur, chaque recoin. Chaque mètre carré de la villa lui rappelle une phase de la construction comme si un film se déroulait devant leurs yeux en accéléré.

— Printemps 1992, dit Valérie en désignant une cheminée.

— Et là, les montants de fenêtre : un an plus tôt. Au mois de février. J'avais les doigts gercés.

— Nous l'avons fait ! Nous y sommes arrivés ! conclut Serge, les larmes aux yeux en montrant tout l'espace qui les entoure.

Un mois plus tard, parents et amis sont conviés à pendre la crémaillère. Exceptionnellement, la mère de Serge s'est déplacée pour la circonstance. Perdue dans ses pensées, Jeanne reste à l'écart des invités. De sa beauté d'autrefois, il ne lui reste plus qu'un

318

visage dévasté et des membres tremblants. C'est aujourd'hui une femme usée, atteinte de la maladie de Parkinson.

Loin d'elle, entourant le couple, les amis s'extasient.

— Puisque vous avez réussi, on peut maintenant vous le dire : nous n'avons jamais cru que vous iriez jusqu'au bout !

— On se disait : quand vont-ils craquer ? ajoute un autre en riant.

— Ce que vous avez fait, « une bête ne l'aurait pas fait » ! renchérit un troisième.

Serge et Valérie reçoivent compliments et louanges comme s'ils s'adressaient à d'autres. Ils circulent comme des fantômes au milieu des groupes, évoquant, ici et là, des souvenirs vieux de vingt ans. Ils s'efforcent de paraître heureux. D'être à la hauteur du bonheur qu'on leur prête. Mais le cœur n'y est plus. En eux, un ressort s'est brisé.

Durant toute la nuit, la fête bat son plein. C'est l'été. On danse sur la plage. On se baigne dans le clair de lune. On célèbre l'exploit. Au petit matin, les attardés prennent congé. La maison se vide. Des portières claquent.

— Profitez bien de la maison surtout !
— Longue vie à la Villa du Ressac !

Serge agite une main distraite en direction des dernières voitures qui s'éloignent.

C'est alors qu'il s'aperçoit qu'il est seul. Qu'il n'a pas croisé Valérie depuis des heures. Qu'elle a disparu. Une panique sourde le paralyse. Son crâne se gonfle d'idées terrifiantes. Aurait-elle profité du brouhaha de la fête pour s'enfuir avec un invité ? Par réflexe, il se retourne vers la maison. Valérie se tient sur le seuil. Seule, une valise à la main. Serge marche vers elle.

— Qu'est-ce que tu fais avec cette valise ?

— Tu vois bien, je pars ! répond Valérie, calmement.

— Tu pars ? Comment ça tu pars ? Mais où ? Pourquoi ? répète Serge comme une mécanique qui se brise.

— Peu importe. Je pars. Je te quitte. Je ne reviendrai pas. Je ne vivrai jamais dans cette maison. Je te la laisse, fais-en bon usage. J'ai trop souffert pour m'y installer.

— Mais nous avons tout fait ensemble et nous avons réussi ! hurle Serge en secouant sa femme par les épaules. Réveille-toi, la vie commence ! Tu ne vas quand même pas choisir ce moment pour me quitter ?

— Si, justement. Tout est en ordre. Tu as rempli ton contrat. J'ai rempli le mien. Bonne chance maintenant.

Valérie s'éloigne, grimpe dans sa voiture et démarre. Son mari ne la retient pas.

Serge Vibrac ne reverra plus sa femme que pour divorcer un an plus tard. Aujourd'hui, il vit seul dans la Villa du Ressac avec sa mère malade. Dans cette villa qui devait ressusciter pour toujours le seul mois de bonheur de son enfance perdue.

CHÂTEAUX DE CARTES

Comme mystérieusement posée aux portes du désert australien, la masse, noire et sinistre, de l'Ayers Rock, le plus grand monolithe du monde, se découpe sur l'horizon. Le soleil se lève. Une pluie de paillettes douche le sommet érodé du rocher. Tout est calme. Soudain, un bourdonnement sourd vibre dans l'air sec, palpite dans l'immensité minérale. Au loin, vers le sud, un tourbillon de poussière court sur le sol comme une mini-tornade. Le vrombissement s'amplifie et brasse la terre rouge. Un petit hélicoptère Bell 206 B survole à basse altitude le territoire aborigène d'Uluru. L'engin frôle gracieusement les flancs du monolithe, grimpe en flèche et vire en piquant du nez. Le soleil frappe maintenant le rocher à contre-jour et peint dans le ciel une auréole hallucinante. Insecte capté par la lumière, l'hélicoptère décrit de grands cercles paresseux.

Tout à coup, surgissant de nulle part, une seconde machine apparaît. Un Eurocopter EC 155, un appareil puissant, agressif, capable de voler à plus de 300 km/h. L'Eurocopter s'approche du rocher puis, inexplicablement, effectue une manœuvre, brusque et dangereuse. Dans un miroitement d'acier, il fond sur le Bell comme un busard sur un étourneau. Dans un affolement de pales, un râle de turbine, le Bell se cabre. Son moteur, asphyxié, toussote. L'engin en perdition chute en vrille. En bout de course, le pilote parvient à remettre les gaz. Plus loin, parfaitement stable, l'Eurocopter pivote sur place, paré pour une nouvelle attaque.

Dans la cabine, sanglé sur son siège à côté du pilote, Richard Harrison s'étrangle de rire et beugle dans le micro fixé à son casque :

— Mort de trouille, mort de trouille, le vieux Peter ! Vas-y, Tom, enfonce le clou !

— Accrochez-vous, patron ! hurle le pilote.

Le Bell fuit au ras du sol, dans la direction des monts Olga. Trop tard ! L'ombre menaçante de l'Eurocopter se profile déjà. Un voile noir comme la mort.

— Bonté divine ! rugit le pilote du Bell, affolé. Ma parole, M. Harrison cherche à nous descendre ! Je prends plein nord.

Les tôles de l'hélicoptère frissonnent, l'horizon fuse, le sol jaillit. L'appareil plonge dans le lit d'une rivière à sec. A bord, des objets posés sur les sièges arrière valdinguent dans tous les sens.

— Il est encore sur nous, monsieur, bafouille le jeune pilote, tendu sur le manche.

— Calmez-vous, reprenez vers les monts Olga et allez vous poser.

— Nous n'y arriverons pas vivants.

— Faites ce que je vous dis, ordonne d'une voix calme Peter Kappa.

— Vous plaisantez ?

— Richard intimide, il ne combat pas. Nous ne risquons rien.

322

Le petit hélicoptère gagne de l'altitude, décrit un quart de cercle et reprend son cap. Comme l'a pressenti Peter Kappa, l'Eurocopter se porte à la hauteur du Bell, règle sa vitesse sur la sienne et vole paisiblement de conserve.

Une dizaine de minutes plus tard, soulevant une pluie de gravillons, les deux appareils se posent entre deux amas d'éboulis, sur un terrain plat et caillouteux. Les rotors brament une dernière fois puis le grondement s'évanouit dans un duo de stridences et de sifflements. Les portes s'ouvrent à l'unisson. Les deux passagers s'extraient de leurs sièges, mettent pied à terre et avancent l'un vers l'autre, le dos voûté.

Richard Harrison est une montagne de chair. Un mètre quatre-vingt-treize, cent quarante-cinq kilos. Sa tête, une boule de bowling enfoncée dans des épaules de catcheur. Il approche en se dandinant comme un grizzli furieux.

— J'espère qu't'as aimé, trouduc ? Souvenir du bon vieux temps... Vietnam 1967... les héros d'Alice Springs, tu te souviens ?

Un bandeau noir barre son visage, rond, chauve et luisant. Son œil unique brille comme un éclat de mica. Un charbon ardent surchauffé de haine.

— Salut, Richard, répond sobrement Peter Kappa, en serrant fermement la main velue que lui tend Harrison.

Le corps de Peter Kappa, trop maigre, flotte dans un costume de coton blanc froissé. Son visage ascétique est percé d'yeux verts, pailletés de jaune. Des yeux de chien sauvage. Si la violence de leur silence ne glaçait le sang, le spectacle qu'offrent ces deux hommes singuliers porterait à rire. Réincarnations de

Laurel et Hardy, ils sont aussi dissemblables que peuvent l'être deux quinquagénaires australiens.

— On va se regarder longtemps comme deux couillons ? finit par grogner Harrison. Avançons dans la gorge, les Aborigènes ont préparé le terrain. L'un derrière l'autre, Harrison en tête, ils s'engagent dans un sentier qui serpente à travers un chaos de grès rouge. Au bout de quelques minutes, Harrison souffle comme une locomotive. Congestionné, ruisselant de sueur, il titube puis s'écroule sur une pierre. Tandis que le géant calme l'affolement qui martèle son cœur, Kappa le dépasse avec souplesse. Il poursuit son chemin sans se retourner.

— Je t'attends au sommet de la butte, Richard. Si, bien sûr, ton cœur tient le coup !

Quelques minutes plus tard, Peter Kappa stoppe sa marche et observe, pensif, la silhouette d'ogre qui se traîne sur la piste en contrebas.

A dix ans, nous adorons nous lancer des boomerangs dans la cour de l'école d'Alice Springs. Il est déjà enrobé, trop grand pour son âge. Un jour, nous décidons de mélanger nos sangs en nous entaillant le bras avec la pointe d'un canif. Un pacte sacré. Une promesse solennelle.

Hors d'haleine, Richard Harrison rejoint Peter Kappa. Sans un mot, les deux milliardaires franchissent côte à côte la courte distance qui les sépare de la crête. Lorsqu'ils l'atteignent, un spectacle insolite s'offre à leurs yeux : de l'autre côté de la colline, au centre d'un terrain étrangement plat, une vaste figure géométrique est dessinée sur le sol. Un carré parfait de dix mètres sur dix. Quarante cases délimitées par une double rangée de pierres rondes. Le mot « *start* », « départ », est écrit au cœur d'une quarante

324

et unième case. Des groupes de deux ou trois cases ont été rehaussés de différentes couleurs minérales. D'autres inscriptions s'affichent encore dans les cases restantes : « prison », « chance », « gare »...

Les deux hommes contemplent l'incroyable tableau qu'achèvent de confectionner une poignée d'Aborigènes. N'importe quel enfant reconnaîtrait immédiatement dans cette œuvre la reproduction, considérablement agrandie, d'un jeu de Monopoly. Un Monopoly gigantesque. Un Monopoly à la taille de la partie monumentale qui va se dérouler. Car Peter Kappa et Richard Harrison, ces amis d'enfance déchirés par la haine, ces crésus australiens, ont décidé d'engager, sur quelques coups de dés, la totalité de leur fortune et de leur patrimoine immobilier. Ainsi, la monnaie de singe du Monopoly sera-t-elle remplacée par de l'argent bien réel. Des dizaines de millions de dollars. Et ce seront leurs vraies maisons, leurs immeubles authentiques, leurs résidences et leurs hôtels particuliers qu'ils échangeront en lieu et place des hôtels et maisons miniatures en bois du jeu d'origine.

Idée démente ! Pari aussi fou que stupide : le suicide financier immédiat pour l'un, une richesse incalculable, gagnée en quelques heures, pour l'autre !

— Trop tard pour te dégonfler, trouduc ! raille Harrison à l'adresse de Kappa.

— Allons-y, Richard, tu as déjà bien trop chaud, répond Peter en dévalant la pente.

Trois tables pliantes, garnies de sièges, sont dressées sur un promontoire qui surplombe l'aire de jeu. Deux d'entre elles, situées de part et d'autre de la plus grande, sont déjà occupées par deux hommes en tenue saharienne. Ils ont disposé devant eux des ordinateurs portables et des piles de dossiers. Tous deux s'égosillent dans des téléphones satellitaires. Leurs mains tremblent de peur et d'excitation. Ce sont les fondés de pouvoir, les hommes de confiance des deux joueurs. Ils sont chargés d'exécuter les ordres, d'enregistrer les transactions, de contacter les banques au fur et à mesure du déroulement de la partie. Ils sont conscients du privilège qui leur est accordé : assister en secret au triomphe ou au désastre de leur grand patron.

Harrison et Kappa s'entretiennent avec eux quelques instants.

— Paré pour le grand show, Bill ? s'enquiert Harrison en appliquant une claque meurtrière sur l'épaule de son adjoint.

— Il me semble, Dick, mais la répartition des lotissements a été orageuse. Des discussions à n'en plus finir.

— L'homme de Peter est un coriace ?

— L'estimation des immeubles a posé des problèmes. Nous sommes convenus d'arrondir à 100 000 dollars inférieurs la valeur des lots importants.

— Logique. Pourquoi chipoter ? Ça va se jouer sur un coup de dés après tout !

— Je vais vous expliquer, poursuit le directeur financier, en désignant le Monopoly géant, immédiatement après la case « départ », le premier lotissement correspond à la petite maison que vous possédez à Cairns, sur le front de mer.

— Cette bicoque délabrée que j'joue aux Paterson ?

— Oui. Nous l'avons estimée 20 000 dollars. Vous avez ensuite la case « Caisse de Communauté ». Passons pour l'instant. Puis, un emplacement alloué à M. Kappa : un immeuble locatif en brique dans la banlieue de New York. Vient ensuite la case « impôts » : c'est 100 000 dollars d'amende si vous vous y arrêtez, et...

— ... et, j'vais pas me fourrer tout ça dans l'crâne maintenant, interrompt Harrison, agacé. T'auras qu'à me dire sur quoi je tombe au fur et à mesure que je jouerai.

— Bien, patron.

Quelques mètres plus loin, Peter Kappa écoute, lui aussi, les explications que lui fournit Philip Pitavy, son banquier.

— Là-bas, couverte de gravier blanc, c'est une « gare », indique l'homme. Les trois compartiments suivants, de couleur verte, désignent les trois hôtels particuliers que vous possédez : deux à Paris et le troisième à Londres.

— Estimation ?

— Environ 3 500 000 dollars pièce.

Peter va rejoindre Harrison, qui s'est déjà assis à la table des joueurs. Celle recouverte de feutrine. Celle sur laquelle trônent deux gros dés en ivoire.

Un cinquième homme, John Zabrisky, huissier de justice, fait office d'arbitre et de banquier.

Les trois hommes se dévisagent. Zabrisky frétille, mal à l'aise sur son siège. Il se décide enfin, se racle la gorge et bredouille.

— Je vous rappelle, messieurs, que vous disposez de 1 500 000 dollars chacun en argent liquide. Chaque passage sur la case « départ » vous rapportera 200 000 dollars supplémentaires. Je les puiserai dans la réserve commune que vous avez alimentée.

Richard Harrison ne cesse de s'essuyer le front. Son bandeau noir dégoutte de sueur. Il s'énerve.

— Compris. Maintenant, vas-y, bonhomme. Lâche les chevaux !

— Bien. Procédons immédiatement au tirage au sort. Pile : le rouge ; face : le noir. Que choisissez-vous ?

— Le noir me va si bien, bougonne Richard entre ses dents.

— Je choisis donc le rouge, s'amuse Peter.

L'huissier lance une pièce de monnaie. Elle tournoie dans le soleil, ricoche et s'immobilise sur le tapis.

— Face, le noir. A vous l'honneur, monsieur Harrison.

Zabrisky se dresse soudain sur ses jambes comme s'il était monté sur ressort et hurle en direction de l'aire de jeu.

— Le noir... le noir en place sur la case « départ », s'il vous plaît.

A ces mots, un jeune Aborigène, âgé d'une quinzaine d'années, vêtu d'un short et d'un tee-shirt noir, se dirige paresseusement vers le carré où est écrit le mot « *start* ».

— Vous avez la main, monsieur Harrison.

Richard emprisonne les dés dans son énorme patte et les lance d'un jet sec sur le tapis.

— Six et cinq : onze !

— Avancez de onze cases, rugit Zabrisky à l'adresse du garçon au tee-shirt noir.

Harrison interroge du regard son fondé de pouvoir, assis en retrait derrière sa table.

328

— Vous êtes chez vous, Dick... votre chalet dans les Montagnes Bleues !

L'huissier ramasse les dés et les tend à Peter.

— A vous, monsieur Kappa...

Puis, il s'adresse à nouveau à la cantonade.

— Le rouge au départ !

Une jeune fille aborigène, vêtue d'une robe carmin rapiécée, se précipite vers la surface de jeu. Excitée, elle sautille joyeusement dans la case que lui a désignée l'arbitre.

Zabrisky la rabroue sans ménagement.

— Cessez de vous agiter, mademoiselle, vous déconcentrez les joueurs !

Kappa secoue les dés et les fait rouler lentement sur le tapis.

— Cinq et six : onze ! Vous avez fait onze vous aussi, commente timidement le médiateur. Vous êtes sur un territoire de M. Harrison.

La jeune Aborigène rejoint en trottinant le garçon, l'autre pion humain, immobilisé sur une case rose.

— C'est exact.

— Je vous rappelle nos règles pour cette phase de jeu, poursuit Zabrisky d'un ton professoral. Soit vous achetez le bien. En l'occurrence un chalet d'une valeur de 150 000 dollars. Soit vous acquittez à votre adversaire une taxe de séjour égale à 20 % de la valeur du chalet.

— J'achète.

— Entendu.

— Tu vas pas être déçu du cadeau, ducon, ronchonne Harrison en plissant méchamment son œil unique.

Il ajoute, narquois :

329

— Le toit prend l'eau et la chaudière est à changer. Une vraie ruine !

Feignant de n'avoir rien entendu, l'huissier et les deux fondés de pouvoir griffonnent rapidement des indications sur les feuilles de papier qui reproduisent fidèlement la configuration du jeu.

— Poursuivons, voulez-vous ? reprend Zabrisky.

Richard Harrison se jette sur les dés et les lance avec rage tandis que Peter Kappa scrute attentivement son visage crispé.

Depuis que nous avons fait le pacte du sang, nous sommes inséparables. A dix-neuf ans, avant d'entrer à l'université, nous nous engageons pour aller combattre au Vietnam. Affectés ensemble à la 3ᵉ division américaine des Marines, nous participons à l'opération « Prairie 4 » pour le contrôle des collines qui dominent la base de Khé Sanh. Un déluge de feu nous accueille, un déferlement de mortier. Au matin du 24 avril 1967, les cratères, creusés par les bombes, dégorgent déjà de sang...

Quelques heures plus tard, Zabrisky, l'arbitre, tapote discrètement la manche de Peter. Il le tire brutalement de sa rêverie.

— Monsieur Kappa ! Monsieur Kappa, c'est à votre tour de lancer les dés !

Peter frissonne dans la chaleur caniculaire. Avant qu'il n'ait le temps de jouer, l'huissier claironne.

— Attention, monsieur Kappa, vous allez faire le 100ᵉ coup de la partie. Selon notre protocole, nous interromprons ensuite le jeu et nous en l'état et nous reprendrons demain pour une seconde série de 100 coups. Êtes-vous prêt maintenant, monsieur Kappa ?

330

— Oui... oui, bien sûr, marmonne Peter, désemparé. Où en sommes-nous déjà ?

— Très drôle ! raille Harrison.

Peter croise le regard ahuri de l'arbitre. Zabrisky se ressaisit. Il susurre en pesant ses mots.

— Nos calculs demandent à être affinés. Cependant, il me semble que vous êtes largement en tête, monsieur Kappa. Votre fortune s'est considérablement arrondie depuis un moment. Vous avez acquis une douzaine de maisons. Sans trop entamer vos liquidités par ailleurs.

— Excellent, souffle Peter.

Il jette les dés.

— Trois et quatre font sept. Vous êtes...

La jeune Aborigène à la robe rouge saute à cloche-pied sur six cases. Elle se pétrifie sur la septième, un emplacement recouvert de terre jaune. Zabrisky regarde avec anxiété le fondé de pouvoir de Richard Harrison. Ce dernier baisse la tête et dit entre ses dents :

— ... sur l'emplacement de la villa de week-end de M. Harrison, sise dans la baie de Sydney. Valeur estimée : un million de dollars.

Les mâchoires de Harrison grincent comme deux plaques d'acier dans un étau.

— Tu joues, ducon ? C'est pour aujourd'hui ou pour demain ?

Le cerveau verrouillé, Peter consulte du regard Philip Pitavy, son banquier. Ce dernier hoche imperceptiblement la tête. Kappa se rencogne sur sa chaise et laisse tomber :

— Un million de dollars, j'achète.

Harrison abat son énorme poing sur la table qui vacille.

— Si ta femme ne s'était pas crashée y a cinq ans avec tes gosses dans ton jet, tu serais le roi des cocus !

Le visage de Kappa se couvre de sueur froide. Comme si, au milieu d'une nuit étouffante d'été, il avait ouvert en grand la porte d'un réfrigérateur et reçu en pleine figure une bouffée d'air glacé.

— Restons-en là, murmure-t-il en se dressant, tremblant sur ses longues jambes maigres.

— Bill, appelle-moi mon hélico, je rentre à l'hôtel ! croasse de son côté Harrison, en comprimant la douleur qui lui poignarde la poitrine.

Quelques minutes plus tard, les deux hommes regagnent la ville d'Alice Springs, chacun à bord de son hélicoptère.

Survolant à basse altitude des étendues ocre et desséchées, parsemées d'acacias rachitiques, Peter laisse son esprit vagabonder comme une machine à remonter le temps.

Le combat pour Khe Sanh est un carnage. Nous sommes blottis l'un contre l'autre dans un trou d'obus, rempli de sang et de boue. Nous prions. Autour de nous, l'Apocalypse s'est mise en marche : des fragments d'humains déchiquetés, des viscères, des visages aux yeux blancs ouverts sur l'enfer, des hurlements, des déflagrations ahurissantes... Des officiers déments orchestrent cette folie...

Le 5 septembre 1967, nous sommes choisis pour participer à l'opération « Dragon Fire ». Nous sommes héliportés à l'aube. Notre mission : nettoyer un village suspecté de collaborer avec l'ennemi. Quand nous approchons, les rizières sont désertes et un silence de mort a envahi les paillotes abandonnées...

332

— Ce salaud m'a piqué la moitié de mon fric ! vocifère Harrison en faisant voler derrière lui la porte de la suite qu'il occupe dans un hôtel de luxe de la ville.

Il bouscule son adjoint qui trottine à ses côtés :
— Combien de perdu, Bill ?
— A vue de nez, je dirai dans les quatorze millions, patron. Si vous n'étiez pas l'unique propriétaire de vos firmes, je me verrais mal expliquer la chose à un conseil d'administration !
— J'aime pas tes réflexions, Bill, rugit Harrison. J'aime pas non plus tes « à vue de nez » ! Dresse-moi la liste exacte des maisons et des immeubles que cet enfoiré m'a volés et réunis le staff. Je veux les informaticiens au boulot dans dix minutes !

— Posez-vous là-bas, près de cette caravane, indique Peter Kappa à son pilote lorsque son hélicoptère s'approche d'Alice Springs.
— Ce truc déglingué, perdu en plein désert ?
— Ce camping-car, oui.
— A trois kilomètres du centre de la ville ?
— Cessez de tout discuter, David. Prenez plutôt vos repères car c'est ici très exactement que vous viendrez me récupérer demain matin.

Malgré ses lunettes de soleil qui lui couvrent les yeux, il est facile de deviner l'expression de stupeur qui traverse le regard du jeune pilote. Il questionne, anxieux :
— Vous êtes O.K., monsieur ? Vous vous sentez bien ?

Peter éclate de rire.
— Curieuse question. Ne suis-je pas devenu en

quelques heures l'un des hommes les plus riches d'Australie ?

— Assurément.
— Donc, déposez-moi là.

A Alice Springs, tout un étage de l'hôtel a été réquisitionné par l'équipe de Richard Harrison. Une vingtaine d'hommes et de femmes vont et viennent à travers les chambres communicantes, transformées en bureaux. Des téléphones portables sonnent dans tous les sens. Fièvre et agitation. Ambiance de crise. Tension extrême. Derrière une rangée d'ordinateurs, des imprimantes déversent en crépitant de longs rubans de papier couverts de chiffres. Harrison, une bouteille de bière fraîche à la main, va d'un poste à l'autre, bouillant de rage. Il se penche sur un listing.

— Putain de merde, c'est pas vrai ! Peter m'a raflé aussi l'immeuble de Park Avenue ! J'l'avais oublié celui-là !

Il lance sa canette à moitié pleine contre le mur de la chambre. Elle explose dans une gerbe d'écume mousseuse. Une main posée sur sa poitrine, le géant traverse la pièce et s'approche d'une jeune femme qui pianote sur un clavier.

— Qu'est-ce que ça donne, Barbara ?
— J'en termine.

L'informaticienne clique sur sa souris et se retourne vers la masse de chair suante penchée sur son épaule.

— Considérons un jeu de Monopoly de 41 cases...
— Aux faits, Barbara, j'suis pas d'humeur à supporter votre baratin.

La jeune femme blêmit, réajuste ses lunettes et

334

pose un ongle manucuré sur l'écran de son ordinateur.

— Pour ma simulation, j'ai entré dans ma machine 50 fois 1 000 parties de 100 tours. Considérant une moyenne de 7 coups par tour, mes statistiques portent donc sur 35 millions de coups joués.

L'œil unique de Richard Harrison jette des éclairs.

— Et ?

— Et, dans son article, publié en juin 1996, dans la revue scientifique *Pour la science*, Ian Stewart s'est trompé.

Tandis que son hélicoptère redécolle dans un tourbillon de poussière, Peter Kappa époussette son costume en coton blanc. Devant lui, la porte du camping-car s'ouvre en miaulant. Un Aborigène d'un âge incertain, torse nu sous une salopette maculée de peinture, se porte à la rencontre du visiteur tombé du ciel. Son visage, rond et cuivré, mangé par une barbe et des cheveux blancs et laineux, s'illumine. Paddy Tjangala s'avance. Parvenu à la hauteur de Kappa, il ouvre les bras et les referme sur lui comme pour lui broyer les côtes.

— Sacré vieux Peter, reste pas en plein soleil, tu vas rôtir !

Les deux hommes s'engouffrent dans la caravane délabrée. A l'intérieur, une odeur d'essence de térébenthine flotte sur un indescriptible bric-à-brac. Posée à même le sol, une peinture dans les tons brun, gris et violet est en cours d'achèvement. Ça pourrait être une œuvre abstraite. Un enchevêtrement de taches. Une harmonie complexe qui semble s'organiser autour d'un quadruple cercle mauve, cerné de points blancs. Ça ressemble à un paysage magique vu du ciel.

— Quel « rêve » as-tu peint cette fois ? taquine Peter en détaillant le tableau.

Tjangala se rembrunit.

— Je peux pas le dire, tu sais bien. C'est un « rêve » secret. Ça représente un territoire sacré.

— Je sais, excuse-moi, Paddy. N'en parlons plus, sourit Kappa.

Le peintre se tortille sur place, malheureux, embarrassé. Il hésite.

— Tu es presque des nôtres après tout puisqu'on a été élevés ensemble ! Tu as donc le droit de savoir. Le milliardaire hoche lentement la tête. Alors, Paddy poursuit :

— Regarde bien : c'est « le rêve montagne » du pays d'Uluru, là-bas derrière, là où tu joues aux dés toutes tes maisons.

— Qu'est-ce que c'est cette histoire de Ian Stewart ? Vous vous foutez de ma gueule ? tempête Richard Harrison à l'adresse de l'informaticienne. Barbara fait un bond de côté et se protège le visage. Une demi-douzaine d'hommes faisant cercle se rapprochent. Harrison se radoucit aussitôt.

— C'est bon, poursuivez !

— Ian Stewart affirmait dans son article que toutes les cases du Monopoly étaient équiprobables. Il avait tort.

— Traduisez bon sang.

— Il soutenait que, statistiquement, les cases se valaient toutes. Qu'après un nombre x de jets de dés, chaque joueur visitait chaque case le même nombre de fois. Invariablement. Or, Stewart ne tenait pas

compte des cartes « Chance » et « Caisse de Communauté ». Ça change tout.
— Conclusion ?
— J'ai introduit cette donnée dans mes modèles mathématiques et j'ai obtenu des résultats surprenants.
— Lesquels ? Faut-il que je vous arrache tous les mots d'la gorge ? s'exaspère Harrison.
— Première conclusion : le groupe des quatre gares est légèrement moins fréquenté que les autres. Ensuite, si on expérimente quatre types de stratégie qui laissent le choix entre : tirer une carte « Chance », ou payer une amende, ou bien, quand on est en prison, choisir d'y rester et attendre de faire un double pour en sortir, ou payer tout de suite, on constate des variations non négligeables.

Harrison s'écroule sur une chaise et se frotte la poitrine.
— Barbara ?
— Oui, monsieur.
Le géant fixe l'informaticienne de son œil unique et explose de rage.
— Dites-moi comment j'dois jouer pour gagner demain, bordel ? Je me fous du reste !
La jeune femme bafouille, prise de panique.
— Il... il ressort clairement... il ressort, je veux dire statistiquement, que les lotissements rouges et orange sont nettement plus... intéressants que tous les autres groupes de cases[1].
— Eh bien, nous y voilà ! soupire le milliardaire.

---

1. Voir les savants calculs de Philippe Gaucher diffusés sur Internet sur le site http://irmasrv1.u-strasbg.fr

Il soulève son énorme masse et interpelle son homme de confiance.

— T'as entendu, Bill ? Qui a les cases rouges et orange ?

Le financier consulte ses notes.

— Les six cases vous appartiennent encore, patron.

— Bon. Viens dans ma chambre, on va étudier la question.

Assis par terre devant le camping-car, face à un feu de bois, Paddy Tjangala et Peter Kappa contemplent un cuissot de kangourou qui rôtit dans les flammes. Un fumet musqué parfume la nuit.

— Géniale, ton idée de Monopoly géant ! dit Peter en riant.

Plongé dans d'obscures pensées, le peintre ne partage pas l'enthousiasme de son ami.

— Veux-tu vraiment aller jusqu'au bout, Peter ? Vas-tu prendre à Richard toutes ses maisons les unes après les autres ? Veux-tu les ajouter à toutes celles que tu possèdes déjà ?

Il ajoute, la gorge nouée :

— Pour qui ? Pour quoi ? Pour quoi faire ? Depuis que Véronika et les enfants sont morts, tu n'as plus de famille, plus d'héritier. Tu es seul au monde.

A ces mots, une chape de tristesse, lourde comme du plomb, tombe sur les épaules amaigries de Kappa et lui tasse l'échine.

— Ne remue pas le couteau dans la plaie. Tu sais très bien que je ne pense qu'à eux...

Après un long silence :

— C'est toi qui m'as conseillé cette folie. Que proposes-tu maintenant ?

Tjangala, le front sur les rotules, relève la tête.

— Es-tu déjà parti en « walkabout » ?

— Ah ! ces marches sans fin et apparemment sans but que vous entreprenez, vous les Aborigènes, dans le désert ? Vous errez, paraît-il, à travers des sentiers invisibles qui sillonnent tout le territoire australien. Vous suivez en chantant les « pistes du rêve », les empreintes de vos ancêtres [1].

— Es-tu déjà parti en « walkabout » ? insiste Paddy.

— Non, bien sûr que non. Pourquoi ?

— Parce qu'à bien considérer, il n'y a que deux sortes d'hommes dans ce monde : ceux qui restent dans leur maison et les autres, murmure Tjangala d'une voix encore plus rauque. Toi, tu as bien trop de maisons pour savoir encore où tu habites. D'autre part, tu ne chantes pas. Tu ne chantes pas en marchant sur la piste de tes morts. Tu accumules du vide. Tu construis ta vie sur du sable.

Peter, bouleversé, dévisage son ami.

— Ce qui veut dire que...

— Mangeons, propose soudainement le peintre en s'emparant d'une main d'une machette et en tirant de l'autre le cuissot du feu.

L'Aborigène découpe le kangourou ruisselant de graisse. Le regard de Peter s'attarde sur les gerbes d'étincelles qui poudroient la viande.

Notre compagnie investit le village vietnamien.

---

[1]. Sur la passionnante culture des Aborigènes d'Australie et la symbolique de leurs peintures sacrées, on lira avec intérêt de B. Chatwin, *Le Chant des pistes*, Grasset 1988 ; B. Glowczeski, *Les Rêveurs du désert*, Plon, 1989, ou encore *Australie noire*, éditions Autrement, 1989.

Nous inspectons les paillotes désertes. Rien. Trempés de sueur, le doigt sur la détente de nos fusils d'assaut, nous poussons la porte d'une case. Vide. Des braises se consument dans le foyer où réchauffe du riz. C'est comme un signal. Un déluge de feu. Au loin, disséminés dans les rizières, des hommes en pyjama noir nous arrosent à la mitrailleuse. Le radio hurle dans son poste. Il implore du renfort. Une balle lui fracasse la mâchoire... Nous ne sommes plus que sept. Sept prisonniers. Nous chancelons depuis trois jours sur une piste de jungle, les mains entravées et les pieds nus...

— Peter ? Peter, tu rêves ? Tu rêves à toutes tes maisons ? demande Paddy, narquois.

Kappa s'ébroue, tiré brutalement de sa torpeur. Dans la lumière dansante du feu, l'Aborigène l'observe à la dérobée.

— Tu sais, si tu en es d'accord, je peux encore... retoucher mon tableau. Le modifier. Et inverser le cours des choses.

— J'ai bien réfléchi. Auras-tu le temps de t'en occuper d'ici demain matin ?

— Le temps, je le prendrai.

— O.K., on ne change plus rien, résume Harrison. Demain, Peter va cracher tout son fric.

Le sourire satisfait du géant borgne vire à la grimace quand il lit un éclair d'inquiétude voiler les yeux de son fondé de pouvoir.

— Qu'est-ce qui va pas encore, Bill ?

— Notre truc, c'est pas du sûr à cent pour cent. Je préférerai qu'on mette l'arbitre dans le coup.

— Zabrisky ! Tu veux dire qu'on pourrait le... ?

340

— ... qu'avec un petit cadeau de... disons 100 000 dollars, il pourrait... il pourrait discrètement perdre les pédales en gérant la banque.

Harrison réfléchit, une flamme dans l'œil.

— Pas bête ! Va le voir tout de suite. Fonce !

A l'intérieur du camping-car, Paddy Tjangala retouche son tableau. A l'extérieur, inconfortablement installé dans un hamac, Peter Kappa essaie désespérément de trouver le sommeil. Au-dessus de sa tête, les étoiles sont si brillantes qu'il pourrait les cueillir d'une main. Son esprit vagabonde.

Tout bascule quand nos geôliers décident d'employer la torture pour nous faire parler. Pour révéler les positions américaines, les codes secrets. Un camarade s'ouvre les veines avec une vieille lame de rasoir, ramassée dans le camp. Un autre tente de fuir et est abattu. Vient mon tour. Mes tortionnaires m'enfoncent des lamelles de bambou sous les ongles. Une douleur stupéfiante. Je m'évanouis. On me réanime à l'eau froide. On me roue de coups. On répète l'opération. Je ne parle pas. On m'enferme comme un chien dans une niche. En plein soleil dans une cahute en tôle chauffée à blanc. C'est au tour de Richard. La panique le cloue sur place. Une angoisse palpable. Il implore, supplie, se traîne à genoux. Et il parle. Il parle pendant des heures. Il révèle tout ce qu'il sait : les plans, les batailles, les codes, les secrets. Huit jours plus tard, les renseignements fournis par Richard permettent aux Vietnamiens de massacrer une compagnie entière de GI.

Le lendemain matin, la partie de Monopoly reprend. La plus folle depuis l'invention du jeu. Chacun a regagné sa place. A défaut de rouler entre les doigts des joueurs, l'argent mis en jeu est une avalanche de chiffres qui envahit les écrans des ordinateurs. Un vertige ! Des maisons, des immeubles changent de main à chaque coup de dés. Deux des plus grosses fortunes d'Australie basculent alternativement d'un compte bancaire à l'autre. Bientôt, les positions des joueurs se sont inversées : tandis que Peter Kappa accumule la malchance, Richard Harrison semble voler sur un nuage. Il gagne comme si un flux magique aimantait les dés quand il les touche.

— Dans cinq tours, t'es lessivé ! prédit Harrison, triomphant.

— Je dois effectivement vous mettre en garde, monsieur Kappa, bredouille l'arbitre en rougissant. Votre situation actuelle est préoccupante.

— C'est à n'y rien comprendre, rugit Philip Pitavy, le banquier de Peter. On jurerait que les dés sont pipés !

— Je vous en prie, s'indigne Zabrisky. Gardez votre sang-froid !

— Laissez, Philip, ce n'est qu'un jeu ! temporise Peter, en cédant une nouvelle maison à son adversaire.

Surexcité, Harrison agite longuement les dés sous le nez de Kappa. Son visage rubicond s'étoile de sueur.

Tandis que je dépéris dans mon cachot infect, Richard bénéficie d'un traitement de faveur. Isolé des prisonniers survivants, il reçoit des rations supplémentaires. Il dort sans entrave. Quatre mois s'écoulent. A la faveur d'un bombardement, nous parvenons, Richard et moi, à nous échapper du camp. Une fois libre, je n'ai qu'une idée : le tuer de *mes mains, lui faire payer sa trahison, venger nos camarades massacrés. J'y renonce dans l'urgence de notre fuite. Je lui promets néanmoins de le dénoncer si nous parvenons à rester en vie. Trois semaines d'errance hallucinée dans la jungle, la peur au ventre. Un matin, nous approchons d'une base américaine. Sauvés ! Encore une centaine de mètres à parcourir. Une mine artisanale explose sous nos pieds. Richard prend la charge de plein fouet, je suis légèrement touché. Quand Richard sort de la salle d'opération, j'apprends qu'il a perdu un œil et sa virilité. Pris de pitié, je garde le silence. Je sauve ainsi Richard Harrison du conseil de guerre, du déshonneur et de la prison.*

— Monsieur Kappa, je crains que la partie ne touche à sa fin, annonce l'arbitre en début d'après-midi. De nos possessions, il ne reste plus que votre petite maison d'Alice Springs... La maison de votre enfance. Sa valeur vénale est insignifiante mais, en l'associant à une somme de trois millions de dollars, vous en avez fait le joyau de votre patrimoine.

Comme s'il en était convenu d'avance avec Harrison, Zabrisky propose d'une voix mielleuse.

— Si M. Harrison en est d'accord, nous pourrions arrêter là. Chacun restant sur ses positions actuelles. Vous sauveriez ainsi votre bien le plus précieux.

Peter s'offusque.

— J'apprécie votre mansuétude mais il n'en est pas question. Jouons jusqu'au bout !

— Écoute, ducon, moi j'en ai marre, s'interpose Harrison avec une énergie féroce. T'es plumé, ratissé, totalement sur la paille. Finissons-en. Je joue ta bicoque sur un seul coup de dés.

— Tu es devenu bien courageux tout à coup, raille Kappa. Ça ne te ressemble pas.

Peter réfléchit une longue minute, interroge du regard son banquier, ne tient pas compte de ses mimiques désespérées et, comme s'il trouvait l'inspiration au tréfonds de sa conscience, il répond :

— J'accepte.

— Joue le premier, tempête Harrison en faisant valser les dés dans sa direction.

Kappa s'empare des deux cubes d'ivoire et les lance sur le tapis avec indifférence.

— Un et trois : quatre ! enregistre l'arbitre.

Il glisse les dés vers le géant.

— C'est à vous, monsieur Harrison.

Le corps électrisé, la main tremblante, les mâchoires cadenassées, Harrison s'exécute d'un geste théâtral.

— Cinq et quatre : neuf !

Zabrisky jaillit de sa chaise et retourne précipitamment les papiers entassés devant lui. Un cri d'enthousiasme s'étrangle dans sa gorge.

— Dick... Richard... je veux dire, monsieur Harrison... vous avez ça...

A cet instant, la table s'effondre dans un fracas assourdissant, entraînant dans sa chute dossiers et ordinateurs. Cent quarante-cinq kilos de chair flasque et de haine basculent dans le vide. Harrison roule sur le sol, ses mains plaquées à l'emplacement du cœur. Son fondé de pouvoir se rue sur lui.

— Dick !

L'homme se redresse d'un bond, tire son téléphone portable de sa poche, presse une touche et hurle dans l'appareil d'une voix hystérique :

— Tom ! Tom ! Saute dans l'hélico et amène-toi immédiatement, le patron fait un infarctus !

La suite se déroule dans la plus extrême confusion. L'Eurocopter emporte Richard Harrison à Alice Springs où il est immédiatement admis à l'hôpital. Sa vie est dès lors suspendue au diagnostic des médecins.

Les uns et les autres se dispersent dans un sauve-qui-peut ressemblant pour les uns à un naufrage, pour les autres à une victoire qui s'achève en catastrophe.

Peter Kappa se retrouve seul. Perdu dans ses pensées, il arpente l'aire de jeu désertée. Quelques minutes plus tard, son pilote le rejoint.

— Je suis à votre disposition, monsieur.
— Merci. Retournez à Sydney. Vendez l'hélicoptère et payez-vous.

La nuit tombe, cramoisie comme un rideau de théâtre. La silhouette d'un homme trapu se profile à l'horizon. Le soleil couchant joue dans ses cheveux laineux. Il s'approche. C'est Paddy Tjangala, le peintre aborigène.

Nous sommes décorés et libérés de nos obligations militaires. Richard choisit de rester au Vietnam. Certains affirment qu'il travaille en sous-main pour la CIA jusqu'à la fin de la guerre. D'autres, qu'il dirige depuis Bangkok un réseau de trafic d'héroïne. Quoi qu'il en soit, quand je retrouve sa trace à Sydney, Richard est un homme suffisamment riche pour acheter rubis sur l'ongle une chaîne de restaurants. Sa fortune ne cesse de croître en dépit de plusieurs condamnations pour fraude fiscale et abus de biens sociaux. Pour ma part, j'ai réalisé des opérations immobilières juteuses avant de diversifier mes placements. J'ai investi dans le cinéma et dans les nouveaux médias. Vingt ans après le drame vietnamien, nous ne sommes pas seulement devenus des magnats australiens, nous sommes aussi, Richard et moi, des ennemis irréconciliables. Nous nous déchirons par banquiers interposés. Nous nous affrontons à la Bourse comme des chiens enragés.

En 1995, ma femme et mes trois enfants disparaissent mystérieusement à bord de mon jet privé, au-dessus du Pacifique. Mon existence se vide de sens. D'autant qu'une rumeur, jamais démentie, accuse un homme de main de Richard d'avoir saboté l'avion. Dès lors, l'un de nous doit s'effacer, disparaître, ruiner l'autre à défaut de le tuer. Ce soir, je suis ruiné et Richard agonise dans un lit d'hôpital...

Deux hommes déambulent dans le désert d'un pas traînant. Paddy Tjangala fredonne une mélopée qui ressemble à une blessure lancinante. Peter marche à ses côtés. Dans les yeux de son ami, il entrevoit un paradis enfantin et devine son avenir.

— Avoue qu'en modifiant ton tableau tu m'as aidé à perdre toutes mes maisons ?

— C'est ce que tu souhaitais, non ?

— Sans doute. Inconsciemment.

— Puisque tu n'as plus de maison, tu en as d'innombrables à présent. Tu en as une sous chacun de tes pas. Sais-tu qu'en tibétain « être humain » se dit *a-Groba*, « celui qui part ».

Kappa rit de bon cœur.

— Tu ne sais que des choses bizarres !

L'Aborigène s'interrompt brusquement. Il revient

346

sur ses pas et, comme s'il se livrait à un rite enchanté, il efface ses empreintes, laissées derrière lui dans la poussière.

— Cherche ton adresse, Peter. Trouve ton lieu mais n'écrase pas tes rêves sous le toit d'une maison. Fais un peu de musique avec ta vie unique !

Table

Avant-propos 7

1. Le palais des âmes perdues 9
2. Le mur du silence 31
3. L'isba de Stepan 67
4. Les emmurés de New York 87
5. Une cabane au fond du jardin 113
6. Le château des Portal 135
7. La maison en fièvre 165
8. Le temple de l'amour 187
9. « Gagnez la maison de vos rêves ! » 223
10. Une maison de star 253
11. Une villa en viager 277
12. La maison nomade 299
13. Châteaux de cartes 321

Composition réalisée par Nord Compo

Achevé d'imprimer en France par
CPI BUSSIÈRE (18200 Saint-Amand-Montrond)
en octobre 2020
N° d'impression : 2052892
Dépôt légal 1re publication : mai 2003
Édition 06 - octobre 2020
LIBRAIRIE GÉNÉRALE FRANÇAISE
21, rue du Montparnasse – 75298 Paris Cedex 06

31/5505/8